魅丽文化 心晴坊 女性新阅读

阅读越美丽
开卷好心情

这碗粥 著

江苏凤凰文艺出版社
JIANGSU PHOENIX LITERATURE AND
ART PUBLISHING

图书在版编目（CIP）数据

乌白．2 / 这碗粥著．-- 南京：江苏凤凰文艺出版社，2023.12
ISBN 978-7-5594-7412-4

Ⅰ．①乌… Ⅱ．①这… Ⅲ．①长篇小说－中国－当代
Ⅳ．① I247.5

中国版本图书馆 CIP 数据核字 (2022) 第 242360 号

乌白．2

这碗粥 著

责任编辑　张　倩
出版统筹　曾英姿
选题策划　石　颖　萧　萧
特约编辑　张昊楠　伊　万
封面设计　白砚川
插画绘制　三　乖
出版发行　江苏凤凰文艺出版社
　　　　　南京市中央路 165 号，邮编：210009
网　　址　http://www.jswenyi.com
印　　刷　湖南天闻新华印务有限公司
开　　本　880mm×1230mm　1/32
印　　张　9
字　　数　202 千字
版　　次　2023 年 12 月第 1 版
印　　次　2023 年 12 月第 1 次印刷
书　　号　ISBN 978-7-5594-7412-4
定　　价　46.80 元

目录

CONTENTS

第一章

李家这次回来，清理完干枯的花池，放上了小盆栽。于骊喜欢紫苏炒螺，外面市场上紫苏叶不是时时有卖，于是自己种了一盆。

对面阳台的大妈早听杂货店主讲过陈李两家的旧事，这一次李深回来，两个小年轻面对面不讲一句话。但大妈看着由上而下的纸飞机，琢磨着，也许文字表达的东西比面谈更有韵味。

她拂开花生，进去了。

她进去以后，李深才捡起纸飞机。

他收藏了一只湛蓝的纸飞机和一枚黑棋，一起放在玻璃瓶。蓝色在深色玻璃下成了浓墨一样的黑暗。

他父亲曾经问：“这是什么？”

李深说：“一个战败的记号。”输给了一场称不上精心策划的陷害。

手里的这只纸飞机，机翼的折痕非常漂亮，对称结构才飞得远。他夹在指间把玩，玩了一会儿，抬头看楼上一眼。

陈乌夏觉得，这是时隔三年以后，李深第一次把她看在了眼里。

李深打开纸飞机，她的字迹非常工整，和她性格一样，横平竖直，折钩转得硬邦邦的。他又折了回去，说：“都过去了。”

这句话有一种尘埃落定的超脱。

陈乌夏点头说：“那就好。”

两人之间的气氛像是回到高三那年，她偷瞄他浇花的时候。可其中跨越的年月，又让彼此变得非常陌生。“那就好”她重复了这一句，之后，不知道该说什么了。

退到点头之交的邻居，就是两人最好的结局了吧。

正在这时，于骊喊着：“深仔，你在阳台干什么？那里很热，进来吹空调吧。”

“嗯。”把纸飞机浅浅地揣在口袋，李深脚步一动，忽然把纸飞机蹭了出来。

于骊眼尖，抬了抬眼镜，问：“什么东西？”

“落叶。”李深若无其事。

于骊聊着微信，话题正好和儿子有关：“深仔，上次我跟你说过的那个女孩，我同事的女儿，你见过了吧？”

李深想了下：“嗯。”

于骊笑问：“你觉得怎么样？”

李深：“还行。”

“网上说，现在的家长恨不得孩子在学生时代乖乖读书，毕业就成家立业。无缝衔接，一步登天。我顿时膝盖中了一箭。深仔，你交往一个小女生，爸妈不会再阻拦了。”

他向阳台地上看了一眼。

“过来看看。”于骊把手机屏幕递过来，“女孩长得不错吧？重点大学，理科生。你不是喜欢理科吗，你们一定有很多共同话题。”

“再说吧。”

于骊鼓励说："行，记住爸妈的态度，已经不反对了。"

"哦。"

纸飞机被风吹动，蹭了蹭地面，之后飞离了门边，李深看着米白的一角消失在视线。

看儿子对手机里的漂亮女孩没什么兴致的样子，于骊问："深仔？外面有什么？"

李深转过头："没什么，起风了。"

李旭彬端着果盘出来，说："洗菜盆的下水道有点儿堵了。"

于骊："我就说，住酒店都好过搬回来，你偏不听。"

李旭彬："没事，我叫人来修。"

于骊："我是说，那些邻居一个个戴着有色眼镜看我们家。"

李旭彬不以为然："事情不是都澄清了吗？三年前，深仔遭受的更多，一家人最不淡定的就是你。"

于骊挤对丈夫："你们一张脸做不了多少表情，冷静还是不冷静又没差。"

"来，吃菠萝。"李旭彬给妻子喂菠萝，"反正我们跟他们也没有联络，过完这个暑假就搬回去了。"

李旭彬也给儿子递了一块菠萝。

李深："爸，泡了盐水没有？"

"泡了。"李旭彬坐下了，对于骊说，"你别整天逼着深仔谈女朋友。他还小，二十岁正是长知识的年纪。"

"我和同事关系好，要是能结为亲家，喜上加喜了。"于骊想起件事，"对了，深仔，上回在临江楼下等你的女孩是谁呀？"

李深："杨东培的朋友。"

于骊："长得也漂亮，叫蒋什么来着？见到我嘴可甜了。"

李深："蒋湄。"

于骊："我一眼就知道，她在追你。"

李深："哦。"菠萝太甜了，他不喜欢。

李旭彬和于骊在厨房一人做一个菜，李深独自去了阳台。

纸飞机被吹到了角落，和一片青嫩落叶一起静静躺着。他捡起来，拍拍沾上的灰尘，想陈乌夏哪里不一样了。从前的她气壮如牛，如今她哪怕露出亲和的笑，也像没精打采。

手机来了一条信息，打断了他的沉静。

对方的头像是一只爹毛狮子，李深没有点开查看，站了一会儿，他收起了纸飞机。

这天，从餐厅下班，陈乌夏在路上接到了肖奕媛的电话。

肖奕媛填报的志愿是外省的学校。这样一来，她有了借口不去探监肖兴飞。肖兴飞是她唯一的亲人，他坐了牢，她大学的学费、生活费没有来源，只能靠自己打工。她的时间排得非常满，周末、暑假都在兼职，只有过年的时候才会回来。

肖奕媛刚结束了一天的工作，正在回学校的公交上："乌夏，你的耳朵怎么样了？"

"还是老样子。我哥给我找了几个专家教授，查不出病因，也试过很多药了。"

"我这儿有一个中医，专治疑难杂症。我今天过去把你的症状告诉他，他说耳疾的原因千奇百怪，一定要面诊患者。"

"那好，我兼职做满一个月就领薪水，到时候我过去看看。"陈乌夏自从生了病，寻医就成了日常，"正好半年没见你了。"

肖奕媛笑着："好啊，给我带点儿特产过来就行。我室友都回家了，宿舍就我一个人。你过来的话，不嫌弃就住我这儿吧，还能节省酒店的费用。"

“嗯。我暑期工完了和你说，你给我约一下医生。”

“对了，我今天在诊所遇到了邝力。”肖奕媛和邝力在同一个城市读大学，平时没有来往，哪知突然碰上了，“我告诉了他你的病……对不起，但他答应一定会保密。”

“他的嘴巴很严的，没关系。”在陈乌夏眼里，邝力一直是沉稳的班长。

“对了，邝力有个建议，你的病情要不要在同学群发散一下？或许正好有谁认识这方面的医生？”

“我被高三那年弄怕了。我哥说，一传十，十传百，万一我在流言里成耳聋残疾了，辟谣还麻烦。我哥在同学群找过医生，只是没指明是我。”

“有道理。当时李深的事，到最后都控制不住了。”公交车到站了，肖奕媛边下车边说，“我到学校了。”

“晚安，早点休息。打工别太辛苦了。”陈乌夏也到了大门前。

挂断电话，她看到吴婷贝发了语音过来，点开了微信。

吴婷贝兴奋的声音传了出来：“夏夏，我可以去新开的酒吧庆祝生日了！我爸经济支持。”酒吧是网红店，装修期间，吴婷贝已经跃跃欲试了。

陈乌夏笑着回：“恭喜你如愿以偿了。”

吴婷贝接连发了几条语音过来。

自从耳朵有了毛病，陈乌夏就不戴耳机，这些微信语音，她在无人的时候都用扬声器。吴婷贝的笑声响彻在楼梯间：“明天晚上，我们不醉不归。”

“知道了，提前祝你生日快乐。”陈乌夏回了一句语音。

到了楼梯平台，正好遇到李深下来。灯火如雾，她不知他是否看了她，她缩在角落，给他让路。

纸飞机之后两人没有再说话。她不确定他是不是接受了她的道歉，天才的思路不是她这个学渣可以理解的。道歉是她的事，原谅不原谅是他的自由。换作是高三的时候，遇上两人僵持的场面，她可以说一声“嗨”。长大了，反而没有当年的无畏。可能是害怕他的冷眼刀子，她宁愿和他擦肩而过。

陈乌夏小跑着上了楼。

李深到了楼下，立即给杨东培打电话：“你知道有什么新开的酒吧吗？网红店。”

“我早喊你出来玩，你不肯来，现在知道寂寞了吧。”杨东培嘚瑟起来，“吃喝玩乐我在行，新开的酒吧里有一家特火特旺。”

李深：“嗯，明天晚上换去那里。”

“好啊，说到酒吧我也来劲了。”杨东培停顿一下，问，“叫不叫上蒋湄？”

李深：“随便。”

“那我喊她一起了，她是我的青梅竹马。”其实还有一句话，杨东培不知当讲不当讲。

李深没有给他犹豫的机会，说了“嗯”之后就挂断了。

杨东培听着电话里的“嘟嘟嘟”，嘴皮子动了动，自言自语嘀咕：“我的青梅竹马对你有意思。”

同时，他也知道，李深已有女朋友了。

得知陈乌夏要去酒吧，郑良骥一本正经地说：“夏姐姐，在那种场合记得保护自己。”

“嗯。”陈乌夏没有上晚班，直接去了酒吧。

郑良骥是多虑了。这间是清吧，二楼包厢装了隔音墙，气氛不会太闹，格外有情调。

吴婷贝请了班上比较熟的几个同学。

雷振第一次来酒吧，到处打量，问："店开在这个地段，消费应该很高吧？"

吴婷贝点头："我爸和老板认识，开业酬宾加上友情价。二十岁生日嘛，今天是我爸大手笔了。"

"哎。"雷振坐下说，"来了酒吧，可我不能喝酒。"

吴婷贝："我点的不是烈酒，抿一小口，醉不死你。"

雷振："不不，同学们知道，我滴酒不沾。"

吴婷贝斜睨一眼："不来点壮胆子呀？"

雷振看一眼沙发上静坐的陈乌夏，摸摸鼻子，说："嗯……我只能喝一点啤酒。白酒肯定不行，我酒精上脸，遗传的我爸。"

"哦。"吴婷贝笑了，"我也请不起你喝白酒啊。"

同学们哈哈大笑。

服务员上了一打啤酒和半打可乐，陈乌夏想去倒可乐。

吴婷贝拿过她的杯子，说："夏夏，我过生日，你半杯总要意思意思吧。"说话时，吴婷贝看向雷振。

雷振本来正盯着陈乌夏的杯子，撞上吴婷贝颇有深意的目光。他低下头，另外打开一罐啤酒。

吴婷贝倒得猛，一下就满半杯了。陈乌夏连忙拦住："半杯，你这已经超过半杯了。我不能喝多，吴婷贝！够了够了。"

酒倒太满，撒到了外面，吴婷贝叫了声："呀，浪费了。纸巾给我。"吴婷贝一边擦拭，一边说，"今天是我的生日，我们好朋友嘛。说不定你能遇上惊喜啊。"

陈乌夏笑了笑："生日快乐。"

"生日快乐！"同学们站起来碰杯，"Happy birthday！"

酒的味道很呛人，偏偏有人有酒瘾，譬如吴婷贝。

陈乌夏尝了一口啤酒，只觉满嘴都是苦涩的味。

服务员推进来一个生日蛋糕，说是吴婷贝的父亲订的。

吴婷贝满面笑容，嘴上说："再过几年，每多一支蜡烛就老了一岁。"

刘雅平时在宿舍里就爱和吴婷贝斗嘴，这时也不例外："你不是早就自称老阿姨了吗？"

吴婷贝："去去去，就你话多。"

服务员调暗了包厢灯光，同学们唱起生日歌了。

吴婷贝许愿时说："我的生日愿望每年都一样，每年都没有实现。"

她的愿望不是秘密，刘雅接话说："你还剩最后一年，大四加把劲，找个男朋友就愿望成真了。"

吴婷贝开玩笑说："生日愿望说出口就不灵了。明年我还是单身狗的话，这笔账算在你的嘴上。"

刘雅跟着笑："你这是逼我给你介绍一个。"

热闹的场合里，陈乌夏大多不说话，仿佛没有存在感。她和刘雅也是室友，两人都是那种需要别人主动搭话维系的人，除非有第三者在场活跃气氛，否则单独聊不上几句。

吴婷贝切完了蛋糕，和同学们拍了几张合照。她过来搂住陈乌夏的肩，又叫了刘雅："过来，我们宿舍三个拍一张。"

刘雅不太喜欢和陈乌夏拍照。吴婷贝则心很大，从来不会因为陈乌夏而感觉丢脸，笑嘻嘻地发了朋友圈，还提醒了另一个不在场的室友。

雷振打开朋友圈，见到了三个女生的合照。陈乌夏站在边上，因为脸蛋漂亮，反倒成了主角。陈乌夏晒黑以后，皮肤不如旁边两人白皙，但上镜的五官硬是打破了“一白遮三丑”的定律，把旁边两人比了下去。

雷振喜欢安静的女孩，尤其漂亮的。或者，把这两项的顺序调换一下，同样成立。他第一眼见到陈乌夏，就觉得这女孩有一双深藏故事的眼睛，装的是什么经历，她从来不说。这样娇弱的小女生，雷振忍不住兴起了保护欲。

他刚才说滴酒不沾。这会儿酒到了手里，他狠狠地灌了一大口，灌得太狠，有几滴酒从他的嘴角流出，他用手背一擦。

看他这副好汉上梁山的气势，吴婷贝猜出了什么。她不当电灯泡，拉起刘雅去了另一边。

雷振端着酒杯，走到陈乌夏跟前，他弯弯腰和她碰杯。

陈乌夏用酒杯轻轻和他碰了碰，然后抿了一小口。

他坐下了，问：“陈乌夏，暑假过得怎么样？”他没经验，问的问题就是冷场常用句。

“还好。”

他想了想，又问：“听吴婷贝说，你在外面打工？”

“是啊。”

“做什么？”

“在西餐厅当服务员。”

“哪个餐厅？”

陈乌夏报了西餐厅的名字。

雷振记在了心里。

几个同学在聊天，吴婷贝和刘雅又开始斗嘴了。包厢里放着轻快的生日音乐，这么点酒不足以壮胆，雷振把杯中酒全喝光了，说：“我要是去的话……”话说到一半，他住了口，觉得她这时的眼睛格外醉人。

他继续问："我要是去的话，有没有打折啊？"

这……她一个暑期工，当然没有折扣。陈乌夏委婉地说："我会争取的。"

雷振往酒杯倒满了酒，一口一口地喝着，说："我改天去。"

雷振到底是老实人，话说不了几句。陈乌夏也安静，一问一答之后，两人没话了。

吴婷贝拍完了照，站在蛋糕车旁边扭了扭腰，拎起裙摆，她行了一个谢礼："刘雅，你过来献舞啊。"

刘雅："不抢二十岁单身妹子的风头。"

吴婷贝佯装发怒，追着刘雅打。她半跪在沙发上，转头见到雷振和陈乌夏各自干坐着。她拍了下自己额头心里忍不住叹气："胆小鬼。"

她过来给雷振倒酒："怎么样？再喝一杯吧。"

"好。"雷振主动把酒杯递了过来。

吴婷贝给他倒满了。

雷振看着啤酒的泡沫，没话找话："你买单这么慷慨啊。"

吴婷贝眨了眨眼："嘿嘿，仅此一回。"

雷振又喝了一杯酒，壮起了胆子，他向陈乌夏靠了靠，留下半尺距离："陈乌夏，一会儿……我送你回家吧。"

陈乌夏转过头，说："我家离这儿不远，地铁五个站。你家在反方向吧？"

他咳了一下，说道："是，我家在反方向。今天有事，先不回家了。"

她点点头："哦，好。"

先说这么多，剩下的再酝酿酝酿。雷振手心有汗，去了男同学那边。

一个大男生，和心仪女生说句话都脸红，连壮胆酒也起不了大作用。再看陈乌夏，也不懂情趣。两个闷葫芦的发展，必须依靠助燃器。

吴婷贝挽起陈乌夏的手："走吧，陪我去洗手间。"

洗手间补妆区的六个座位都没有人。

吴婷贝趁机问："夏夏，你觉得雷振怎么样？"

"人不错，平时在班上帮了我们很多。"陈乌夏想起雷振通红的脸，说，"你别灌他酒了，我看他真的不大会喝。"

"有句话叫醉翁之意不在酒，他心底感激着我呢。"吴婷贝在镜子前整理头发，把自己烫的大波浪搁在肩上，"你真不知道还是假不知道。雷振对你有好感。"

"没往那边想。"雷振是个好人，乐于助人。偶尔同学有起哄，可陈乌夏不觉得雷振对她有特殊待遇。

"夏夏，大学三年了，你的感情世界像上了锁似的。"吴婷贝给自己补口红，补妆区镶嵌的是女士化妆专用的仿日光灯，她望着镜中仿佛泛起了柔光的陈乌夏，"你这么漂亮，男生是视觉动物，追你的肯定很多。你一个都没见到？"

"没有留意。"陈乌夏收到过男生的表白，她拒绝了。她不认识对方，早忘了他的样子。

吴婷贝问："你对男生有什么要求？"

"没想过，随缘吧。"陈乌夏顿了下，补充说，"好人，没有不良嗜好，话少些也行。"她曾经憧憬李深那样的天才，他解题的样子特别迷人。憧憬归憧憬，假如两人真的一起，负负得不出正，肯定很无趣。她或许适合一个主动热忱的男孩。

"你是不是有喜欢的人？要是心里有人了，眼里当然只有他，其余的一律屏蔽。"吴婷贝笑起来，"不然就是，你堂哥长太帅了，你天天对着帅哥，瞧不上我们学校的普通人啊。”

“不是，没那个心思。”陈乌夏在池子里洗手，洗了很久。

吴婷贝补好了妆，陈乌夏关上了水龙头，两人一起往出走。

关上门，吴婷贝边走边说：“夏夏，你该学学化妆了。大四要实习，面试应聘，都得收拾收拾啊。”

“实习的——”陈乌夏的话断在半空。

前方转角有两个男的走过来，正是上次去西餐厅的人。

杨东培在问：“你要找谁？”

李深对上了陈乌夏的眼睛，很快转开了视线。他轻描淡写地回答：“人。”

杨东培差点吐血。

吴婷贝回头说：“夏夏，发什么呆呀？”

陈乌夏忙说：“实习的时候向你讨教两招。”

吴婷贝笑了：“包在我身上。”

两男两女迎面而过。

李深和杨东培并肩。吴婷贝在前，陈乌夏在后，她和李深擦肩而过，差点就要碰上，她连忙曲起左手臂，尽量回避他。

李深却被杨东培撞了一下，不得不擦过她的肩。

陈乌夏低了头。

吴婷贝悄悄说：“走过去的那个黑衣服男生好帅。”

杨东培订的包厢就在前面第二间，他说：“蒋湄应该已经到了。”想了想，他猛然转头，“我和蒋湄是十几年的朋友，看在我的面子上，给个好脸色。”

他打开门，果然见到了蒋湄。

蒋湄在吧台边坐着，刚看到杨东培时，她冷着脸，瞥见跟进来的李深，她一下子跳了下来，抱起胳膊，再向后看几眼：“不是说你女朋友在这个城市吗？没来啊？”

杨东培立即上前说：“哇，蒋湄，你今天可漂亮了。”他演技的确浮夸。

蒋湄白了他一眼，走到李深面前：“杨东培和我说过了，你和你女朋友交往几年，我想看看对方是何方神圣。”

杨东培凑到蒋湄面前：“你有强烈的好奇心，为什么不问问我这么多年没女朋友是为了什么？”

蒋湄看出来了，自己的哥们今天是来打圆场的。杨东培曾说，李深的女朋友住在这座城市，怪就怪在，杨东培也没见过这个女朋友。蒋湄第一眼见到李深，就喜欢他的外表。她太好奇李深的女朋友了，之前对杨东培说过一句话：“我总想知道自己输给什么人了啊。”

杨东培看了看李深。李深没有给蒋湄坏脸色，也说不上好。

旁人总是用帅或不帅来说李深，然而杨东培以一个男人的角度来看，外貌的认知很肤浅了。杨东培崇尚桀骜，对什么事都无所谓，这样才自由。李深不痞不皮，独有一份漫不经心，潇洒极了。

“私事无可奉告。”李深无意向谁剖析自己。他把自己剖了个遍，设定了一段平稳的感情，只要他愿意，可以和对方持续一辈子。

这个暑假他动摇了。反倒是蒋湄提醒了他，他有一个“女朋友”。但他并不感激这份提醒，他需要自我的空间。

李深问杨东培：“有烟吗？”

“你会抽烟？”蒋湄的表情变得奇怪。

杨东培抛了烟盒过去：“李深的第一支烟是我给的。”

蒋湄蹙眉，说：“我最烦男人抽烟了。”

杨东培乐了："这就对了。"

李深抽出一支烟，拿了打火机，直接向外走。

杨东培也夹了支烟，问："去哪儿啊？"

"吸烟区。"李深头也不回。

杨东培一哂："别太体贴，不然蒋湄又要心动了。"

蒋湄冷冷地掐了杨东培一下。

在杨东培的哀号中，李深关上了门。

包厢里，同学们互相嬉笑打闹，陈乌夏有些头疼。

雷振一直跟着她，刚才她换了位置，他跟着坐过来，又问了暑期工的事。听过吴婷贝刚才的话，陈乌夏和雷振保持着距离。

吴婷贝说："要不下次聚会就去西餐厅吧？"

陈乌夏忽然想起西餐厅的那天，李深和刚才一样，悠闲放松。她知道自己介意什么东西。魏静享说，李深不高冷了。哪里不高冷了，不还是一座雪山吗？或者，他对别人融化了，唯独在她面前没有。

她停止胡思乱想，说："我去一下卫生间。"

陈乌夏洗了手，恨不得连肩膀也洗了。

出来以后，她只想静一静。抬头见到一个观景平台的指示牌，她慢慢过去了。

前方栏杆边有一个眼熟的身影。李深正在讲电话，接着他的脸向这边转了转。

陈乌夏来不及细想，身体自动做出反应，退回到转角处。反正……见到了也没什么话说，就不见了吧。但刚才的一瞥有哪里不对，她看了脚尖一会儿，才探脑袋出去。

李深面向栏杆，左手指尖夹了一支烟。一丁点儿的火星子，却比他顶上的灯更亮。陈乌夏盯着那一支烟，这燃烧的烟丝似乎烧断了她心系的东西。

正在这时，旁边响起一道声音：“小姐。”

她吓了一跳。

服务生推着酒杯经过：“你好，请问需要帮忙吗？”

她摇头，给服务生让路。

服务员离开了。

陈乌夏看着李深把烟头拧在尽头的铝盒里转身走了，鬼使神差的，她跟了过去。

走廊这一面有成排的玻璃柜，各色美酒在其中陈列，另一面以木板分成大小不一的格子，铺满了青嫩绿叶。

她看着他的背影，像是回到了高三走过的校路。

转过这面墙，走过第一间包厢，李深停下来，忽然回了头。

她无处可躲，只好看着旁边包厢门，再拿起手机，假装是在通话中：“我迷路了，你们在什么房间来着？”

一场戏又僵又硬。

“哦，记住了。我慢慢找啊。”陈乌夏说完就要溜。

“陈乌夏。”李深叫住了她。

她脚步慢了慢。

前面一个包厢的门开了，有人出来，嘴上叼着一支烟，右耳上的头发剃光了，染了一头黄毛，乱糟糟的。这个人看着她的身后，说：“李深，里面杨东培发酒疯找你呢。”

他才说完话，一个女的也出来了。红色小吊带，露一截纤细的柳腰，牛仔短裤下是白皙的长腿，脸上的妆比吴婷贝更娇艳。她眼睛斜睨过来，说：“李深。”

李深没有动。

陈乌夏也停下了。她看着黄毛，这人和古惑仔一样。

“李深，里面哥们要拼酒啊。”说完，黄毛冲里面喊了声，“我出去抽口烟。”他走过来，看了陈乌夏一眼。只感觉这个女孩长得显小，马尾辫，白 T 恤牛仔裤，但表情像是要哭了似的。

黄毛摸摸自己的脸，不是被他的凶相吓住了吧。他尽量让自己笑得亲切，说：“小妹妹，这里不满十八岁不能消费啊。”

然而，女孩跑得更快了。

黄毛：“……”

包厢的同学中，一个男生也抽烟。

他才拿出烟衔在嘴上，吴婷贝挥起手：“别在这里抽烟，二手烟有害健康。”

生日主角发了话，男生只好把烟拿了下来。

吴婷贝向外一指：“走廊有吸烟区。”

“好。”男生推门。

另一个男生也要走。两人烟龄不长，大一才开始抽，但在里面闷了几个小时，忍不住了。

陈乌夏看着两人拿着烟盒离开。

难怪魏静享说，他的朋友都是社会青年。今晚她见识到了，黄毛凶神恶煞，看发型就不像好人。看来李深退学以后，的确和社会青年一起混了。

陈乌夏找不到自己原来的杯子，索性在啤酒篮里拿了一罐。

雷振一直留意着她，见她出去再回来就心不在焉的，问：“你怎么了？”

陈乌夏的手指扣在啤酒的易拉罐上，说：“想喝一点酒。”

雷振来不及阻拦，她已经豪迈地灌了一口。结果胸腔被哽住，她呛得直咳嗽。

雷振伸出手想去拍背，胆子小，还是缩回来了：“你没事吧？喝这么猛很容易醉的，你以前喝过酒吗？”

“没有。”但是多年的白月光幻灭了，酒能消愁哪还管得上味道。

“那还是别喝太多了，你的脸有些红了。”

陈乌夏想，自己晒黑了正好可以遮酒红：“没事，我很清醒。”因为清醒，她喝了半瓶啤酒就放下了。鼻子满是酒气，她自己都嫌弃自己的味道。

“夏夏，你干吗呢？”吴婷贝见状，连忙过来扶住她，“我嘴上说说啊，又没真的逼你喝。虽然我是寿星，你也不用这么捧场吧。”

陈乌夏靠在吴婷贝的肩上，笑了笑：“我心里高兴。”李深第一次喝酒的时候，是不是也和她一样，才半杯下肚就直打瞌睡。

当年，她的右边耳朵响个不停，她觉得自己和李深完了。今天是真完了，她不喜欢抽烟喝酒的男孩。

她猛然喊了声：“解放了！干杯！”接着打了一个酒嗝，她晃晃脑袋，再抱起头，难受得缩在沙发上。

吴婷贝在说什么，可陈乌夏听不到了，脑子一片混沌。她双手掩面，闭上了眼，迷迷糊糊睡了过去。

再次醒来时，面前是吴婷贝的人影：“夏夏，你醒醒啊。”

包厢的灯光调亮了，刺眼得很。过了几秒，陈乌夏想起来这是酒吧，问：“几点了？”

“快十一点了，让雷振送你回去吧。”吴婷贝笑容大大的，“今天我的生日非常开心，滴酒不沾的夏夏为我喝醉了。”

“生日快乐。”陈乌夏坐起来后扶了下额头，“我去去卫生间。”

吴婷贝莫名觉得橘黄灯打在陈乌夏脸上变得苍白了："走得了吗？要不要我扶你？"

陈乌夏站起来，走了两步，稳稳当当。她说："还好。"

吴婷贝的手机响了，她接起电话，眼神示意雷振跟着陈乌夏。

雷振喝得也不少，踉跄了几步，一推门出去，左右张望，他拍拍额头，又回来了："陈乌夏要去的是女卫生间，我跟过去不方便啊。"

有当护花使者的机会也不知道珍惜，吴婷贝横他一眼："你注孤生吧。"

睡了一觉，陈乌夏的酒气散了一半。她直直到了洗手间，冷水冲上脸时，她忽然一个激灵，吸吸鼻子，打了一个喷嚏。

这时，耳朵"嗡"了一下，久病成医，她连忙捏住鼻子，仰起头来，等待耳中异响的停止。

过了一会儿，她一手撑着洗手台，一手揉了揉太阳穴。酒味辣舌头，酒后又头疼，可见酒不是好东西。

这边走廊镶了一圈暖黄灯柱，氛围和观景廊的雅致不同，明了又清爽。转角另一边似乎站了一个人，她脑子晕乎乎的，眼睛不好使，看不太清对方。

她扶着墙回到了包厢。

同学们陆陆续续要离开了。

吴婷贝拉起陈乌夏的手："夏夏，酒醒了没？"

"醒了。"陈乌夏自知失态，"抱歉了，婷贝，我不知道我酒量这么差。"

"道什么歉啦，我的生日聚会你愿意喝酒，那是给我面子。"吴婷贝挽住陈乌夏的手，看一眼雷振，向他使了个眼色，"雷振，你送夏夏回家吧，她喝了酒我不太放心。”

“嗯。”雷振的脸色好不到哪儿去，脖子以上像煮熟了的虾，“陈乌夏，我送你回去。”

一行人到路边拦车，李深也出来了。

黄毛站在他边上，叼着烟，然后给李深递了一支。李深接过就衔在嘴上，黄毛给自己点烟的同时，又把打火机递过去。那个吊带小姑娘，踮起脚给李深送打火机。

陈乌夏暗道，还男女通吃呢。

李深的烟凑到黄毛打火机上，点燃了。

他四周烟雾弥漫，她别开了眼。

雷振拦了辆的士，吴婷贝给打开后车门对陈乌夏说道：“你先回去吧，我爸开车过来接我。”

“晚安。”陈乌夏上了车。

吴婷贝交代说：“雷振，一定要把夏夏送到家门口啊。”

雷振点点头：“知道了。”

司机回头看了一眼，男的满面通红，看上去比女的还醉。

有外人在场，雷振没有多讲什么。一路上，他的手在膝盖上一会儿握拳，一会儿放松。

陈乌夏开了车窗，晚风拍过来，鼻子像是被烟缠上了一样。

半路，司机猛地一个急刹。

陈乌夏觉得有什么涌上了喉咙，她连忙咽下去。接下来的一分钟度秒如年，她实在撑不住了，和司机说：“师傅，我在路口下车了。”

雷振像是惊醒了似的，问：“陈乌夏，你家到了吗？”

“快到了。”她捂了捂肚子，胃里正在翻江倒海。

“我送你上去吧。”

“不用了。司机，我要下车。”陈乌夏语速飞快，就想赶紧下车，“雷振，你先回去吧，我让我哥出来接我。”

司机看出来了，女孩可能要吐，他急急停了车。

车门一开，微风吹进来，散去了雷振的酒意，同时胆子也没了。他说：“好，回到家给我一个消息。”

陈乌夏勉为其难地笑了下。她的潜意识里要吐，也给大脑做了一个这样的命令，等车走后就蹲在草丛边，“哇”的一下吐出了秽物。

十一点半，沿街商铺关了门，外面马路有来往的车流声，老城街道却很安静，偶尔才有车子驶过。

陈乌夏给陈立洲发了微信。等得疲乏困倦的时候，她满心想着梦周公。

背后有人走了过来。酒精确实神奇，她看着那道越来越近的黑影，无所畏惧，甚至摩拳擦掌起来。然而她转过身去，面前站着人是李深，但也不是。少年时，他有一股绝世的傲劲，仿佛天地万物都入不了他的眼，眼前这人虽然活跃着，但不再轻慢。

李深递过来一包纸巾。

她接过了，擦擦嘴，然后盖回包装扣，再还给他。

两人没有言语交流，气氛干枯得像沙漠里的夜。

陈乌夏要走了。

李深低了低头，忽然叫住她：“陈乌夏。”

他的第二个字极轻，她只听到“陈夏”。她停住了脚步，没有回头，说：“李深，我们就这样吧。”

三年前就该“这样吧”。高三那年，她觉得时光留给自己和他分别的时间太短太短了，几句话之后就各走一方。现在大把大把的时间飞过来，她却没什么可说的。

借酒浇愁有那么些道理，她吐完一轮释怀了。李深有了新朋友、新爱好、新生活，她也该勇往直前。

“陈乌夏。”他又叫了声。

她继续向前走。

“能走吗？”

“当然。”陈乌夏昂头回答。

他又说：“你方向反了。”

“……”她走的路也可以回家，绕多一圈而已，“谢谢，我想散散步。”

陈乌夏坚决不回头，迈开大步，想要甩开后面的人。

李深不紧不慢，跟在她后面五六米的地方。

两人围着街道绕圈圈。

半途，陈乌夏抬起头，认出了眼前的一棵树。向外的枝头刚被修剪过，一片新叶子冒了个头，像一个青葱的稀客。

这里是曾经的儿童活动场，她上一次抱头痛哭的地方。那天以后，她再伤心都只能蒙在被子里。长大以后，她失去了从前的忍耐力，常常有哭泣的冲动。但后来的后来，只要她一哭泣，右耳就会响起同频率的鼓声。

可能是老天爷觉得她太脆弱，特意为她的哭泣制造障碍。但是，醉酒的人是被允许发酒疯的。

李深看她怔怔对着树枝发呆，正要上前，却见她忽然呜咽起来。他问：“哭什么？”

她轻轻地说：“记得吗？我们的第一次就在这棵树下。”

“我们的第一次还没发生，别给我扣帽子。”

右耳的鼓咚咚响，陈乌夏听不清他的话，自顾自说：“我就知道你不认，你做过的事你不认。”她指着那棵树，“六年前就在这里，你和现在一样，我……见到你就想哭。”

看着她的脸皱成一团，不得不说，李深对曾经的小哭包有些想念：“想哭就哭吧。”

她一旦崩溃就形象全无：“呜哇……”

他注意到她的动作，她一边哭一边捂右耳，节奏时快时慢。

他给她一包纸巾，陈乌夏模糊地看他一眼，用纸巾蒙上了脸。

车灯由远至近打过来，先是在她背上扫过，暗了，紧接着停在李深的脸上。的士司机刹车停在路边，摇下车窗问：“什么事啊？需要帮忙吗？”

从车窗里看不到司机的身材，但他脖子粗肩膀宽，估计是壮汉，路见不平来的。

李深说：“朋友喝醉了。”

陈乌夏从啜泣里抬头，吼了一句：“谁和你是朋友？”

壮汉司机皱眉看一眼李深，准备拿手机报警了。

陈乌夏又说：“我们是同学。”

壮汉司机愣了下，猜测这对是闹别扭的小情侣，开车离开了。

右耳仍然在敲鼓，但陈乌夏舒坦了，攒几年的劲终于得到释放，她索性坐在花墩上，被风吹干的眼泪停在她的鼻沟，她说道：“坐吧。”

李深没有坐。

她看着他：“你觉得我招呼不周吗？可这里没有其他坐的地方了。”

他坐下了。

陈乌夏和他讲道理，说：“抽烟有害健康，还会口臭。”

李深转头说：“没你现在臭。”

“嚯。”她给他吹气，问，“臭不臭？”

李深站起来：“陈乌夏，回家了。”

“就不走。”她呵斥说，“你给我坐下。”

有理说不清，李深再坐下，顺便拿出烟盒。陈乌夏一眼见到，就要去抢。

他抬高了手：“你干什么？”

“看我的！”她站起来，飞起一记手刀，直接把烟盒打了出去。

第二章

烟盒弹了十几米远，飞出去的同时，剩下几支烟散落在半空，掉了下来。

空的烟盒正好滚到了陈立洲的脚下。他捡起来，把盒子翻转一下。他不抽烟，但对烟草的牌子略知一二，这牌子不错。

顺着地上散落的烟，陈立洲看到了坐在花墩上的少年和少女。路灯给夜色里的两人独留了一座舞台，李深和陈乌夏是主角，其余的景和人都是观众。

陈立洲停在暗夜的树旁，陈乌夏没有发现，灯下的李深却转过头来。三年半的时间，两个男孩都褪了稚气。李深更沉寂，陈立洲在外放的同时，也学会了内敛。

陈立洲笑笑，喊一声：“乌夏。”

陈乌夏又惊又喜：“哥！”

陈立洲把烟盒丢到垃圾桶，笑着向她伸出了手：“乌夏，别怕，有哥在。”

她连忙走到他的面前。说也奇怪，有李深以外的人出现，她借来的胆子瞬间就跑了。

闻到了她身上的酒气，陈立洲扫了李深一眼，看着妹妹问："是不是他逼你喝酒了？"

陈乌夏想了想，解释说："吴婷贝生日，我和她一起喝，同学们也喝了。"脑袋有些迷糊，话倒说得很通顺。

陈立洲："这碍眼的人是怎么出现的？"

陈乌夏费劲地思考："我吐了，他来了。"

看来，宝贝妹妹没有被李深占便宜。陈立洲伸出两根手指晃了晃："看得清这是几吗？"

陈乌夏眯了眯眼睛，点点头。她揉揉眼睛，说："哥，我想睡觉了。"

"走，回家了。"陈立洲背向陈乌夏，半蹲身子，"上来吧，哥背你回去。你这样子，自己走也费劲了。"

小时候，爷爷奶奶住的那条路，一下大雨就会淌水。她穿了新鞋子的话，特别害怕淹水。每当这时，堂哥就脱掉他的鞋子，光脚背着她走。她漂亮的新鞋子在空中蔑视雨水。

长大以后她看着瘦，但是肌肉非常结实，她问："哥，你背得动吗？我好重啊。"

"上来你就知道了。"

她的确累了，靠着堂哥的背，枕在他的肩，她安心了。

他轻轻叫了声："乌夏。"

她没有了声音。短短几秒里，她已经睡着了。

当着妹妹的面，陈立洲不好和李深说什么。妹妹睡着了，他才转向李深。

李深礼貌地点头："陈师兄。"

"李深。"陈立洲轻声说，"你高三时被报复，我多少有些责任。那间摄影工作室业绩下滑，是我搞的。你和姓肖的恩怨，我不大清楚，你在他面前保护了乌夏，我记着这份情，而且，我惋惜你那年没参加高考，很多事情不和你计较。我们两家已是陌生人，你和乌夏以后还是少见面为好。”陈立洲没有提及妹妹的耳疾，愧疚不值钱，而且李深知情的话反而麻烦。

陈立洲抬了抬背上的陈乌夏。

李深：“陈师兄，背不动的话就别勉强。”

“呸，你真是过多少年都还是长一张让人讨厌的脸。”陈立洲停下来，“李深，凭你的头脑，没有学历也能比大多数人成功。但对乌夏不是，她的认知里，高考是学生的第一关卡。当年的事，她不欠你的。别缠着我妹妹，再跟过来你就是人渣。”

李深：“我回家也是这条路。”

陈立洲头也不回：“你就闻着乌夏的屁走吧。”

话音刚落，李深收到了一条消息，来自爹毛狮子头，为的是向他道晚安。

他打了两个字：晚安。

要按发送时，他看一眼陈乌夏，手指停住了。

最终，他没有回复。

好不容易到了休息的星期一，陈乌夏又被吴婷贝叫走了。

吴婷贝认识了一个男孩，大概有继续发展的意思，于是拉了陈乌夏过去当参谋。陈乌夏自己的感情没个着落，但因为不懂拒绝，硬着头皮去了。

果然，谁当电灯泡谁尴尬。

见面的前十分钟，三人介绍完，各自沉默。但之后话匣子打开了，男生和吴婷贝一问一答，不再冷场。

男生问：“你喜欢篮球吗？”

“喜欢！”吴婷贝说，“我以前选修课想报篮球，但是女生要抽签，我没中，很可惜。”

男生来了兴致：“真巧啊，我很喜欢篮球。”

吴婷贝大笑：“哇，太棒了。”然而，她没中签的原因是她根本没有报名篮球课。

陈乌夏全程像一个隐形人，完全不插话。就连男生好奇问她问题，她也只是点点头而已。

吃完了午饭，男生和吴婷贝要去数码城，陈乌夏立即找借口回家了。

倒挂的乌云如一口大锅扣住太阳，炎夏里，总要来几场迅猛的暴雨才畅快。陈乌夏走出地铁站没多久，豆大的雨敲中了她的脑袋。紧接着，卷着树叶的狂风迎面而来。

小小的太阳伞扛不住风势，她去了就近的便利店。

来得巧，就餐区空了一张凳子。陈乌夏买了杯酸奶，坐下低头看手机。直到前方玻璃被人挡住了，她瞥过去，见到了对方的黑裤，以及红黑相间的篮球鞋。

她抬起头看去，未免太巧了，真的是李深。

他戴了顶棒球帽，衣服和裤子有雨滴的痕迹，可能是沿着人行道一路走来的。

那天醉酒以后，陈乌夏没有再见过他。她知道自己借酒装疯，但记不大清说过的话。

她问陈立洲：“哥，那天你见到李深，没说什么吧？”

陈立洲没有隐瞒：“说了。”

“说了什么？”她的心七上八下的。

陈立洲概括说：“你和他以后只是邻居了。”

“嗯……真不错。”邻居们遇到了问声好，生活却毫无交集。

见过吴婷贝和男生的畅聊，陈乌夏发现，自己和李深是恋爱书里的“性格不合”。

大概这就是天意。

李深在外面仰头看乌云，她在玻璃这边望着他。狂风挟裹斜雨，有几个路人把伞挂在侧面，挡住飞来的雨珠。李深没有伞，直挺挺地站在原地。

陈乌夏看着他被雨打湿，再看着玻璃上溅起雨珠子，他不是放任的人，但上衣裹住的左背已经印出了极致的线条。或许是因为这家便利店太多回忆，她才会犹豫，要不要出去送杯热牛奶。这个念头一闪而过，之后被忽略了。

某个时刻，李深回过头来，眼睛蒙着雨雾。陈乌夏先是愣了愣，然后低头。下一秒，她又抬起来，扯出一个礼貌的微笑，点头示意。

他照例没什么表情，嘴上动了动，说了一句话。

她向来读不懂他。

然后，李深走几步，推门进来了。

冲她而来吗？陈乌夏来不及细想，他已到了她的跟前：“陈乌夏。”

“啊？”幸好他起了话题，否则她不知道可以聊什么。吴婷贝和男生那样的热络，永远不会出现在她和李深相见的场景里。

“我的手机欠费，上不了网。能不能请你借点钱？我想买杯咖啡。”

“哦哦，好。”陈乌夏拿了一张五十元。

李深见到她的钱包绣了朵粉红小花，不再是当年的爹毛狮子了。他问：“有一百吗？”

“有。”陈乌夏给了他一百块，“要不我给你网上充值？”

“我去收银台充。”

“哦。”似乎是她多管闲事了。

李深很快回来了，说：“我网上还钱给你？”

“好的。”

“我加你？”

陈乌夏想也没想，说：“我给你收款二维码就好了。”

李深顿了两秒：“嗯。”他打开微信，点开了扫一扫。

陈乌夏无意瞥一眼，见到他的聊天置顶是一个黄澄澄的头像。他都有置顶的聊天对象了……也对，他交了女朋友。

手机响得正是时候，陈乌夏立即接起来。

“夏夏！”吴婷贝刚结束和男生的见面，笑着给陈乌夏汇报成果，“这个男生很能侃。”

陈乌夏连连应声，盼着电话多讲几句，这样就不需要面对李深了。然而，没有等她打完电话，他说：“我回家了。”

他离开了便利店，陈乌夏看着他走进雨中。

客套就是他俩的“后来”了。

雨小了，风依然起劲。小小的折伞一路飘摇，陈乌夏终于快到家了。

暴雨过后的街道漫起二十厘米高的雨水，一商店的店主拿桶往外舀水。陈乌夏听见他说：“天气预报说晚上还要下雨。”

另一人说：“江水已经涨上来了，那里停车的又要遭殃了。”

回家路上浪打浪，陈乌夏在商店买了一双人字拖，然后脱掉鞋袜，拎着鞋子，卷起裤腿，蹚着雨水走。路过某个地方时，不是她特别留意，而是不经意间，她看见了路边的那辆车。她认得车牌，是李家的。

前年，这条街道施工了两三次，不知是否修垮了排水管，之后一到暴雨就浸水。周围的车主早把车子开走了，留下的都是不知情的。

陈乌夏懊恼极了，刚才在便利店，李深主动说要加好友，她却觉得恩断义绝了还聊什么微信。结果她想通知他把车开走，也找不到联系方式。

她急匆匆地往回走。

路上，有什么东西滑溜溜的飞过她的脚背，她回头一看，原来是江里的鱼上了岸。雨水一时半会儿排不走，暴涨的江水又把浪冲了上来，车子再停下去必然遭殃。陈乌夏走得更快，差点把人字拖给甩了。

杂货店主看着她狼狈地回来："哎，前边又淹了？"

"是啊，公交车水陆两用了。"陈乌夏径直往大门跑。

她上了四楼，先按门铃。

门铃响都不响，估计早坏了，她改为敲门。外面哗啦啦的排水管盖住了她的敲门声。于是她使劲地拍门，扯着嗓子喊道："李深！李深！"

好半晌，没有人来。

身为邻居，这已经仁至义尽了吧。想归想，陈乌夏仍然不死心，又拍了半分钟。几十年的旧门了，几根松动的杆子摇摇晃晃，发出"哐哐"的声响。她嘶吼："李深——"

也许他之前说的"回家"是骗她的，陈乌夏准备放弃了，门却突然打开。

李深换了休闲的上衣短裤，白色毛巾挂在肩上。他左手扯住毛巾一角，看了看门，握住其中一支钢杆摇了摇，问："你来拆我家的门？"

"李深，街上淹水了。"陈乌夏忙说，"我见到你家的车停在那里，上来提醒你一下。现在水还不高，但是之后再下雨肯定要淹好多的。”

他看得出她很着急，尤其她手里拎着鞋。

“我爸的车？”

“对。”她解释说，“前年夏天刮台风，街上淹了十几辆车，上了电视台新闻。”

“嗯。”他点点头。然后不说话，也不行动。

平时的李深遇事沉着冷静反应快，陈乌夏还是第一次见他对这一件简单的事思考这么久。同时她注意到，他身上有沐浴后的檀香皂味，和当年一样。他腕上戴的还是当年的手表，爱穿的也是缤纷的球鞋。他倒是很念旧事物，但对人非常残忍，和同学说散就散。

“我给我爸打电话问问。”李深出来，把门虚掩上。

“嗯。”任务完成，陈乌夏要回家了。

“等等。”他叫住她，但不说什么事，而是先和李旭彬通了电话，“爸，水浸街了，车子停那里会被淹。你什么时候回来？”

电话那端说了什么。

“嗯。”李深挂上电话，“我爸很晚才回来。我去开车，车子停在哪儿，还请你给我说说位置。”

陈乌夏连连点头：“好的。”

“我找找车钥匙。”李深看她的裤脚全湿了，问，“你要不要上去换洗一下？”

“我去把鞋子放下，然后跟你过去。”她提醒他，“那条路都淹了，可能穿拖鞋比较方便。”

“嗯。”他要去开门。

这是，窗口卷进来的大风把门向里一送，“砰”的一下，门被关上了。

高窗有飕飕的风吹来。

陈乌夏看着大门被关上，想拦也拦不住：“这……”

车钥匙在里面，门钥匙可能也在里面，因为李深手里只拿了手机。

李深拉了拉门，当然徒劳无功。

门前的两人沉默了一阵，直到风慢慢静止了。

陈乌夏问：“于阿姨什么时候回来呢？”

李深沉沉地回答：“去市郊开会了，就算现在赶回来也晚了。”

那就是暂时无解了。她说：“雨停了以后，也许路上的积水慢慢排走了。”她后悔刚才把曾经淹车的新闻说了出去，以至于这段安慰没有底气。今天来敲门可能是一个错误。

雨是停了，但是乌云罩天，恐怕还会有一阵骤雨。

“对了。”

“嗯？”陈乌夏立即接话。

“你大伯和伯娘在家吗？”

“他们上班去了。”

“你哥呢？”

“我哥和同学在做一个什么生物项目，两天没回家了。”

她和以前一样，没有戒心，一问一答非常实诚。李深想了想，说：“我有个办法。”

“什么？”

“上你家去。”

“啊？”陈乌夏没有理解他的意思。

李深拽下毛巾，径自上楼去，走了几级楼梯，发现她没有跟过来，转头一看，她正看着他家大门发呆。

其实，陈乌夏透过门杆见到的是当初她撞上的屏风柜。她拉了拉右耳，说起后悔，没有什么时候比那天更加透彻了。然而事到如今，她对李深说不出口，说他毁了她，他毁了她啊……

“陈乌夏。”

听到声音，她转过头来。李深背光的身影和她曾经梦过的一样，脸上仿佛被旋涡收走了五官。

陈乌夏这时候的表情匪夷所思，复杂到李深无法剖析。沧桑冻结在眼睛里，不可名状的东西妄图从眼睛任意的缝隙里泄露，但她强行拉住了。

下一秒，她低了低头，跟上去。

“什么事？”待她走近了，他问，“你有什么事？”

“没什么。”她越过他，“你有什么办法？”

他不回答。

她停了下，没有再转向他。到楼上开了门，她问：“李深，你有什么办法？”手机剩下 2% 的电量，她拉过充电线接上了。

“回我家拿车钥匙。”李深脱了鞋，光脚进去了。

“啊？”看他直接向阳台走，她猜到他的意图，但她觉得荒唐，追问，“李深，你想怎样？”

湿答答的阳台，李深一踩一个脚印。他拿衣服下摆抹了抹栏杆，单手撑在上面，腰一扭，腿带着脚矫健地画了一个弧，然后坐在了栏杆。直到这时，他才做出解释：“我从这里跳到我家阳台去。”

“你疯了？”陈乌夏目测了两家阳台的距离，难以置信地看着他，“万一摔下去呢？”

“摔不了。”

她站定在转角，张开双臂拦住他："不行，太危险了！"

"陈乌夏，这个距离爬阳台很简单。你家阳台对面装了防盗网，我有着力点。"一梯两户的步梯楼，以楼梯做公共空间，左右分排户型，两家阳台间距大约三米宽，对李深而言还行。

他面向楼下，稍不小心就会坠落，她口拙，劝也不会劝，心急了："你要是不小心摔了，是不是你家又要怪我？"

话一出口，她后悔极了。

这句话直击二人的要害。就算两人好声好气在这里商量对策，和平以下仍是恩怨了了。

"我以为你已经过来了。"他的话很轻，仿佛被抽走了声音。

低频障碍的陈乌夏捕捉到最后三个字，说："嗯，我过来了。对不起，刚才我说的气话。"

"你喝醉也没讲真话，是被逼急才说气话？"

"我那天晚上说了什么吗？"

"嗯。"

他的话太轻，她没听见："你说什么？"

"没什么。"

"气话是情急之下的废话，我承认高三的事我有责任。"

李深说了一句，她又听不清，忙说："你下来吧。"如果楼下有人见到李深在这儿，又会编排一堆故事。

李深却回到刚才的话题："陈乌夏，我们当年没有讲清楚。"

"有些事讲不清楚的，我们知道道理是怎样。我虽然不是故意的，但终归冲动了。"她着急了，"你下来吧。"

"我们家不是怪你。"

"嗯嗯。"她觉得自己像是电影里的谈判专家，只盼对方脚踏实地，管他说得对不对，"知道了。你赶紧下来吧，别人看见还以为你要想不开呢。”

乌云吞噬了剩下的阳光，紧接着，天边响起一道惊雷。

陈乌夏见到楼下有人抬头张望，她连忙弯低身子，走到李深面前，两手扣住他的双腕，把他扯了下来。

她力气大，没收好力道，拽得猛了，使得他背向她倒了下来。李深单手向后撑地，大腿却被她踢了一脚，失去平衡，整个背撞向了她。她被撞得四脚朝天，背上滚到了脏水，又湿又凉。

他立即翻了个身，半低身子看她：“你怎么样？”

“没事。”她要起来，但他的脸压得太近，她荒诞地觉得风里全是他的檀香味。

上一次两人这样面对面，还是他和她亲密触碰的时候。他有了女朋友，可能早和女朋友亲密过无数次，是个中好手了。

她狠狠地推了他。

李深看着，她的眼睛从惊愕变成怨愤。

两人都沾湿了衣服，陈乌夏整片背脏了，难受得很。她站起来后靠在墙边，很久很久说不出话。她还停在刚才混乱的场景里，当年因为看不清他，所以误信了抽烟男的话。现在她想相信李深，但他至今都没有解释过当年的亲密触碰。

她抱着手，发了一阵呆，终于找回了声音，说道：“爬墙太危险了，要不去找开锁匠吧。”对，就该这样镇定。

“嗯。”李深比她更冷静，上网找了个开锁电话。

开锁匠说：“大概半个小时到。”

陈乌夏先离开了阳台，这像是一个抽离过去的象征。

李深拍了拍膝盖上的雨水，停在阳台门前，问：“有没有拖鞋？”他的脚早就脏兮兮了。

她拿了双拖鞋过来，说：“你去浴室冲一冲水吧。”

“嗯。”

陈乌夏趁这段时间换了衣服。

两人再出来，各自坐着想什么。

外面的呼啸令里面更沉默。陈乌夏只能用电视的吵闹来缓解冷场。里面的人嘻嘻哈哈，她假装投入在电视里，偶尔还捧场地笑一笑，其实她不知道到底在演什么。

李深自始至终没有说话。

雷声滚滚，瓢泼大雨随之而来。开锁匠的电话也响起了：“后生仔，不好意思。突然下暴雨啊，我还困在地铁站。”

意思就是一时半会儿来不了，陈乌夏越发觉得今日诸事不宜。

李深问：“路上淹了多少？”他回来的时候，江水还没涌上来，排水还算顺利。

“不到膝盖。”陈乌夏很着急。看外面的雨势，街上淹水是肯定的了。

“可能来不及。”

“那……车子浸了水能修吗？”

“到时候让我爸跟保险谈谈。”

听李深这么说，似乎是放弃去挪车了。

天边滚来一个巨雷，倒是没炸到天空，反而把电视机给炸关了，天花板的灯也在这一瞬灭了。

“停电了？”陈乌夏卸下假笑。

李深到门外看了一下。楼梯灯正亮着，他回来说：“应该是你家的保险丝烧了。有没有工具？”

“有是有，但还是等大伯回来修吧。上次他说我们家的保险丝太细了，想换一个粗的。”

“你大伯要下班才回来。”李深照起手机电筒灯，“我去换一个保险丝，你洗个澡吧。”

“……”她刚才拿纸巾随便擦了背，至今黏黏的不舒服。原来他明白，因为有他在，她才不方便洗澡。

整栋楼的配电箱统一安装在首层，李深拿了工具下楼去了。

手机充了不到5%的电，陈乌夏看一会儿就放下了，她没有去洗澡，而是一个人发呆。今天太混乱了，她觉得自己说的话、做的事都可能一步错步步错。

过了十来分钟，灯重新亮了起来。电视机一闪，自动回到了刚才的频道。

陈乌夏看着大门，门开的一刻，她愣住了：“伯娘？”

马琳收起湿淋淋的伞：“乌夏，你回来了啊。外面好大雨，幸好我公司放了雨靴。”

陈乌夏接过伞：“伯娘，怎么这么大雨回来了？”

“下午和同事去办业务，没回公司。同事送我到附近，就回来了。”

“噢，回来就好。”陈乌夏出去晾了伞，回来时向门口看了一眼，李深没有出现，“伯娘，路上还淹水吗？”

“淹啊。听人说地下车库也淹了，不知道会不会和前年一样，下一场暴雨上百辆车报废。可惜啊！”

陈乌夏又忐忑起来。就算开锁匠来了，李深拿了车钥匙也不知道车辆的具体车位，她还是得去一趟。她想了个理由：“伯娘，你上楼有没有在楼梯见到一个公仔啊？”

马琳想了想：“没有留意。”

“我包包上挂的一个公仔掉了，我在楼下开大门的时候还见到的，可能掉楼梯里了。”

“哦，就在室内找。”马琳看着外面的天，“别出门了，外面风大雨大，真掉外面了都被冲走了。”

“嗯。伯娘，我下楼找找。”陈乌夏出去了。

见到她，李深没有惊讶，直接递了螺丝刀过来：“有电了吧？”

“嗯，谢谢。”她问，“开锁匠呢？”

“雨小了过来。”

骤雨来时急，走得也快。十来分钟后，开锁匠赶到了，撬旧锁、换新锁成了今天唯一一件结局圆满的事情。

雨水和江水暴涨，街道没到了膝盖，李深和陈乌夏蹚水过去，却没有挪车。因为他们去得已经晚了。前一刻，行道树被狂风吹得连根拔起，正好砸中了李旭彬的车。

暴雨成了大家的闲聊话题。

西餐厅的一同事问：“是不是淹了好多车？”

另一个同事说：“是啊，地下车库出入口摆了两台大水泵来抽水。路边还有两辆车被树给砸了。”

两辆车里，有一辆是被砸车尾，李旭彬的正停在树干旁，车顶被砸凹陷了一个大坑。

昨天，李深对陈乌夏说：“你尽力了。”

她的确尽力了，但拼尽一切还是劳而无功，她非常沮丧，向他道了歉。各自撑着伞，相隔密密的雨帘，她把伞檐压下，遮住自己的表情。

李深问：“陈乌夏，你什么时候养成不是你的错非要揽责任的习惯了？”

她觉得他在影射当年的事，静了很久。

“陈乌夏？”

“李深，你什么时候养成说长句子的习惯了？”

两人都没有给对方答案。陈乌夏有许多想法，但是一旦要坦白，面临的就是不安。她有些羡慕可以直言不讳的人，譬如吴婷贝。

为了迎接七夕，餐厅门前立起两个粉红色的心形大气球，挂了几串甜蜜蜜的饰品，气氛十足。

将到午饭时间，餐厅经理左右观察两个气球，问旁边的服务员：“是不是把两个气球靠近点更好。”

“是啊。”服务员哪敢发表意见，经理说什么是什么。

餐厅经理：“行，你先去干活吧。”

陈乌夏忙得不可开交，点餐、上菜、收拾餐台，无论手上做什么，每次见到客人，她就弯起笑容。

李深进来后，第一眼见到陈乌夏。

“欢迎光临。”她笑盈盈地说。

李深照例坐在角落，由另一个女服务生负责点餐。陈乌夏被餐厅经理叫去服务一对小情侣。

过了十来分钟，她端了两份菠菜烤蛋，先给了情侣桌，然后走到李深面前，说：“请慢用。”

他看着她。只有在他是顾客的时候，她才会微笑，却像公园里的赏花，美则美，并不特别。以前她笑起来很像寒风里的小花苞，小小的，看着不起眼，但独一无二。

而陈乌夏见到李深面前电脑黑漆漆的背景下，有一行行五颜六色的字。好像不管过多久，他的爱好全是她不懂的东西。

门口有人进来，陈乌夏连忙说：“欢迎光临。”

来的是一男一女，一个跟弥勒佛似的，另一个是在酒吧给李深点烟的女孩。女孩今天的妆比那天的要淡，肤白貌美，娇艳又亮眼。还是穿的短裤，一双长腿雪白如玉。

陈乌夏低下头，给两位顾客让道。

蒋湄走过去了，觉得这个齐刘海的服务生在哪里见过。她灵光一闪，又回头看陈乌夏。这不是李深在酒吧遇上的女孩吗？而且，自她出现，李深就心不在焉了。

想起这些，蒋湄用指甲抠了抠手指，把肉抠疼了才放开。她娇嗔地说："李深。"

这句嗲嗲的，陈乌夏莫名起了鸡皮疙瘩，转身去了服务台。

杨东培看了看陈乌夏，坐下就问："你又来这家西餐厅？"

"嗯。"李深抬头看了眼杨东培，然后注意力回到电脑上。

"吃什么？"杨东培把菜单给蒋湄，"点吧。"

蒋湄从中听出什么，她心里计较着陈乌夏和李深的关系，随意翻了翻菜单："这家很好吃吗？"

"嗯。"杨东培给了李深面子。

蒋湄问："李深有什么推荐？"

李深答："什么都好。"

"呃，这家口味一般吧。"杨东培直说了。

"是嘛。"蒋湄有一份独特的第六感，她冷笑，"李深，你暑假不出去约会啊，一个人来西餐厅？"

杨东培在桌下踢了踢蒋湄，说："他忙，谈恋爱又不是非得带观众。况且，今天我们有正事要谈。"

蒋湄哼了一下。

李深做自己的事，没有理会她。

杨东培按下服务键。

蒋湄看着陈乌夏走过来，跷起了腿，挑眉问："这里打工薪水高不高？"

“请问要点些什么？”陈乌夏当然听得出蒋湄并不友善。她猜，这可能是李深的女朋友，然后误会了什么。思及此，她更客气了：“我们餐厅有新出的七夕情侣套餐，还有玫瑰赠礼。”

蒋湄略有讽刺：“要不我也来打工吧。”

杨东培斥责地说：“蒋湄，别闹了。点餐。”

李深终于看向蒋湄，带着高高在上的轻视。

杨东培点了个七夕套餐，说：“蒋湄，你和我分这个套餐。”

点完餐，陈乌夏离开了。她和李深没有看对方一眼。

然而，蒋湄仍不放心：“李深，要不你给我讲讲你女朋友是什么样的？”

李深：“没必要。”

蒋湄：“藏着掖着，又没照片，不知道的还以为见不得光呢。”

杨东培口气也冷了：“蒋湄，不说话不自在是不是？”

杨东培早知道李深有个女朋友，感情非常深厚。无奈蒋湄一心要攻略李深，杨东培劝不住，只好让她过来了。

蒋湄横了杨东培一眼。她也不知道自己的青梅竹马究竟站哪边的，每回她要倒追男生，泼冷水的肯定是杨东培。

上菜过来的是郑良骥，他朝气蓬勃的脸上满是笑容：“你们慢用。”

蒋湄看着他：“这里的服务生都是高中生啊？”

郑良骥：“准大学生。”

蒋湄朝陈乌夏的方向努努嘴：“那个也是大学生？”

郑良骥狡黠地说：“女孩的青春是秘密。”

李深合上电脑，简单吃完了午饭，然后说：“我先走了。”

蒋湄抬起头来：“我还没吃完。”

杨东培也只吃了一半：“正事还没开始谈。”

“我有些东西要修改一下，改完再讨论。”李深直接走人。

蒋湄重重地放下刀叉：“杨东培，你看看他——”

“蒋湄，你看看你。”杨东培抢了话，“跟你说过，心急吃不了热豆腐，你不听。你在我面前任性就算了，我可以纵容你，但是李深不会给你面子，他心里只有他女朋友。”

蒋湄前倾身子：“他女朋友漂亮吗？”

“不知道。”

“那谁见过他女朋友啊？”

还真的没有。

“李深的私人生活很低调。”

“你们谁也没有见过。”蒋湄试探问，“他会不会编了一个女朋友来挡桃花？”

杨东培嗤之以鼻：“李深没这么无聊。”

“算了，管他呢，我又不怕竞争。”蒋湄追着李深而去。

“自取其辱。”杨东培伸出手，“唔该买单！”

门外的一个气球被风吹歪了。

餐厅经理过去结账前，说：“小郑，小陈，你们出去弄下。门面要端正，顺便让两个气球甜蜜点。”

郑良骥搬了梯子。不过这把梯子掉了一枚螺丝，爬梯途中，他差点摔倒了。

陈乌夏连忙扶住梯子：“小心点。”

郑良骥：“知道。”

刺眼的阳光照过来，陈乌夏眯起眼，不经意间看见十字路口的人。李深单肩背着背包，站在交通灯前。蒋湄衣裙纷飞，张开双臂，要去热烈地拥抱他。

李深看了过来。

陈乌夏立即仰起头："两个气球绑一起更亲密吧？"

"对。"郑良骥又上了一级梯子，拽住一个气球，"夏姐姐，你会不会打心形结？"

"不会。"

"我会。"他很能讨女孩子欢心，手工活也不在话下，他灵巧地打了个结，"经理这下应该满意了。"

"嗯。"陈乌夏竖了一个大拇指。

郑良骥整理好彩带，说："夏姐姐，你走远点，我要跳下去了。"

"别吧，很危险……"她说得晚了，郑良骥已经做了跳跃的动作。慌乱中，她差点踩到旁边的糖果气球，踉跄一下后失去了平衡，摔在气球上。

"砰"的一声，气球爆了，她在右耳听到了轰鸣声。

"夏姐姐！"郑良骥跳下来，连忙拿开气球，"你没事吧？"

她没有说话。

郑良骥刚才想到跳下来省事，却没注意她周围都是气球。他着急不已："怎么样？夏姐姐，我们去医院吧。"

"先别说话……"太吵了，世界太吵了，陈乌夏捂住了右耳。

"是不是伤到耳朵了？"郑良骥半跪在地，想要去拉她。

陈乌夏自己却先站了起来，然后慢慢地等待耳中的紧急列车驶过。

"夏姐姐？"郑良骥的脸色比陈乌夏的更苍白。

陈乌夏闭了闭眼。上天怜她，右耳的轰鸣在十来秒以后变小了，回到以前的"嗡嗡"响。随之而来的是腿上的疼痛，她这时才看到自己磕破了膝盖。

"夏姐姐？"

"没事了。"

郑良骥低头看着她的膝盖："我去买创可贴。"

"不用了，皮外伤。"

她来不及阻拦，他已经往便利店跑了。

餐厅经理给陈乌夏免了晚班："早点回家休息吧。"

陈乌夏笑着道谢："谢谢经理。"

"小郑，这是你的责任。"餐厅经理点名郑良骥，"你负责把小陈送回去，就算她走不动，背都得背回去。"

"是。"就算餐厅经理不说，郑良骥也会自告奋勇送她回去。

郑良骥整日笑容满面，这天回去的路上终于闭上了嘴，沉默地跟着她。

陈乌夏笑了："别放在心上，小伤而已。"她换下了制服裙，受伤的膝盖藏在牛仔裤下，走路很正常。

"我爸批评我做事不着调，我才想出来打工，锻炼自己。"郑良骥记得那流血的膝盖，"结果还是老样子。"

"大男孩都是爱玩的。"

"夏姐姐，你是大女孩的时候，也爱玩吗？"

"没有。"

"那我以后多带你去玩。"

"嗯。"陈乌夏停下来，"我到了，你回去上班吧。经理说了，你走多久就扣多少薪水。"

"是我应得的惩罚。夏姐姐，我先回去了。"临走前，郑良骥开玩笑说，"本来还想背你回来，结果无用武之地啊。"

陈乌夏笑笑，抬头在李家阳台见到了一个人影。

在夏天的阳台打游戏非常人所为。

暴雨只给这座城市降了一晚的温度，新的一天又是炎夏。更别提，太阳落山以后，蚊子成群结伙地飞来，在李深的黑衣上找到了停靠站。

小区的公共路灯瓦数很低，常常看不清人，但李深知道在门口的男女是谁。那个男孩就是今天护着陈乌夏的人，挺瘦一男的，却把她遮得严严实实。这时，两人似乎在道别。

旁边的烟盒只剩下一支烟，李深很少抽烟，失去逻辑的时候会来几口。而他的胡思乱想，常和一个人有关。

李深点了烟，放在手指间燃烧，烟烧了大半，他吸了第一口，吐出烟圈时，楼下的两人道别完毕。

李深挥走蚊子，离开了。

楼梯口，陈乌夏偶遇了李深，她向他点头示意。同时，她注意到了他手里的烟。

前几天，陈立洲在说李深的坏话：“他学会抽烟了，他的神仙传说就这样烂尾了。”

陈乌夏没有告诉堂哥，李深还学会了拼酒。

这时，她看到那支烟烧得快剩烟头，想来抽了不少。烟盒上就有“吸烟有害健康”，又何须她提醒。

她就要和李深擦肩而过时，有个抱着足球的男孩蹦蹦跳跳下来了，见到有人，他急忙收住脚步，而足球却意外从男孩手中滚了出来，弹到陈乌夏受伤的膝盖。瞬间的生疼令她弯了弯脚，连忙要去抓栏杆。紧接着，手上传来温暖的抓握，她愣愣看着自己手心里的李深的手。

小男孩发出了“嘻嘻”的笑声。

陈乌夏面无表情地抽回了手。

李深拧断了烟。

丢了烟头以后，李深去了杂货店买烟。他前脚刚走，杂货店主和自己妻子说：“说出去谁信，深仔开始抽烟了。”

话音刚落，李深又如鬼魅般回来了。

杂货店主一脸无辜：“要什么？”

李深：“一瓶无糖可乐。”

第三章

药酒的浓醇药味，在三年里散去了点，李深贴上去的标签却依旧清晰。

祝早日康复——高三（2）班。

陈乌夏看了一眼字，拧开瓶盖，把药酒倒在手掌，盖住了受伤的膝盖。皮肤上被药酒烧起的温度，莫名和被李深抓握时重叠起来。

李深的手比她的大很多，骨节更硬，十分有力。

是为了扶她一把吧，他不至于怀有其他目的。但是，小男孩不知道这个拉手的大哥哥早有女朋友了，嬉笑说：“羞羞羞。”

陈乌夏准备用电影来打断自己的胡思乱想。她在喜剧标签里选了周星驰电影。

的确很搞笑。

陈乌夏跟唱着里面的rap：“点解佢讲嘢咁得意，同我哋一啲都唔相似——”没唱完，她自己先笑了。

见到手机来电，她笑容大大的。

“夏姐姐。”郑良骥关心地问，“你的脚怎么样了？”

“没事了。”她听到公交车报站的声音，“刚刚下班？”

“是啊。”郑良骥一边抓住扶杆，一边戴上耳机，“经理今晚给我安排了技术活。”

“嗯？”

“有个客人用餐时间突然被分手了，可能承受不住打击吧，她哭得好惨。经理让我去安慰人，这是我第一次觉得，聊天也是艰辛的工作。”

“经理知道你讨人喜欢。”郑良骥能说会道，就没有他哄不了的人。

“听起来像中央空调。”

“不是……”

“我开玩笑的，我知道你的意思是我是万人迷。”

陈乌夏笑了：“对对对。”

“对了，夏姐姐，我这儿有几包药粉，对外伤很有疗效。我明天拿点给你。”

“谢谢。不用了，我擦了药酒。”

“你再拒绝的话，我更加内疚了。”

“好吧，好吧。这药不贵吧？”

“不贵，是我姑姑一个医生朋友的药。这医生专门研究疑难杂症，写了好多药方。”

疑难杂症？

“这医生擅长哪方面呀？”

“应该是全科医生。”陈乌夏极少打听事情，郑良骥好奇了，“夏姐姐，怎么了？”

“我有个朋友身体不大好，四处求医。”她的这话也不假。

“什么病？”

“说不上来。她去了医院，但没有查出病因。”

“那可以去试试这个医生，我把他的微信名片发给你。”

“好。”

陈乌夏加上微信后向医生助手说明了病状，助手给了她一个地址。另外，还把医生微博发了过来。医生微博主要讲述了过往案例，陈乌夏搜索关键字，发现了一个治愈耳鸣的病例。

她和餐厅经理请了上午的假，找的理由正是今天的脚伤。餐厅经理允了。幸好这次交流都在微信里，否则她这张脸真不擅长撒谎。

一大早，街道没有熙攘的人流。小食店老板把塑料凳摆上行人道，然后推出一辆调料车。

门前树影下，陈乌夏打了个哈欠，一手托腮，一手在手机上点来点去。她见到沙土里闪烁的浮影，有人在慢慢向她靠近。她猛然抬起头。

李深停在了树影外。

这几天陈乌夏常常遇上他，有时一天能见好几回，她总是措手不及。

此时的他穿了件运动套装，脸上有密汗，看样子像是晨跑回来。她礼貌地开口：“早啊。”打完招呼就没事了吧，毕竟两人从来都不是谈天说地的关系。

李深说：“你这么早。”

她继续客气：“是啊，你也很早。”

“从公园回来。”

“我大伯周末也会去公园打太极剑。”

李深没有跟她讨论公园运动的打算，他拿起餐牌看了看，问：

“你点了吗？”

她点点头：“嗯。”

他过去和店老板说了几句，再回来时，很自然地拉过凳子坐下了。

陈乌夏正在手机上查找今天的路线。医生在城北的一间社区医院，从这里过去，要转两趟地铁，再转一次公交车。手机预测的行程时间大约一个半小时，她算了算，不知道能不能赶在十一点前回餐厅。

李深看过来：“你去城北？”

她连忙盖住手机：“你窥屏？”

他不为此道歉，问：“你去那儿做什么？”

她低头沉默。

“牛三星！大碗加牛百叶。”店老板睁起眼睛，在店门前喊。

“这里！”陈乌夏仿佛见到了救星。

店老板放下了碗。

陈乌夏立即埋头在大碗里，顾着吃不说话。

李深没有强行尬聊，静静欣赏晨景。

街道绿树被修剪了大半，一半林立繁华似春，另一半如荒漠如严冬。这是他和她的上学路。而他们在这条路上几乎没有交集。

“陈乌夏。”李深忽然开口。

“嗯？”

“你为什么总是跟在我后面？”

没头没尾的一句话，但陈乌夏瞬间明白过来，她差点喷了嘴里的汤：“谁跟在你后面？莫名其妙。”

他看着她。

她吃完最后一勺：“我吃完了，拜拜。”放下大碗就跑了。

她觉得自己正被“过去”追杀，跑都跑不掉。转过路口，她慢慢停了下来，捂住了脸。原来那些年，他知道她一直看着他的背影……他们不是情侣，不该有别后重逢的酸涩。

只是当年的朦胧，过了几年反而清晰无比。

社区医院大门后，挂满了医生去国外交流的照片。涉及的病症多种多样，其中有一篇详细讲述了神经功能紊乱的干预治疗。

陈乌夏每看一张，心里的期盼就多了一分。生病这几年，她每天起床会第一时间幻想自己康复了。和一天天的失望并行的，是愈加坚定的信念，这才足以支撑未来的日子。

当医生助手给了挂号单，陈乌夏愣了：“六百是……”

医生助手：“这是挂号费。”

这大大超出了陈乌夏的开支。西餐厅的薪水还没发，她现在的生活费是当导游时赚的，以及每月她父母房子的租金。有时，堂哥会额外给她一笔钱，当作医疗金。

总的来说，她的经济比较紧张。无论她多么努力打工挣钱，似乎永远赶不上医药费。

看着这张挂号单，陈乌夏犹豫了：“我再想想……”这只是挂号费，接下来的检查费才是大头。

下一个病人是北方人，为了看病，她在这儿租了个小房子。她自己数不清花了多少钱，只是说：“钱没了可以再挣，身子垮了可不行。”

只有长期生病的人才懂这种自欺欺人式的无奈。陈乌夏咬咬牙，给堂哥拨通了电话。

陈立洲二话不说，直接打了五千元过来：“别惦记钱的事，一切有哥在。”

"哥，谢谢你。"要不是有他，她可能早放弃了。

"知道了，快去看医生吧。"

陈乌夏做完了检查。医生初步诊断，她的病因可能和鼻炎有关。医生给了几个小瓶罐，说："这是鼻炎药，先用一个星期，试试鼻炎缓解的同时，右耳症状会不会跟着减轻。"

陈乌夏连连道谢，记下了使用方法，然后急匆匆地走了。

坐地铁回餐厅，又得花一个半小时，她赶不上餐厅的午餐高峰了。网约车的价格将近五十元，她在继续请假和叫网约车之间衡量。

一辆红色的车就是在这个时候停在她面前。

从侧方看去，她看不清驾驶位的人。估计这车在等谁，于是她向旁边走了几步。车子跟了过来，又停下了。她再向前走了几步，然后在手机里到处找网约车的优惠券，车子仍然跟着。

古古怪怪的，她有些不安，拔腿就跑。

车子提了速，车窗缓缓降下来，里面的人喊："陈乌夏。"

外面的陈乌夏听不见。

之后，车子停靠在前方。车门一开，下来了一个人。陈乌夏惊愕万分，没想到居然又遇上他了。

李深走到了她的面前："你跑什么？"

"我不知道是你。"

"你要去哪儿？"

"回餐厅。"

"正好，我也走那方向。走吧，送你一程。"

要和他在封闭空间里待三四十分钟，她会着急自己无话可说。但为了省钱，她答应了。搭便车也是和谐邻里关系的表现吧。

无须她纠结坐前面还是后面，李深为她打开了副驾驶的车门。

他一手闲闲地搭着车门，这是非常快意的姿态，她没有把这上升到绅士礼仪上。

“谢谢。”她很拘谨，系好安全带，再把背包端正放在大腿上。

车门关上，外面的世界被屏蔽了。

陈乌夏正想，这样安静的两人要如何化解尴尬呢，李深打开了轻缓的音乐。

走出了一条街，她想出了个问题：“你怎么来这边了？”

李深：“下午我爸要用车，我妈在这里开会。我过来把车开去我爸的公司。”

很完美的解释。

她又问：“李叔叔的车子送修了吧？”

“嗯。”

市郊的马路车流不多，又宽又阔，很快车子驶入了高速。李深车技平稳，刹车轻轻缓缓。

陈乌夏问：“你什么时候学驾照了？”

“满岁数就学了。”

“噢。”是那年的冬天。她不知道自己能不能过问他这几年的生活，但那些需要深思熟虑的问题，她不会真正问出口。

因为她没了下文，只能由李深接话：“你想学？”

“是我哥，他很忙，报了名到现在只去过一次驾校。”而且，他报名在本市，人在北方上大学，更没时间练车了。

“他忙什么？”

“他考——”陈乌夏倏地住口了。堂哥考上了研究生。但在一个曾被退学的人面前，这无疑是变相打击。

前方车架上，躺着一个笑眯眯的皮卡丘，她故意岔开了话题：“于阿姨的车上有这么可爱的公仔啊。”说完又觉得不妥，万一这是李深女朋友的呢……

“你喜欢这些？”

“嗯，觉得很可爱。”陈乌夏捏了捏皮卡丘的肚子，软绵绵，毛茸茸，可爱极了。

“我以为你喜欢麦毛狮子。”

她没想到，他竟然记得她当年的钱包图案：“那个也可爱，可爱的我就喜欢。”

“狮子适合你。”

“为什么？”暗示她凶悍吗？

“不为什么。”

他一句话，终结了陈乌夏好不容易想出的话题。

车里陷入了新一轮的沉默。

过了一会儿，郑良骥发了消息过来：“夏姐姐，我不是不关心你，而是我太忙了，经理又给我安排了体力活。”

乌小夏：“没关系，我不怪你。”

郑良骥：“经理说你上午请了假，是不是腿伤变严重了？”

乌小夏：“就肿了一点点，现在好多了。下午就能上班。”

郑良骥：“我带了药粉，下午就给你敷上。”

乌小夏：“谢谢。”

她希望能在手机里聊些什么，把自己的注意力从李深身上移开。然而郑良骥因为要上班，回复得很慢很慢。她在通讯录翻了翻，还是不习惯叨扰别人，只好转头看着窗外。

车子停在红灯前。李深转头看了看陈乌夏，现在的她像一汪静止的潭水，心里沉了往事，不知其中都关于谁。

对面商场的巨幅LED，飞过一个丰满的粉红爱心。之后是一个七夕广告，讲述了三对情侣的甜蜜日常。红灯足足有九十秒，陈乌夏看完了完整的恩爱秀。

七夕和她无关。

李深就不同了，他有个一起过节的女朋友。那个叫蒋湄的女孩长得真漂亮，和他很般配。

陈乌夏觉得自己早在高三时就看见了李深的未来，她该祝福他。话到了嘴边，她发现她高估了自己的大方。她决定讲些别的。

绿灯亮起了，她说："李深，看见你过得很好，我很高兴。"她今天高兴的，还有一件重要的事，她有了治病的希望。

可惜他不知道。

李深轻轻地说："嗯。我也是。"就算没有他，她也可以勇往直前。

他早知道。

车子经过餐厅的对面。

陈乌夏看到了禁止掉头的标志，说："我在这边下车吧，你不用掉头了。今天谢谢你了。"这趟行程值五十元。

李深没有停车，直接驶过去了，说："我约了人去西餐厅吃午饭。"

又去？"你很喜欢吃西餐？"

"嗯。"

她以前只知道他不吃甜，却从来不了解他喜爱的菜色："对了，最近推出的七夕套餐很优惠，是单人点餐的八折。"

"七夕？什么时候？"

"七月初七，牛郎织女见面的日子。"

"哪天？"李深见到西餐厅门口的大气球，以为昨天是七夕了。满是爱心的七夕宣传单上，动辄就是一生一世的时间标签。

“下星期一。”陈乌夏疑惑他这漫不经心的态度，她以为情侣间会比较重视仪式感。

西餐厅前面的停车场满了，他让她在西餐厅先下车。

她点头：“谢谢你送我回来。”

和这句话一起响起的是他的手机。

“我先进去了，拜。”陈乌夏很自然地关上了门。

电话来自杨东培：“李深，你什么时候到？”

李深：“我去商场停车。”

“你好端端开车去城北干吗？”杨东培纳闷了，最近李深常常突发奇想，一会儿要去酒吧，一会儿要去城北。换作以前，杨东培安排哪里就哪里，李深从来没意见。

今天早上真是突如其来。本来说好要商量一个项目的进展。然而一大早，杨东培被吵醒了，听李深在电话那头说他上午没空。杨东培以为李深在项目上遇到麻烦，结果李深说要开车去兜风。杨东培满脑子都是问号，但他拦不住李深。

杨东培早到了餐厅，见到陈乌夏进来，总觉得这个女孩看着很熟悉，可就是记不起来。他喝完了一瓶梦幻星空水的时候，李深终于到了。

杨东培开口就是吐槽：“你入股了这家餐厅吗？简直把这里当食堂了。”

“嗯。”李深也不否认。

“要不是知道你有女朋友，我还以为你有什么不良企图。”杨东培开玩笑地说完，脑海里闪过什么念头，但他下意识否认了。

“七夕套餐味道怎样？”

“你也要和我吃七夕套餐？我昨天才和蒋湄吃了。还行吧，偏甜。”

听到后面两个字，李深放下了七夕宣传单。

杨东培见到陈乌夏已经换上了制服裙，麦色双腿匀称修长，忍不住说道：“我发现，我们每次来这里都可以见到她。”他坐直以后，裤袋里的两个烟盒硌得慌，他拿了出来。

陈乌夏正好过来了，提醒说：“抱歉，餐厅禁烟。”

“知道，知道。”杨东培堆起笑，圆脸上有些禅趣，“小妹妹，我们很有缘。”

既然说起烟，杨东培从背包拿起几盒烟递给李深：“我朋友昨天给的。我抽不惯这味道，给你了。”

李深：“不了。”

“你不是喜欢这种白开水味吗？”

“我戒烟了。”

杨东培惊诧地问：“什么时候？”

站在旁边的陈乌夏看了看李深的手，很干净，指间没有发黄，可能不是老烟枪。今天值得高兴的事一件接一件——他戒烟了。

李深翻着菜单，半天没有回应。

正是用餐时间，服务员来去那么几个。这么多桌的顾客，陈乌夏不可能只服务一个人，另一桌有人按下服务键。

“你们继续看，我一会儿再过来。”她转身走了。

给客人加水以后，她去了传菜窗。听到女生甲说：“早知我就不来当服务员了，没有技术含量，干的全是体力活。”女生甲就读985大学，九月份升大二了。餐厅经理表扬陈乌夏的时候，女生甲常常生起一阵优越感。点菜、传菜、清洁，这些活谁都可以做。至于做得好不好，看她乐不乐意而已。

郑良骥：“当是积累社会经验了。”

陈乌夏问：“三号桌的草莓冰淇淋松饼好了吗？”

厨房小哥打了个响指，说："等一分钟。"

同期的暑期工里，陈乌夏非常受欢迎，厨房小哥偶尔会给她留一块小蛋糕。餐厅经理知道了，也睁一只眼闭一只眼。

女生甲咳嗽了一下："太绿茶了。"

郑良骥挡住了女生甲，说："夏姐姐，我去送吧。"

陈乌夏拿起另一份奶汁烤笋："这份也是三号桌的。"

郑良骥笑："Yes, madam."

李深那桌的灯亮了，陈乌夏正要过去，女生甲抢先了一步。

李深："花房牛扒，黑松露吞拿鱼薯泥，原只烤章鱼。柚子茶，去糖。"

女生甲一一记下，说："抱歉，柚子茶去不了糖，去糖的话会酸会涩。"

李深看向陈乌夏："让刚才那个女孩来给我点单。"

女生甲噎了一下，没想到连顾客也偏爱陈乌夏："我们店非常注重口感，恐怕——"

李深："你让她过来。"

女生甲沉了沉脸，向传菜窗招了手。

陈乌夏走过来问："怎么了？"

女生甲："这位顾客一定要去糖的柚子茶。"

陈乌夏点头："给他下单吧。"

"去糖会影响口感。"女生甲坚持说。

"没事。"陈乌夏解释说，"我们制作用的水果是沙田柚，就算不加蜂蜜，也有天然水果的味道，不会太酸的。"

女生甲觉得陈乌夏在故意给她难堪，离开时扭了扭腰，向陈乌夏那边撞了过去。她急于表达不满，却没有控制力道。

陈乌夏失去了平衡，趔趄着扑向另一桌。李深眼疾手快，一把拽了她回来。他站起来的动作非常大，摔掉了刀叉。玻璃杯滚到桌子边缘，被杨东培接住了。

杨东培看见李深紧紧抓住陈乌夏的手，之前否认掉的想法又冒了出来。但是，杨东培又想，遇到突发状况，李深伸手拉一把受害者也没有不妥。

周围的人停下了一切，看着这边的动静。

最焦急的当然是餐厅经理，他脚下抹油似的赶过来，说：“对不起，对不起。”顾客是上帝，他第一道歉的人是李深。

陈乌夏挣了挣手。

李深放开了她，转向女生甲：“还请这位给一个合理的解释。”

餐厅经理没看清事发经过，只见陈乌夏摔了一跤。听李深这样问，餐厅经理心里有数了，呵斥说：“还不道歉？”说完，他向周围的顾客鞠躬，“对不起，抱歉。没事没事，大家继续吃饭吧。”

女生甲吓惨了脸，低头躬腰：“对不起。”

李深问：“你该对不起的是谁？”

女生甲抖如筛糠，转向陈乌夏，又鞠躬：“对不起，全是我的错。”

如果和女生甲继续纠缠，肯定会影响其他顾客就餐。眼下最好的方法是小事化了，陈乌夏说：“没关系。”

餐厅经理亲自给李深换了新的刀叉，说：“实在不好意思，今天我申请给您免单。”

李深却说：“冤有头债有主，我免的单要在罪魁祸首的账目上讨回来。”

餐厅经理点头：“好的。”

女生甲得知自己非但没有薪水，还得倒扣钱，呜呜直哭。

郑良骥给她送去纸巾，说：“当服务员看似是一件很简单很枯燥的工作，但这里边考验的是随机应变、心理抗压以及职业道德等。你啊，没经过社会的磨炼。”

女生甲哭得更厉害了。

陈乌夏非常平静，仿佛什么事也没有发生。上菜、下单，有条不紊。只有她自己知道，被李深抓过的手腕一直在发烫。

她和堂哥嬉闹的时候，偶然也会碰到手。李深不一样，他是雪地里的火种，只消一个导火索就可以漫天焰光。

“夏姐姐。”郑良骥一边把洗好的刀叉分类，一边说，“刚才英雄救美的顾客长得很帅啊。”

“是吧。”陈乌夏帮忙把盘碟摆好。

“我记得他经常光顾我们餐厅。”

“是吗？”她手里忙忙碌碌的。

“我来吧。”郑良骥接了过去，“对了，刚才没摔到哪儿吧？”

“没有。”李深很及时地把她拉了回去，她撞到的其实是他的怀抱，“什么伤都没有。”

“膝盖怎么样？”

“好多了。”

“这我就放心了，不过药粉你还是留着吧。”郑良骥看一眼服务台，“帅哥那桌按铃了。”

“我去吧。”她还没有就刚才的事向李深道谢。

李深似乎在画什么，杨东培也低头在纸上涂来涂去的，两人这时的样子都很认真。

手机振动了起来，李深停笔，划开了消息，对方发了个逗趣的爱心表情。

不仅他见到这一幕，陈乌夏也看见了。她脚下顿住，手腕的热度立即降了温。她走过去问："你好，请问需要什么？"

杨东培抬起头来："我要一个榴莲比萨。"

"好的。"她转向李深，"对了，刚才谢谢你。"

"不客气。"她的笑容可以说是灿烂。但在李深看来，以前那种小小的浅笑更加真心。

杨东培琢磨一下，说："我朋友侠义仁心，这都是小事一桩。小妹妹别放在心上。"现在蒋湄够烦人的了，要是李深又惹上一笔桃花债，蒋湄会更烦。而她一烦，杨东培就没好日子过。

"嗯，就一个榴莲比萨，是吧？"陈乌夏看清了李深的画，画的是一个没有脸的女孩，穿了件简简单单的连衣裙。

李深点点头。

杨东培："加一份孜然烤薯角。"

"好的。"陈乌夏转身走了。

杨东培拿过李深的画，上下左右转了转："我有个问题。"

"想说什么？"

"这裙子，你是看着这里的服务生画的吧？"

"裙子都差不多。"

"上回蒋湄问我，你是不是看上这里的谁了，故意来这里吃饭制造偶遇，我本来还不信，可是——"杨东培的话断在了半截，接收到李深的眼神，他立即倒戈了，"我当然不信。"

"说正事。你这边能不能再给我找一个动画设计师？新开展的第三章，战斗画面跟不上。"李深和杨东培策划了一个游戏项目，这段时间正在赶进度，李深刚才画的是新章出场的女性角色。

"有是有，但是在校学生没经验。对了，蒋湄哥哥在游戏公司，负责 UE4 技术美术。你对蒋湄态度好点，她肯定喊她哥来。"

"别乱牵线。"

"你女朋友从来不陪你，和网恋有什么区别？我还不知道你女朋友是什么人。"杨东培端起一杯气泡水，"我猜猜，她爱笑乐观，是个小太阳？冰山帅哥大多喜欢这种。"

"不是。"

李深以前从来不讲女友的事，今天破例了，于是杨东培追问："有幽默感？"

"她不爱说话。"

"不就跟你一样？你们谈恋爱演哑剧？"

"爱不是用说的。"

"那用什么？"杨东培尝了口气泡水，猛然被呛到了，"你这是黄段子吧？是吧！"

回去的路上，李深说了一句话，让杨东培摸不着头脑。

李深说："你说得对，我不想网恋了。"

那是怎样？然而李深没有再解释。

杨东培下了车："好好休息，兄弟。"

李深的确是要休息，他发现自己很久没有理会微信里置顶的麦毛狮子了。从他和陈乌夏重逢以来，他的回复越来越少，现在只剩下对方单方面的消息。

李深回到家的时候，于骊刚刚吃完午饭。

"深仔，你今天开车去哪儿了？"早上，于骊只听到儿子说开车出去，就没下文了。

"兜兜风。"李深看一眼时钟，"妈，怎么这么晚吃午饭？"

"起床晚了。"于骊又问，"和女孩子去兜风？"

"和杨东培。"

于骊见过杨东培。他是李深在网上认识的，后来因为共同兴趣，约出来见了面。说起游戏项目，两人一拍即合成了朋友。杨东培很爱玩，于是李深的交际圈也因为他拓宽了，但来往的还是男生的圈子。

于骊："我同事明天晚上过来吃饭，顺便带她女儿过来。"

"哦。"李深很敷衍。

"你先见见，合不合适再说。"于骊说，"女孩看过你的照片，非常欣赏你。她是学生会成员，同时兼管一个社团，很能干的。"

李深直接说："没兴趣。"

"为什么，你不是喜欢理科？又欣赏聪明的女孩。"

"我喜欢理科，但我不想二十四小时聊数理化。妈，欣赏和爱慕是两码事。"和聪明的女生合作，的确更顺利。但喜欢不喜欢，哪是他能克制的。

于骊问："你是不是有心仪的女孩了？"

"妈，车子我停在大门口往东第四个车位。钥匙在这里。"李深说完就回房间了。

于骊："噢。"儿子肯定有古怪。

李深到底也没有休息。

他给自己摆了一盘围棋。他已经多年不玩棋，围棋只是他高三学业紧张时的消遣，杨东培就是他当年在围棋平台遇上的棋友。空闲下来以后，反而没有了对战的念头。

棋局开始没多久，一个陌生号码的电话来了。李深没有理会。

对方锲而不舍，一通不接，就再打一通。他最终接了。

"李深！"

他在上个月听过这把声音："魏静享。"

"就是我。"高三班上最纨绔的人其实是魏静享，"周末有空吗？同学们出来聚聚。”

“没空。”

“我上次抽了风才觉得你平易近人。”魏静享抢在李深前面挂上了电话。

魏静享对面坐着的是邝力，他问：“你怎么挂断了？”

“你又不是不知道李深的语气有多气人。”魏静享沉下嗓子模仿说，“没空。”

“他向来沉着。”

她不屑地说：“沉疴吧。”

邝力赞许地说：“你竟然知道这个词。”

“哼。”魏静享跷起腿，“不行，我要治一治李深。”

她想了想，猛地一拍大腿：“对付李深，我知道一张王牌。”于是，她拨通了另一个电话。

魏静享很会挑时间。西餐厅的用餐高峰已经结束了，陈乌夏收拾完餐具，闲了下来。

她第一时间接到了来电：“魏静享？”

“陈乌夏，我周末办一场同学会，高中同学请了几个，你过来吧。不来就是不给我魏姐面子。”这种威胁式邀请，的确是魏静享的作风。

陈乌夏和魏静享很少来往，但也没有交恶，甚至，魏静享对陈乌夏称得上是友善的。陈乌夏说：“好啊，我很久没见你了。”

魏静享报了地址，正是吴婷贝生日时的那间酒吧。

通话完毕，魏静享朝邝力得意一笑：“我就不信治不了李深。”

她发了一则消息给李深：“我的同学会邀请了陈乌夏。”

那边久久没有回复。

魏静享咬牙切齿：“浑蛋李深！”

邝力笑了："这就是你的王牌。"

"当然，陈乌夏是他唯一来往的女同学，他为她破了太多例。"魏静享看向邝力，"你有何高见？"

邝力摇摇头："这些我不懂。"

"书呆子。"话音刚落，魏静享收到了的消息。

李深问她时间地点。

她哈哈大笑："李深啊李深，你也有今天。"

陈立洲被马琳吼回了家。他一出场就胡子拉碴的，头发卷得像一串泡面丝，憔悴又颓废。

马琳拉过儿子仔细打量："立洲，你这怎么了？"

陈立洲重重地叹气："妈，我们正在开发一个生物系统，没日没夜，简直累趴了。"

"注意休息。"马琳心疼不已，哪还计较儿子不回家的事。

陈立洲趁机拎出一个礼盒："妈，这送你的。"

马琳接过来，抚着礼盒上的蝴蝶结，说："你还是学生，不要大手大脚花钱。"不是不知道儿子孝顺，但她舍不得他这么拼。

"小玩意，不贵的。"

"你这阵子住同学家？"

"是啊。"

"男同学还是女同学？"

陈立洲笑了："妈，放心吧。我们几个男的做项目，地板沙发随便睡。"

晚饭后，马琳去洗澡，陈常平在房里整理旧书。

陈乌夏洗完了碗，出来见陈立洲直冲她笑，忍不住开口问："哥，你不去和大伯聊天啊？"

“那不叫聊天，是听训。乌夏，哥给你买了一份礼物。”

“什么东西？”他递过来的袋子商标，陈乌夏在室友的购物清单见过。

“自己看。”他进去她的房间。

陈乌夏狐疑地打开了袋子，发现里面的是一件鹅黄色连衣裙。她讶然：“哥，你刚开始创业，正是资金周转的时候啊。何况昨天你还转钱给我了。”

“买条裙子又不会破产。”陈立洲坐在电脑椅上悠哉地左转右转，“哥没女朋友，见到好看的女装只能给妹妹买。”

“你的伪女友陪你见了那么多同学，没有功劳也有苦劳吧。”

“她有别的礼物。当我女朋友是一件美差事，她巴不得永不卸任。”

连衣裙的款式很简单，纯色无花纹，仅在腰上束了一条长长的带子。陈乌夏喜欢是喜欢，可这牌子不便宜。

“哥，伯娘说你老不回家，你没在外面做坏事吧？”

“做什么坏事？”陈立洲好笑地反问。

“你懂分寸就好。以后有买礼物的时间留给自己吧，你忙成这样，连胡子也没空刮。”

陈立洲摸一把胡子：“我这是故意的。不糊弄一下，我妈会没完没了地教训我。不过，我不回家可以，你别跟着学。你要是夜不归宿，我就大开杀戒。”

“对了。”她立即报备说，“我明天和高中同学聚会，晚些回来。”

“高中？高几？”

“高三。”陈乌夏没有隐瞒，说，“魏静享组织的，她在班里的人缘很好。”

“哦，听说过，她是暴发户的女儿吧。”陈立洲问，“男同学去吗？”

“去吧。班上和魏静享关系好的男生有几个，我猜班长会去，班长人挺好的。”

“楼下那男的去吗？”陈立洲知道魏静享和李深有过节。

“李深有意避开高中同学，他不会去的吧。而且，他在高中的时候就不喜欢聚会。”

“完美。”陈立洲拍掌，“你就漂漂亮亮地去见同学。”

陈乌夏以为陈立洲是说说而已，谁知到了聚会当天，陈立洲拦了辆出租车，先是送她去了他的伪女友家。

女同学开了门。

陈乌夏踮起脚，在堂哥耳边问：“我是要正式见嫂子吗？”

“哪有嫂子？这是哥给你准备的化妆师。”陈立洲向女同学示意，“来来来，给我妹妹收拾收拾。”

“陈妹妹好。”女同学早准备好了，化妆箱摆得满满当当。

陈乌夏觉得小题大做了，说：“哥，我是去同学聚会，又不是参加晚宴。”

“嘘。”陈立洲看了看手表，“抓紧时间，弄好了哥送你过去。”

陈乌夏被赶着去房里换衣服。

女同学在外面调侃说：“当你的女朋友不如当你的妹妹来得幸福。”

“真要和你换，你可能就不乐意了。”陈立洲笑了笑，“她的同学合照里，其他人脸上涂涂抹抹，就她是干干净净的素颜。当然了，我妹妹素颜也比别人化妆漂亮。你们这个年纪还是小公主，她父母双亡，被迫早早长大，省吃俭用，出去打工晒得脱了一层皮，瞒不住了才跟我说。”

女同学打了个手势：“对不起，我不知道。”

陈乌夏悄悄地开门，走出来时有些腼腆。她纤瘦的线条，有力的韧劲赋予了鹅黄裙别样的活力。

女同学觉得眼前一亮：“很美啊。”她拿起粉底色号，比在陈乌夏的脸颊，“陈妹妹是天生黑还是晒的啊？”

陈立洲解释说：“去海滩晒伤了，没恢复过来。我妹妹以前很白净的。”

女同学用发箍箍起陈乌夏的头发，说：“你的脸型很完美。额头饱满高阔，留中分长发很不错。”

陈立洲：“一会儿把她刘海别上去吧。”

陈乌夏：“不用了吧。”

女同学：“额头露出来更抢眼，发饰给你选好了。别扎马尾了，这样披下来，自然卷更有风情。”

之后，女同学给陈乌夏上了一层淡妆，涂了薄薄的口红，说：“彩妆彩妆，这不就更加出彩了吗？”

陈乌夏的室友从大一开始学化妆，到了大二已经是化妆高手了。陈乌夏没时间，没金钱，反而因为忙碌工作把一张脸折腾惨了。她觉得镜中的人无比陌生，却也发现，原来她也可以和室友们一样可爱。

“谢谢。”陈乌夏见女同学拿出一双高跟鞋，忙说，“这个我穿不惯。”

她日常鞋子是平底小白鞋。

陈立洲笑着：“买都买了，穿上吧。”

她终究抵不过堂哥的鼓励。或许，还有部分原因是她也有爱美之心。

陈乌夏担心，同学们只是普通日常装，她的装扮反而尴尬。到了酒吧一看，魏静享的美艳绝伦打消了她的顾虑。

灯光下，魏静享的单只钻石耳钉耀眼夺目。她迎上前：“陈乌夏，三年不见，你变这么漂亮！”

魏静享很满意，漂亮才好刺激那个没人情味的李深。

陈乌夏低低头：“临走前整理了一下。”

魏静享哈哈大笑：“没变，你还是当年的纯真孩子。”

陈乌夏问：“其他同学过来吗？”

“有几个，邝力一会儿到。对了，肖奕媛没回来啊？”

“她在学校打暑期工。”

“哦。想起了，她和邝力在一个城市吧？”

“是啊。”

魏静享笑：“我记性不好，要不是遇到李深，我都快忘记高三的事了。”

今晚李深也来吗？陈乌夏忐忑了。

第四章

魏静享说："李深还没到。"

陈乌夏低头看了看自己。除了西餐厅制服，她没在李深面前穿过裙子。她不确定自己是留一个美丽大方的印象，还是保持平凡就好。

她以前不在意聚会时其他女孩的打扮，但今天经女同学提醒，她才发现，四处都是千娇百媚的女孩。哪怕现在她比平时漂亮了一丁点儿，但站在人堆里，还是一只丑小鸭。

服务员上了一打五彩缤纷的饮料，这排场比吴婷贝生日那天大多了。

陈乌夏选了一杯泡有柠檬片的。闻起来没有刺激的酒精味，尝一口，是清新的柠檬香气，应该是果饮。

她躲在角落里，捧起柠檬水时不时酌两口。偶尔抬头，还是不见熟人。

中途，有一个白西装男人过来搭话。她不说话，只摇头。白西装自讨没趣，走了。

这是高中同学聚会，可在场的人，她一个也不认识。他们盯着她的眼睛跟贼一样，上来就喊“小妹妹”，俨然把她当成高中生了。魏静享圈子的人，大多有染发、文身等癖好，个个凶神恶煞的。那天的黄毛就在其中。

这时，陈乌夏想到李深会来，心里却是安定的。比起李深，这些妖魔鬼怪更危险。

过了一会儿，有人过来了，轻唤：“陈乌夏？”

陈乌夏惊喜地抬头。邝力换了一副细边眼镜，没有高三时瘦弱，更加彬彬有礼，如春风般温和。

她喊：“班长！”两人早已高中毕业，可她还是叫这个称呼。

“真的是你。”陈乌夏没有了齐刘海，邝力刚才以为认错人了，“多少年没见了，去年魏静享组织高中聚会，你没有来。”

其实是那时候魏静享没想起陈乌夏。

陈乌夏轻轻一笑：“好久不见。”

“和肖奕媛见过吗？”在邝力的印象中，高中的陈乌夏只和肖奕媛交好。

“今年春节她回来了，我们一起吃过饭。”

“我暑假前遇上了她。高中时以为，大家几年的感情肯定不会散。可是上了大学，就丢了很多旧同学。”

“班长，你关照过她，她很感激你。”

“举手之劳。”说来也巧，邝力和肖奕媛在同一个家教中心做兼职，互不顺眼的两人终于消除了芥蒂，“对了，你的病情如何了？”

“有好转了。”

“太好了。”邝力顿了下，“听说今晚李深也会过来。”他多少猜出李深和陈乌夏不一般，但他没有魏静享那样的笃定。

陈乌夏迟缓地点头：“是吧……”

"没想到，他居然和魏静享成了朋友。高三的事闹得太大了，我们毕业以后，学校里还流传着李深的故事。我后来去见班主任，她得知真相大白，不知多可惜。"白白送走了一个高考状元，谁想起都会遗憾。

说曹操，曹操就到。

陈乌夏看到李深进来了。但是，他身后跟着那天的女孩。

和李深般配的女孩，当然是漂亮的。女孩肩骨笔直，穿了件一字肩的黑色短裙，提了一个闪亮的手提包。她表情俏皮，正在和他说话。

"他来了。"邝力问，"陈乌夏，过去打招呼吗？"

陈乌夏仍在犹豫。

邝力鼓励说："一起吧？"

"好……"始终躲不过。

李深第一眼就见到了陈乌夏。她低着头，他看不清她的脸，只见到饱满的额头，长长的大波浪卷发披在纤细的肩上。高三时候，两人单独出去，她都穿T恤牛仔裤。今天难得穿裙子，上身挺拔，细腰盈盈一握，双腿修长又匀称，晒了阳光的皮肤比较黑，小腿和脚踝却白得透亮。鞋子跟不高，她走得小心翼翼。

他春雪初融了。

邝力抬抬眼镜，笑问："李深，还认得我吧？"

李深的眼睛从陈乌夏身上移开，说："邝力，好久不见了。"

陈乌夏一言不发，假装低头整理自己的束腰，手指勾着上面的蝴蝶结。

邝力看向另一个美女，问："女朋友吗？"

李深还没回答。

"还不是。"蒋湄站近了一步，浅笑，"至于什么时候是，要看他心狠到什么程度了。”

李深看着陈乌夏。她没有什么反应，还在勾蝴蝶结。大蝴蝶结的翅膀不及她的柳腰窄。或许勾着勾着，蝴蝶结就松了。

李深转向邝力：“你现在怎么样？”

“平淡无奇。”当年，邝力当上了数学满分状元，没什么大起伏。“平淡无奇”这四个字，是邝力和李深之间的调侃，“你呢？”

李深：“一样。”

三人去了就近的沙发，蒋湄跟了过去。

李深说：“你能不能离远点。”

蒋湄倒追过两三个男孩，李深算是礼貌的一个，但也是难度最高的。她玩了两下打火机：“为什么？”

“叮叮”两声清脆地打火机声，越过两个男生的沉嗓，终于传到了陈乌夏的耳边。

“我和同学叙旧。”到底是看在杨东培的面子上，更刻薄的话，李深没有说出口。

蒋湄当然认出了陈乌夏。在蒋湄看来，李深频繁去西餐厅的意图已经昭然若揭，她指向陈乌夏：“你从来没有说过，她是你的同学。”

李深语气淡淡的：“没必要。”

他所说的是，他没必要向蒋湄解释任何关系。陈乌夏却理解为，她是无关紧要的人，因此他才不说。

蒋湄打量着陈乌夏。这个服务生今晚打扮得很漂亮，但在满场女人中，她不是最美的那个。蒋湄抱起手：“也不过如此嘛。”

李深听出她的意思：“识相的话就立即离开。”

蒋湄从鼻子里哼出一声，去了黄毛那边。

三人在沙发坐下了。

邝力看着闲适的李深，说："魏静享说你变了，我本来不信，现在不得不信了。"

李深问："变得如何？"

邝力笑了："比高三时松懈了。"

李深："松懈不是一个褒义词。"

邝力："对你来说，这是一个释然的信号。"

服务员端了一打酒饮，放在了茶几。

邝力注意到陈乌夏不发一言，主动问："饿不饿？你要不要吃点什么？"

"我自己来就好。"她端了一个泡了柠檬片的杯子，尝一小口。这柠檬水的味道比啤酒好多了，又清又甜。和见到李深时的心情不一样。

邝力说："你酒量这么猛？快赶上魏静享了。"

李深站起来，直接夺走了她手里的杯子："你别喝酒。"

她的手指差点被他捉住，连忙松开了酒杯，解释说："这不是酒啊。"

今晚到现在，这是她开口和他说的第一句话。李深说："这就是酒。"

邝力推上眼镜，看了看她的杯子："柠檬风味的鸡尾酒？"

"可是这杯完全不呛人。"她以为辛辣的才是酒，"我刚才喝了一整杯……"

李深啜了一口柠檬酒："没事，这杯度数不高，你先休息一下。"

陈乌夏立即看向邝力。邝力似乎没有留意到，李深喝的是她喝过的杯子。她又看一眼李深，他神色如常，也许他不知道她刚才已经喝过那杯子吧。她就不提醒他了。

接下来，邝力和李深聊的话题从南到北，陈乌夏听着听着犯困了。趁着还清醒，她拍一拍脸蛋，走去了自助区。

蒋湄正要过来，又看到李深跟在陈乌夏后面。蒋湄勾起讽刺的笑，转头跟黄毛说："看来，李深也是一个凡人嘛。"

"什么？"黄毛不清楚前因后果，有听没有懂。

"我说。"蒋湄一口饮尽了杯中酒，像是自己劝慰自己，强调说，"李深没什么特别的。"

黄毛一本正经地回答："他读书比我们厉害多了。"

蒋湄拍了下黄毛："谁跟你说这个。"

黄毛满是不解："那你说的是哪个？"

蒋湄不再理黄毛了。她自嘲地想，爱情路上谁不是一个俗人。

陈乌夏在自助区转了一圈，吃了两块饼干，一块蛋糕，一片面包。然后她端起一杯饮料，瞪大眼睛，使劲分辨这是水还是酒。

李深轻轻地拿走了她的杯子："是酒。"

她问："有没有不是酒的？我口干，想喝水了。"

李深招来服务员，说："给她一杯白开水。"

她又问："为什么我只能喝白开水？"

"你酒量不好。"

"你又不是我，我都不知道自己的酒量，你为什么知道？"

李深看着她嫣红的脸："你会这么问，说明你已经醉了。"

陈乌夏点了点头："有道理，我去洗一下脸。"她是有些糊涂，但见到李深的时候又无比清醒——他是个有女朋友的人了。

她不愿和他说话，向外走去时，看到了门边的人。蒋湄坐在门边的沙发扶手，跷起的长腿又白又亮，她和黄毛干了干杯。察觉到什么，她回过头来，朝陈乌夏露出一抹挑衅的笑容。

从西餐厅里见面，陈乌夏就感觉到了蒋湄的敌意。陈乌夏也想坦白自己和李深只是邻居，但是醉酒激发了她的脆弱，她面对蒋湄居然有些狼狈。她后悔自己没有第一时间拒绝魏静享的邀请。以后凡是和李深有关的人和事，她都不想理会了。

蒋湄猜测，陈乌夏是不是李深的女朋友，可陈乌夏躲闪的态度又不像。蒋湄笑了笑，问："才来一会儿就要走了吗？"

陈乌夏觉得这是一句逐客令，忽然拔腿就跑了。

蒋湄愣住，然后笑了两声："什么人啊。"一转过头，她的笑容僵住了。

她认识的李深，对身边的人和事一直表现的游刃有余，又仿佛什么也不在意。照杨东培的话说，这才是逍遥人生。蒋湄是头一回见到李深的眼神里浮现类似于阴冷的东西。

他那样看了她一眼，然后追着那女孩出去了。

陈乌夏很想快速开溜，但是脚下的高跟鞋不允许。

迎面走来几个人，其中一个人高马大的壮汉，红鼻子尤其突出，他满嘴脏话，脚步踉踉跄跄的。他似乎见到了陈乌夏，又仿佛当她是空气，直直地撞过来。

陈乌夏闪过去了，继续向前走。她记得另一边的走廊可以通往观景平台，于是四处寻找那面绿格墙。

壮汉酒气熏天，吼着："撞到我了……道歉啊！"他的小眼睛见到面前是美人儿，立即转了调子，"美女啊，那我一笔勾销了。"话是这么说，他拦着的手却没有撤走，汗毛粗得和猩猩似的。

陈乌夏也不怕他，一把扣住他的手臂，再一个反手。壮汉还没明白怎么回事，只觉小臂麻了，他嘴上骂了一句脏话。

陈乌夏被壮汉的同伴推了下，她只好松开壮汉，连退好几步。壮汉的红鼻子因为粗气而外张，更加狰狞。他想来抓她，她给了他一记肘击，然后击中了同伴男的肚子。

“靠，这女人练过的！”同伴男随手拿起旁边一个红木生肖摆件，向她丢了过来。

李深追着陈乌夏出来，却被人挡了路。她有意逃跑，一眨眼的时间，不知去了哪个方向。等他再次看见陈乌夏，就是面前的场景。

她想要踢掉同伴男手里的饰件，却因高跟鞋打滑了，脚没抬起来，硬生生被砸中了小腿。

同伴男起了邪念，想要去掀她的裙摆，但没有得逞。李深搂过了陈乌夏的腰，一脚狠狠地踢掉了同伴男的手。

同伴男当下滚在了地上，痛喊：“哇，我好痛好痛！”

魏静享从走廊过来，见到这番场景，暴脾气上来了，大喊：“你们谁啊？单挑啊！”

“怎么回事？”那边为首的人过来，一见到她惊讶大叫，“魏静享！”

剑拔弩张的气氛变成了握手言和。

陈乌夏分不清状况，站起来后甩了甩腿，把两只鞋子甩掉了。李深捡了鞋子回来，紧紧攥着她的手腕，他不搭理这里的混乱，拉着她向外走。

她东张西望：“不是这里……”

两人转到另一边，周围安静了许多。他问：“你想去哪儿？”

她捂住脑袋想了想，想不出来：“疼……”

李深弯腰看了看，她的腿上有一点瘀青。回想她打架的场面，他说：“陈乌夏，你胆子不小。”

胆子？对，她缺的就是胆子。她点头：“我胆子不小。”

“走吧。”他不觉得她是清醒的。

“我头疼，脚疼……”

“我背你。”李深再自然不过了。

她直起身子：“我自己走。”

“我背你。”

她仍然拒绝：“我哥的背才有安全感，像一棵大树。”

“你哥？他这种体育合格就行，多一米也不愿意跑的人，能和大树比？”就是知道她醉了，李深才开了玩笑。

陈乌夏思索一会儿，问：“你是不是在说我哥坏话？”

“我说的是真话。”

她单脚跳着走了两步：“谁都不可以说我哥坏话，包括你！”她说出后面这句，说明她还认得面前的人是谁。

李深拉住了她：“我背你。”

“不要。”

“你的腿受伤了。”

“不要。”

“陈乌夏。”

他每回喊她的名字，总有独特的发音，像是夏天小溪里淌过的水，清清凉凉。她说：“李深，其实我很讨厌你。”

她妆容很淡，此刻浓郁的是酒醉的嫣红，像是挂了两个光鲜丰润的小桃子。薄薄的口红早被她吃掉了，余下嘴角几点斑驳的痕迹。

“嗯。”李深轻轻地说，“我知道。”

空气静止，魏静享的嚣张声音消失了。门一关上，众人的喧闹也收拢起来。有服务生走来，秉着非礼勿视的职业道德，对李深和陈乌夏视若无睹，径直走了过去，和隐形人一样。

陈乌夏又跳了两步，被李深一手挡住了去路。她弯低身子，想从他的臂下钻过去，又被拽住了。

“我抱你出去。”李深先是礼貌地询问，但没等到她的回答，就打横抱了她起来。他一手环住了她的手臂，一手扣住她膝盖边的裙摆，暗暗用力，束缚了她的挣扎。

陈乌夏闻到了檀香皂的清香，这么多年，他一直干干净净的。头越来越疼了。天花板的灯亮得晕沉，她的脸蹭在他的胸膛，磕到了一个什么东西。

有些硬，她伸手摸了摸。

李深警告说：“陈乌夏，你别乱动。”

“哦。”小气。她不摸了，窝在他怀里，要睡不睡的。

他抱着她出了酒吧，才问：“你哥呢？”

她看着天空的星星，想起了陈立洲的交代，说：“我哥让我打电话给他，你打吧。”

“哦。”李深拦了出租车，报上地址。

她迷迷糊糊地看着车窗外，不一会儿睡着了。

李深没有送陈乌夏回家，而是去了李明澜的公寓。

开了门，他先是放下手里的高跟鞋以及小挎包。金属鞋跟掉在地板上，撞出两声清晰的“咯”。然后他才按下壁灯开关。

这里的装饰风格和孟泽的工作室有相同的元素和色调，不知道是谁学了谁。

李深把沉睡的陈乌夏放在大床。

她一个翻身，压到了瘀伤，闷哼一下又平躺回去。

他仔细检查她的小腿。以后要给她下禁酒令了，这个人酒量差，脾气大，遇事鲁莽。庆幸那一件红木生肖摆件是空心的，伤势没有太严重。

聚会才开始不到半个小时，李深就不见了踪影。蒋湄又乱发脾气，杨东培打了电话过来。李深没有接，而是拿了药箱，用棉花蘸着药酒，给陈乌夏外敷。

可能因为疼痛，她想要缩起腿。

“别动。”他扣住了她的脚踝。

她没有再动，气息均匀，正在香甜的梦中。

他合上了药箱。

杨东培又发了微信过来，李深回了一句：“有事，勿扰。”

他坐下以后才开始打量床上的人。陈乌夏被酒气熏得红彤彤的，膝盖长的裙子，蹭上了大腿。灰黑的薄被上，像是开出了一朵鲜黄的向日葵。

李深打开微信，对那个爹毛狮子头像的人说：“陈乌夏，我想奔现了。”

对方回复了一个小小的微笑。

这时，陈乌夏的手机铃声从小挎包里传来了，空灵的音色极富穿透力。李深出去玄关，拿起她的手机，来电显示：全世界最好的哥。肉麻兮兮的备注不是她的风格，更像是陈立洲自己给自己改的。李深装作没看见，放了回去。

五次以后，持续不断的电话铃声停止了。

之后两分钟，轮到李深的手机响起了。

是魏静享打过来的。李深顿了下，接起了。

魏静享还在酒吧，身边人在传杯送盏。她抽了口烟，幸灾乐祸地说：“李深，有人跟我买你的项上人头。”

“哦。”

魏静享最烦这一个字，其中涵括的东西，她理解不能：“你还是这德行。”

“魏静享，说事吧。”

她笑："别人出价高，我把你卖了啊。"她和他距离朋友的友谊还有很长的距离。关于李深的人生，魏静享乐于当一个旁观者，偶尔上前捅几个马蜂窝。她一直想见到他卸下游刃有余的姿态，表现出慌张、错乱，可惜至今没有过。

李深随手拿起柜子上的打火机，把盖子开了又合，合了又开。

紧接着，来了一通陌生的电话。

李深猜到了对方是谁："喂。"

"李深。"陈立洲那边很安静，他沉了嗓子，"你今晚有没有见过乌夏？"他通过高中同学联系上了魏静享，这才拿到李深的手机号。

李深站在落地窗前："没有。"

陈立洲又问："乌夏去哪儿了？"

李深："不知道。"

陈立洲冷笑一下，挂断电话。

李深回去房间，给陈乌夏重新系上了蝴蝶结。他用腰带丈量她的腰围，纤细又结实，卡在他的虎口里刚刚好。

"陈乌夏，晚安。"他熄了灯，为她关上门。

陈乌夏醒来时，不知自己身在何方。

房间的布局不像是酒店。窗帘掩了一半，落地窗外有通宵达旦的灯光，似乎是半夜了。她低头看了看，又再摸了摸，自己的裙子完好地穿在身上。

她的记忆中断在见到蒋湄的时候。后来遇到了谁？被谁送了回来？她全然忘了。她拍拍脑袋，准备静坐思考。刚盘起腿，发现小腿有些疼痛。

受伤了？她更糊涂了。

陈乌夏下了床，拖着受伤的腿，打开一道门缝。外面的灯亮着，她静听，没有声响。门缝拉大，她探了个头出去，左右张望，四处无人。

她慢慢走出来。

这里的感觉似曾相识，看着简简单单，但是材质、家具，处处透出“贵”这个字。她至今去过的，只有李家是这风格。酒吧遇见的人，有李深，有邝力。她不认为，邝力会送她过来。

答案不言而喻。

落地灯前，陈乌夏看清了小腿上的瘀青。仔细回想，自己好像和谁打过架，对方……是一只猩猩？关于细节，她已经记不起来了。

陈乌夏见到挂在玄关的小挎包，她拿出手机，发现已经没电了。大半夜的，不知道堂哥是不是还在工作。

正在怔然时，另一扇门突然打开，把她吓了一跳。

里面的人果然是李深。不知她醉酒时，两人是什么状况，她不敢贸贸然开口。

李深端了一个杯子，说：“你醒了。”他换了宽松的上衣和长裤，衣服上有褶皱，可能是在床上躺了压出来的。他向她走过来，光落在他的头顶，给他的脸笼上了阴影。

她后退了下，抵在玄关柜边。

李深停下来，晃了晃杯子，说：“我出来倒水。”

这一句解释令她回忆起当年的一幕。当时他给她挥蚊子时，她也不自觉地闪避了。她这些年的懊悔也包括了那一天，在他被陷害的现场，她没有为他说过一句话，哪怕在同学群里支持一下也没有。于是，她上前一步。

他却去了厨房。

她又退回去了，问：“这是你家吗？”

“李明澜的房子。”他倒了水，再出来。

她光脚站在地板上，有些局促，脚趾翘了翘。

给她上药时，李深掠过几眼，记得她的脚指甲剪得圆圆润润，没有上指甲油，泛着健康的光泽。夜晚，理性正慢慢下降。

他看了看她的小腿：“你的伤怎么样？”

“啊……走路还好。我撞伤了吗？”

灰白的灯光冲淡了她脸颊的两只红桃子，这时的她脆弱又易折。李深手上拿的是冰镇水，冷冰冰的格外醒神：“你打架了。”

陈乌夏：“……”

之后，四下寂静。她见到他还看着她的瘀青，于是拂了拂裙摆，再咳嗽两声。

李深收回了目光。

她问：“你没受伤吧？”

“我没动手。”

“噢……”

杯子的温度从手掌蔓延到肩膀，胃里凉冰冰的。但其实李深不觉得冷，只是表面不得不冷下来：“以后别喝酒了。”

“嗯。”陈乌夏顿一下，“你为什么把我送到这里了？”

“上次你醉酒的时候我在场，再来一次，你哥对我就没那么客气了。”

有道理，何况李深和堂哥向来不和，还是她自己去报备好了。

“你有充电线吗？我手机没电了。”

“我不常在这里住。李明澜留了充电线，不过她手机和你的机型不一样。”

“噢。”陈乌夏想了想，“可以把手机借我，我给我哥报个平安吗？”

李深看着她：“你用我的手机给你哥打电话？”

“我会和他解释的，我哥是明事理的人。”

“我经历过百口莫辩的场面，知道别人愿意相信什么样的故事。”

简单的一句话勾起了她的负罪感，她低头说：“对不起。”

“明天早上再送你走。”

“要不，你联系一下魏静享，让她给我哥报个平安？我怕我哥担心。”

李深打开手机，在和魏静享的聊天框里简单打了几个字，然后抬头对陈乌夏说：“魏静享说她知道了。”

他说完就要走，陈乌夏喊住他：“李深。”

他回过头。

“今天谢谢你。”

“不客气，去睡吧。”他似乎有意避嫌，离她两米之外。

陈乌夏走上前去：“我觉得你上次说得对，高三那件事，我们至今没有好好谈一谈。”

越是寂静无声，右耳的鸟雀越是纠缠，在她的脑海里飞个不停。好在，自从用过上一个医生的药之后，耳鸣渐渐从高频转向了中频。既然有了好转的迹象，她对李深也豁达起来。

“李深，除了道歉，还有一句话我当年想说，却没有开口。”她抬起头，“我当时很愿意和你一起解决问题。”哪怕她没有完全相信他是无辜的。

陈乌夏剩下的半句话没有讲，但李深听懂了其中意思，正因为听懂了，他才觉得深夜不是谈心的时机，至少对现在的他而言不是。冰水镇的是他的躁动，她却浇了一桶油，刚才的冰水仿佛烧开了。

从某方面来说，他和她具有相同的内敛和孤独。除了学习，他们没有其余的感情基调，他想当然地以为，他和她是对方的过客，不会长情，没有永恒。况且，他的遗传里还有先天的冷漠。于是他先离开了。

这些情绪最终汇成一句话："陈乌夏，我不是责怪你。"

"其实，我能理解的。"他遭遇高考这么大的变故，就算怪罪于她也无可厚非。况且，他被退学的原因里有她的间接因素。

她能理解？她不能。譬如，现在的他就不大愿意和她站在这里讨论过去。他今晚喝了两杯鸡尾酒，不至于醉糊涂，但自控力已经松弛了。

她的裙子比之前皱了，蝴蝶结比较散，莫名生出慵懒的味道。她的漂亮是真实的。

李深喝光了杯子里的冰水："陈乌夏，你对学校的爆料不是关键，是我自己控制不住局面，才选择了离开。"

什么局面？刨根问底不是她的习惯，她没有追问，说："嗯，谢谢。"

"好好休息。"他回房去了。

陈乌夏刚刚才醒来，这时毫无睡意。抱起膝盖窝在沙发里，她突然想到一个问题，李深独来独往，唯一接触的女性就是蒋湄。可蒋湄表示她不是李深的女朋友，而且，李深今晚住在这里……除非他的女朋友特别大方，才会放任他和其他女生共处一室。

陈乌夏没想出个所以然，胃里开始咕噜噜地响。和大猩猩打了一架，她在同学会吃的那么点东西，早消耗完了。

李深不在这里常住，想来也不会准备食物。对面的办公楼向外是城市主干道，从另一幢高楼外墙竖立的招牌，她大概知道了这里的方位。既然是市区，当然会有二十四小时便利店。

她看一眼李深的房门，他应该已经睡了。饿得慌了，陈乌夏准备去楼下买东西。她踮着受伤的那只脚，慢慢走到玄关。

打开鞋柜，见到了自己的高跟鞋。这是她哥的一份心意，幸好没丢。她轻轻地开门，再轻轻地关门。本想吃完再回来，但她没有钥匙，回来也开不了门。

该给李深留一个消息的，她想着等会儿去便利店买个便签条。

电梯灯亮了起来，陈乌夏跟着楼层灯数数。电梯到了，她正要走过去，忽然察觉旁边有人。

她一转头，来的竟然是李深。

他头发凌乱，神态有些疲乏，问："你大半夜的要去哪儿？"

"我……"陈乌夏略有尴尬，"我肚子饿了，下去吃东西。"

李深："这里有二十四小时外卖。"

电梯门即将关上，陈乌夏连忙要去按。

他伸手盖住了，说："回去吧，深更半夜别出门了。"

她注意到他穿的是室内拖鞋，心里闪过某些想法，但又觉得离谱。

"我给你叫外卖。"他的双手放进裤兜。

"我下去也……"

"小区门要刷卡。"他打断了她的话，"你来的时候没登记，没有卡出不去。而且你腿上有伤，走不了多远。"他自动退到了安全距离。

她只好跟着他回去了。

李深一手搭在门上，等她进去以后，他关上了门。

门锁发出了很轻的"嘀嗒"，陈乌夏立即回头看他。深更半夜，孤男寡女，醉酒以后，这几个元素结合起来，她有些紧张了。

李深看了看她。她睡了一觉，几缕刘海散落下来，薄薄地贴在额头。少女长大了，但骨子里还是陈乌夏，藏不住心思。他绕过了她，到沙发坐下："想吃什么？"

"方便的就行。"陈乌夏猜测，他看穿了她刚才的警惕。

"M记、K记、Pizza hut，这三个都离这儿不远，送上来很快。"李深看着门边的她，"你自己过来点。"

她走过去，跟着坐下："我随便点一个套餐就行。"

他递了手机给她："我不知道你的口味。"

她点了一个汉堡套餐，把手机还回去，说："我给你付钱吧……"

"嗯。"

她直接给了他一百元。

他在外卖平台下了单："我没有零钱。"

"我以后网上转给你吧，你给我一个……"本想说微信，但两人已经没有联络了，她改口说，"你给我一个银行账号，我把今天晚上的住宿费一并付了。"

"要算住宿费的话，一百就不够了。"

"你收多少？"

"这地段，这装修，酒店住一晚什么价格你自己上网搜。"

"这样啊……"那她只能借钱了。

"你不就是把这里当酒店？想走就走。住酒店的走之前还要和前台说一声。"

陈乌夏这时转过弯来了，听出他的暗示："我饿了嘛，而且你也不是前台啊。"

"你没想过，我要是出来见不到人，会不会担心？"

"对不起，我本来想吃完再给你留信。当时你已经睡了，我总不能‘咚咚咚’跑去敲你的门，喊‘我要走啦’。你肯定也生气。”

“比你一声不响走人要好。”和她仅一门之隔，他想睡也睡不着，“还有，陈乌夏，我什么时候生过气？”

她愣了下。确实，他少有动怒，最多就是眼光冰凉。她咳了一声：“我要付你多少钱？”

“先欠着。”

她又咳一声：“哦。”这里又不是她要来的，回家睡觉多好。

听她咳了几下，李深去冰箱拿出一个玻璃罐。他叉起一块蜂蜜萝卜，递到她的嘴边。她抬起了头，他又拿黑亮的眼睛盯人。见她半天没反应，李深晃了晃叉子。

她张开了嘴，李深却说：“不是喂你，自己拿着。”

“噢。”高三吃蜂蜜萝卜的那天，他碰了碰她，至今都没有解释。

李深也想起了当年的蜂蜜萝卜，如果没有那次的意外，他不会在数学试卷空两道题。数学成绩似乎是他比她先沉沦的信号。曾经他以为他不如她长情，三年过去了，并非如此。

不一会儿，外卖来了，第三人终于打破了房间里的沉默。

李深拎着外卖去了餐厅。陈乌夏跟过去，选择了和他空一个位置。

或许是夜晚，或许是酒精，或许是两者结合的作用，冰可乐入了口，但李深更加不耐。于是他谈及正事：“你考上大学了吧？”

她点点头：“嗯。”

“学的什么？”

“旅游管理。”

“嗯。”李深忽然莫名地说，“今天这裙子——”称赞的话到了嘴边，他及时地停住了。

“我哥给买的。”

“嗯。”想也知道，这是“妹控”的主意。她梳开了刘海，眉清目秀，可她的个性喜欢遮掩。

他也是。

陈乌夏抬手想梳刘海，发现刘海别上去了，于是低下了头，没话找话：“你什么时候学会抽烟喝酒了？”

“高中以后。”李深问，“你为什么喝酒？”

“同学聚会。”

“以后别喝了。”

“其实我练过防身术，我今晚打架可能就是为了防身。”她觉得自己不会无端打人，肯定是对方挑衅在先。

李深对当时的情景记忆尤深，要是他再晚几秒，她就会被那个男人占便宜。他终于没有忍住，站了起来：“我告诉你一件事。”

“嗯？”陈乌夏咬了根薯条。

他俯身过来，一手撑在扶手，一手撑在餐桌，从旁侧包围了她。她反应极快，连忙去推，却被他一把擒住了双腕，拉高过头。这是一个令人失去安全感的姿势，他扣得不重，但扣得牢，然后整个人欺压而下。她抿紧嘴，没有放过其他攻击，伸出一脚，就要毫不客气地踢过去。他却把她的双腿夹在膝盖之间，过程轻而易举。

“李深！”陈乌夏怒目向他。

李深警告说：“别以为自己学了点防身术就逞威风。”

他说话时简直要和她抢夺氧气。她再挣扎，发现自己拼不过他，他的技巧性比她高。这是老师说过的，高段位的敌人。

李深看着她的慌乱，过了几秒才放开：“以后别乱喝酒，别乱挑衅。”

她手上有一根咬了一口的薯条，见他这万事从容的样子，她把薯条塞进他的嘴巴：“闭上你的嘴。”

李深含住了薯条，眼睛盯着她，手上把她蹭上大腿的裙子拉下来，然后直起身子：“我睡了，你吃饱也去睡吧。”

陈乌夏闷声吃汉堡。

“听见了没有？”

“听见了。”她一边咀嚼，一边说话，“我的防身术以前没有实战过。现在知道了，我要继续练！”迟早有一天打败他。

“你这叫小猫挠痒，打倒那个男人凭的是蛮力和运气。”李深叼起她的那根薯条，再拿一包薯条，见她生了闷气，说，“好了，我给你揍一拳，当是——”

话没说完，她的拳头直击他的左肩背。

到底是丢铅球的人，力气大得出奇。李深硬生生接了这一拳，说：“记得锁门。”

他进房后关上门，陈乌夏才放心下来。她用薯条挑起番茄酱，默默填肚子。然后她一口气吃了两个汉堡。

这一晚上的折腾，陈乌夏觉得比跑五公里还累。好不容易上了床，突然听见门外传来什么声响，好像金属在碰撞。

她坐起，眼看着门开了，她说：“我锁了门。”

“我有这个。”李深的食指晃着一串钥匙。

陈乌夏呆了下，难以置信他会做出这种无赖行径。但她的迎战非常迅速，裹住被子，攥紧了拳头。

“高三辅导了你半年，我今晚再教你一句，防人之心不可无。”他的脸上满是冷意，似乎这趟过来真的只为了这个。

她听得面无表情。

“除此之外，还有一件事。”李深没有关门，“我的肩膀被你打伤了。”

“我不会道歉的。”陈乌夏正在气头上，威胁说，“你敢对我动手动脚，我就敢捶碎你的肩。”

除了那一串钥匙，李深另一只手拿了一瓶药酒，说：“不道歉可以，麻烦给我上个药。”

她发现他的左臂比右边迟缓，她刚才确确实实用力揍了他，他或许是伤到了。

李深在她的对角线坐下：“伤在肩背后面，右手不方便上药。”

陈乌夏躲在被子里，露出一张小脸蛋：“说好啊，只上药。”

“嗯。”他说完就要脱 T 恤。

腰线一出来，她立即制止他：“你换一件领口比较宽的衣服吧，露个肩就可以上药了。”她瞥开了眼，不再看他的腰。难怪他可以化解她的防身术，原来他的身材很有料。

第五章

李深没有换衣服，直接拉下了这一件 V 领 T 恤。

他的左肩背真的黑了一小块，陈乌夏见到后，有些心软了。她夹起棉花，沾着药酒，轻轻按在他左肩的伤：“你收了我的纸飞机，也说事情过去了，我就当真了。邻居嘛，抬头不见低头见，上下楼板着脸也不好。你说是不是？”

“谁板着脸？”

“你啊。”

“我本来就这样。”

“你都不会笑一笑。”

“没什么好笑的事。”他转过头。

利落的线条从他的颈划到他的肩。两人只有半肩的距离，她向后挪了一下：“今天见到了老同学班长，你没有久别重逢的喜悦吗？”

“你提醒了我。”李深转向窗外，天空挂了几颗星星，低调但顽皮。他说：“三年了，小别胜新婚。”

她就知道，他和班长才有友谊：“那你笑一个啊。”

他向下面看了一眼，裤子很宽松，什么也见不到。他说：“哪天不需要灌冰水了，我笑一个给你看。”

“我哥说，你笑起来特别丑。”她故意用激将法。

李深冷冷地说：“呵。”

擦完了药，陈乌夏赶着他走。他没有逗留：“早点休息。”

他走了以后，她推沙发去挡住门，然后一觉到了天亮。

睡醒后，陈乌夏第一时间去检查，沙发没有移动的迹象。她一边搬动沙发，一边想，其实这也是不信任李深的表现吧。虽然她为曾经的听信谣言而道歉，但行动上并没有改变，他们之间连朋友都算不上，她终究对他抱有戒心。

腿上的瘀青淡去了很多，她在膝盖上按了按，疼痛减轻了。

她开了门。下一秒，对面的门也开了。

李深的头发不再乱翘，一副冷清淡然的姿态：“早。”

“早。”相较于他的整装完毕，陈乌夏的裙子却是皱巴巴的，“谢谢你的收留，我先走了。欠你的钱改天会还上的。”

“吃完早餐再走吧。”李深说，“想吃什么？叫外卖。”

“我要上班。”她光着脚，几个脚趾轮流翘了翘。

“你星期一不是休息吗？”

他知道她的休息日？

“今天餐厅会比较忙，经理安排我和另一个同事调班了。”

“上班也还早，吃个早餐来得及。”

“几点了？”

“六点半。”

那是很早。

“说起来谢谢你的照顾。”她人还在他的地盘，好话还是得多说。

"哦。"李深过去拉开了落地窗前的帘子，天边映出了缕缕金丝，"一起吃早餐吧。"

"你这里有食材吗？"

"有面，有青菜。"李明澜前天回国，说是要练习厨艺，买了不少菜。结果煮烂了面，她又住酒店去了。

"我煮个面吧。"陈乌夏昨天吃了两份套餐，一下子没了两顿饭钱，她心疼钱包，"自己煮省钱，叫外卖太贵了。"

"你缺钱？"

"是啊。"这地段，恐怕她一个月的兼职薪水才能住一晚。

"你这条裙子不是缺钱的人穿的。"陈立洲倒是大手笔。

"伯娘也说我哥花钱大手大脚的。"

厨房里不止有面有青菜，陈乌夏还找到了一盒鸡蛋。她熟练地打蛋，边打边说："昨晚的房费，我领了薪水再给你付。"

"嗯。有什么需要帮忙的吗？"

"很快就煮好了。"

过了几分钟，陈乌夏端了两个大碗过来："你说这里不常住，但是锅碗瓢盆很齐全啊。"

"李明澜偶尔会做黑暗料理。"李深从旁边拉起一根线，"对了，音响用的充电线和你手机的一样。"

"太好了！"她连忙给手机充电。

才开机，接二连三的消息轰炸而来，全部来自陈立洲。她赶紧回电。

那边响了一秒就接通了。

"乌夏。"听起来陈立洲像是没有休息，嗓子有些沙哑。

"哥，对不起，让你担心了。"

堂妹的语气里没有不安，陈立洲的焦虑缓了下来："去哪儿了？不记得要给我打电话？”

“我昨晚误把酒当水喝，醉糊涂了，只好在同学这里住一晚。手机没电关机了，又找不到充电线。”至于为什么不肯用这个“同学”的手机通知，她没有想到合理的借口，索性不说了。

陈立洲勾了勾烫卷的刘海：“哪个同学？”

“以前高中的。”

“男的女的？”

“女的。”陈乌夏回答得飞快。

“男的。”陈立洲冷笑了一下，“让李深接电话。”

她惊讶堂哥的敏锐，粗略回想，不知自己哪里露了马脚，她试着再挣扎一下：“哥，我在魏静享的家里。”

“哦。”陈立洲淡然，“她在哪儿，我和她说两句。”

“她刚出去了……”陈乌夏转过眼，又被吓了一跳。

李深居然靠了过来，眼睛里漾着不知名的微光，这令他莫名有了人情味。

电话那边吓人，这里的也吓人。陈乌夏背过身想赶紧结束通话：“哥，我一会儿就回去了。”

陈立洲却说：“让李深接电话。”

陈乌夏正在想借口。

李深忽然抢了手机：“喂。”

陈乌夏傻眼了，编的谎言全泡汤了，完蛋。

“李深，好啊你，等我拿你的项上人头。”陈立洲的咬牙切齿藏在森冷的话音里。

“陈师兄，亡羊补牢，无济于事。”李深慢悠悠的。

陈乌夏踮起脚跟，左耳靠近手机，偷听两个人的对话。

陈立洲：“你昨晚干了什么？”

“把她喂得很饱。”李深隐约有轻快的调子。

陈立洲：“我杀了你！”

陈乌夏很是着急，堂哥真的怒了。

她要抢回手机，李深闪开了，告诉陈立洲：“我这里有外卖订单的记录，她吃了两个套餐，真的很饱。”

“取你狗命。”陈立洲挂断了。

李深把手机还回去：“吃饱了再走吧。”

风云已经变色，陈乌夏随便扒了几口面，再也吃不下了：“我走了。”

李深闻了闻面汤，称赞说：“味道很香。”

哪管香不香，她急匆匆地往外冲：“记得洗碗。”到了门口，她拿起高跟鞋，穿上一只，想起什么又脱掉，跑回了餐厅，“李深。”

他用筷子挑起面条，尝了一口，才抬头看她。

“我会相信你的。”这是一句将来时语态。

李深放下筷子，向她招手：“过来。”

她没有动。

他抽出一张纸巾：“擦擦嘴，全是油。”

她上前接过，擦了擦嘴，又往外跑了。她愿意相信他是一个真的好人，和从前一样。

钥匙插进锁口时，陈乌夏有些迟疑，轻轻一转钥匙，门开了。她脱下鞋子，蹑手蹑脚的。今天是周末，大伯和伯娘一早散步买菜去了，要是堂哥不在的话……

“乌夏。”幽灵一般的陈立洲，不知从哪里飘了出来，悄无声息到了她的背后。

陈乌夏抓紧了钥匙，锁芯刺到她的手掌，她深呼吸，回了头：

“哥。”在他的眼神下，陈乌夏连解释的勇气也没有，直接道歉了，“哥，是我不好，让你担心了。你骂我吧。”

他伸出手，她低下了头。

陈立洲按住她的头，大掌在她的头发上乱挠，把她一头卷发挠得乱七八糟，然后松了手：“把昨天的经过一五一十告诉我，从见到楼下那男的开始。别想糊弄哥，我听你一个音节就知道你是不是撒谎。”

堂哥说是一五一十，但昨天晚上发生了太多太多，陈乌夏不可能详细到将李深的每一句话都告诉堂哥。她简略地叙述了一遍，重点强调她和李深清清白白，分房而睡，什么也没有发生。揍了李深一拳的插曲，她只字未提。

陈立洲坐在电脑椅上，仰靠椅背，双手搁在扶手上。他闭上了眼，轻轻地左摇右摆。把妹妹的话梳理了一遍之后，他睁开眼，问：“腿上的伤怎么样了？记得是谁打的吗？”

陈乌夏伸出腿：“不记得了，就是撞了吧。哥，没事，皮外伤而已，昨晚走起路来比较费劲，今天早上就好多了。”说着，她走了两步。

见他不回话，她做出一个立誓的手势：“哥，我说的全是真话。”只不过隐瞒了细节而已。

陈立洲嘲讽地说：“他有贼心没贼胆。”说不定还在维持那高冷人设。

陈立洲看妹妹身上的裙子皱巴巴的：“昨晚上没有洗澡？”

陈乌夏点点头：“我太困了，吃完汉堡包就睡了。”况且，洗了也没衣服换。李深连双鞋都不给她，更别指望他会给她拿衣服了。

陈立洲拍拍妹妹的肩：“你先去洗个澡吧。”

“哥，大伯和伯娘这边，你帮我瞒住了吗？”

“瞒住了。”

“谢谢哥，我先去洗澡了。”陈乌夏打开衣柜，“我已经在李深那儿吃了早餐，一会儿就去上班了。”

陈立洲抬腕看时间：“你今天上日班还是晚班？”

“日班。”

“晚上你下班了，我再和你聊。”

“哥，你一晚上没睡吧？对不起。”她深深地鞠了一躬。

陈立洲露出今天的第一抹笑容：“没事。”

妹妹出了房间，他又冷下脸。好不容易把妹妹化妆得漂漂亮亮，却便宜了楼下的衣冠禽兽。

李深回来的时间，比陈乌夏晚了一个多小时。

陈家阳台晾起了陈乌夏的鹅黄裙，他看了一眼，她的人不在。

回到家，李深见到李明澜在窗前，迎着光欣赏一张小红花剪纸。她笑得唇角弯弯，说：“深仔，你回来啦。”

李明澜这次回国很突然，既没有第一时间见儿子，也不是因为公司业务，而是去做了两餐黑暗料理。她叫李深过去品尝，他说忙，不理她。

他冷淡的语气像极了某个人。

李深放下钥匙：“你怎么过来了？”

“过来给大哥整理东西。装修要定制柜子了，大哥这些奇形怪状的藏品，要提前量好尺寸给师傅。”李明澜收起了剪纸，“深仔，你也过来整理吧。我刚才看到了你上学时的奖状，荣誉证书等等。连幼儿园的小红花，都还留着呢。”

“嗯。”其实过去的荣誉留着也没用。

李深转眼见到旁边的相框，里面放的是李家全家福，两岁的他被李明澜抱在怀里。其他人面对镜头，唯有李明澜低头向他笑。李家拍过十来张全家福，但只有这张照片，他才真的在亲生母亲的怀里。

他的目光从相册移到面前的李明澜，十几年的岁月也没有磨灭她的本性。

她笑着问："夜不归宿，还洗过澡，换过衣服。哼哼，上哪儿了？"

"同学聚会。"

"通宵聚会？"

"散场时晚了，回来怕吵醒爸妈，没回来。"李深嘴里的"爸妈"是李旭彬和于骊，李明澜只是他的"姑姑"。

"你昨晚住哪儿了？在天桥啊？"

"你的公寓。"

"是吗？"李明澜贼笑，"我等会儿就去检查一下，看看有没有谁留下了长发。"

"哦。"李深面不改色。

李明澜有时候也看不惯这张没有表情的脸，忍不住一把捏住："同学聚会有女同学吧？"

"有，组织者就是女的。"脸上被扯住了，他说得很缓慢。

李明澜放开了他："听阿嫂说，好几个女的在追求你啊？"

"哦。"

"有个叫……蒋湄的，追你追得特别勤快？"

"没有。"李深去了厨房，打开冰箱拿出一瓶冰可乐，回头被拦住了。

李明澜伸手揪起他的衣领，上下左右仔细地观察，一圈完毕，她说："很干净。你还是用的檀香皂？他以前也喜欢。"

这个"他"是谁，二人心知肚明。

"阿嫂也开始担心你的交友状况了。"李明澜问，"追你的那么多，你有没有心动的？"

"没有。"

"你太失败了。我在你这个年纪，娃都能走路了。"

电话响起了。

李明澜还没决定要不要接，对方已经停了。她想一想，回到原来的话题，故作神秘地说："昨天，我在楼梯里听到一个人打电话，满世界找妹妹。"

她话说一半，看了看李深："楼上陈家的女孩，昨晚也没有回来？"

"不知道。"

李明澜仔细地观察儿子："和她断了？"

"三年前就不联系了。"这话不假，不过三年后的今天又联系了而已，"我休息了。"

李明澜追问："要不要我给你介绍一个女朋友？"

"不了。"

"心里有人？"

他面上冷静，但又仿佛没有落脚点："李明澜，你今年回国回得很勤快。"

"为祖国做建设啊，外国的月亮不如家乡的圆。"她揽住他的肩，"少年，你是不是有心事？"

"没有。"

"肯定有。说来听听，我是过来人，给你出出主意。"

“李明澜，你自己的感情一团糟。”被一个神经病紧追不舍，不能再糟糕了。

“说话注意辈分。”李明澜使劲揉搓儿子的脸，“白长了一张美男样，楼上女孩好乖的，也被你吓跑了。”

晚上不是没睡，但陈乌夏今天没什么精神。

对面公交车站下来一人，向她招手，她好一会儿才看见。抬高阳伞后，向他笑了笑。绿灯亮起，她过了马路。

郑良骥已经去咖啡店打包了两份早餐：“夏姐姐，吃过早餐了吗？”

“我吃完了。”

“多了一份，给你加餐。”他把另一份早餐袋递给她。

知道他为人热情，她也收下了：“谢谢。”

郑良骥的左肩背了一个大背包，同行的时候，他换到了右肩，和她靠近了点：“夏姐姐，你住这附近吧，上下班不用坐车。”

“是啊，过来走十分钟就到了。”炎炎夏季，走十分钟也满脸是汗。她的刘海剪薄了，一流汗就有几丝黏在额上。

郑良骥拿出了一包纸巾：“给。”

“谢谢。”她展开纸巾，盖在脸上擦拭。

“我家离这里远，公交还塞车，今天担心又要迟到了。”他故意停住，“不过，见到了你，我就知道我不会迟到。”

陈乌夏好奇问：“你为什么不就近找一间店打工？”

“怕遇到熟人，怪不好意思的。”他开玩笑说，“尤其担心我爸妈看到我工作时的样子，我如果受了气，他们会心疼。”

听得出来，郑良骥的家庭很有爱。

“其实你成绩这么好，暑期可以去当家教，比当服务员轻松。”

“做什么是次要的。”郑良骥说，“做家教吧，主要相处的还是学生。我想出来了解一下中学以后的社会关系网，人和人的相处肯定和我们当学生时不一样。”

“嗯。”优秀的人总是未雨绸缪。

经过一家体育用品店，郑良骥忽然想起一件事：“夏姐姐，我记得你说过你擅长体育。”

陈乌夏点头：“嗯，校运会我都有参加。”

“你会打网球吗？”

“大学社团和同学玩过一次，不是什么正式的比赛，忘了谁输谁赢。”

“会玩两下，知道规则就行了。”郑良骥笑，“你也是后天调休吧？”

“是啊。”今天是餐厅活动期，餐厅经理担心忙不过来，让陈乌夏调了班。

“我也是后天休假。夏姐姐，你那天有空吗？”

“怎么了？”

“我约了人打网球。我问了几个女同学，她们只会羽毛球。”

“你和同学玩，不约大家擅长的项目吗？”

“不是我约的。”郑良骥解释说，“我已经开始建立大学的人际网了，正好认识几个师兄师姐，他们下周有网球运动，我呢，会那么两手。不过，双人比赛嘛，我觉得自己带一个同伴会更好。”

“你的大学师兄师姐也是高才生，我跟不上你们的话题。”

“我们不会在休息的时候聊学习。这样吧，就当租赁球友，钟点工怎么样？”说着，郑良骥就要用微信发红包了。

陈乌夏看他一眼：“钱就算了，当是运动吧。丑话说在前头，打球可以，聊天我不在行。”

“没事，聊天是我强项啊。你多出去走走，我的师兄也许能跟你发展发展呢。你人漂亮，个性温柔，他们肯定追着你聊天。”

“我嘴笨，不会聊。”

“怎么会，我跟你聊得就很好。你在我们师兄里转悠转悠，至少我知道，有两个师兄非常健谈。你这样柔情似水的女人，就要搭配一个狂烈如火的。”

陈乌夏想起自己和李深冷场的次数，多到数不清了。果然，大家都觉得她应该找一个热情奔放的对象。

两只闷葫芦是开不出花的，真正过日子还得选实在人。

杨东培一晚上听蒋湄的絮絮叨叨，直到天亮他才睡着。也没有睡太久，上午醒过来时，他看到游戏群的人商量着第三章的人设建模。

他打了个哈欠，用一把沙哑的声音在群里说：“我问过我一个在校的朋友，他过两天忙完就有空帮忙我们的项目了。”

Li：“讨论一下之后的剧情任务。”

蒋湄认定李深对西餐厅的服务生着了迷，杨东培觉得有些道理，但他这阵子对西餐腻了。

杨东培：“不会又去西餐厅讨论吧？”

Li：“群里讨论就行，我把文档发给你。”

杨东培挑了挑眉，也许李深要和女朋友共度七夕吧。

经陈乌夏提醒，李深知道今天是七夕。他这天要去见的人，是陈立洲。这还是陈立洲主动发过来的：“提头来见。”

从抢陈乌夏的电话开始，李深就预料到了。

约定的地点在公园。上午的时间，一群穿着太极拳衣的老人在山那边练剑，更高的山上，还有开嗓唱歌的。凉亭外，几对老人正努力练习交谊舞：“一嗒嗒，二嗒嗒……”

陈立洲早就候着了，坐在亭柱边，曲起右膝，右手搭在上面。待李深走近了，他说：“我以为你不敢来了。”

炎夏烈日，李深戴了一顶棒球帽。他抬了抬帽子：“陈师兄邀约，荣幸之至。”

两人的对话风格很有默契。

“你可知今日所为何事？”

“略知一二，但也愿闻其详。”

陈立洲正过身子，左脚向下，右脚横在亭台面，坐着也是玩世不恭的样子：“我警告过你，别接近乌夏。”

中学时期，陈立洲和李深在校园里装陌生人，回到家偶遇也不聊天，但陈立洲了解李深。李深的一言一行都怀有目的性，他不是无聊的人，不会闲到天天在不相干的人面前晃悠，更别提收留醉酒的女同学在家过夜。

李深图什么？答案显而易见了。

李深没有在任何人面前坦白过，连于骊也不知道儿子和楼上邻居的猫腻。但他和陈立洲之间，没有必要隐瞒。

“陈师兄，我父母管不住我。”换言之，陈立洲一个外人，更加束缚不了他。

“凭你的个性，将利益得失会计算得明明白白。乌夏更适合爽快的人。”

“正是因为已经算得明明白白，我才做出选择。”时间给了李深一个教训，他比他想象的重感情。

“你想过没有，乌夏愿意跟你讲和，是因为她以为毁了你的前程。”

“那不是她的错。”

“本来就和她无关。况且，你也没资格怪罪她。”陈立洲站了起来，一扫刚才的吊儿郎当，“我曾以为你退学了会重读、再考。那年我向上下几级的校友打听，都没有你的消息。没想到，你浪了两年才重新入学籍，课都没上，直接裸考了。李师弟，下个月你就上大二了吧。”

李深摘下了帽子。

陈立洲走近和李深面对面：“如今你前程万里，乌夏自然没有内疚感了。”

“没有就好。”

李深不知道陈乌夏的耳疾，陈立洲也无意告之。陈立洲临走留下了一句：“你好自为之。”

将到中午，餐厅已经快坐满了。

陈乌夏收拾完上一桌，刚把新桌布铺好，就见到了陈立洲。她眼前一亮，迎上前去：“哥，你怎么来了？”说完这惊喜的一句，她才说，“欢迎光临。”

陈立洲笑：“今天要找一个有吃有喝的地方，修改新系统的方案。”

她领着他到了角落的餐桌：“哥，你最棒了。”

互捧是这对兄妹的日常。

“今天你请客吧？”

“好啊。”陈乌夏浅浅一笑，“我给你上这里的招牌菜。”

李深走到玻璃外。餐厅门口的情侣气球迎风招摇，各自想要远去，却又因为缠绕其中的心形结而磕碰在一起。他转眼看向玻璃窗内的陈乌夏时，捕捉到了她小小的笑脸。高三时，她经常这样看他，嘴角牵起一角就停住。远不及她在这里打工时的灿烂，但那样的含蓄里，藏着无限的美好。

李深又去了西餐厅。

陈乌夏愣了一会儿。七夕情人节，他也不用陪伴女朋友吗？这个男朋友当得是不是冷漠了点，她不禁为他的女朋友叫屈。

她扬起笑："欢迎光临。"这当然是服务顾客的笑容，亲切但不亲密。

她领着他过去座位。今天格外热闹，暂时只剩角落的空桌，那里正是陈立洲的邻座，陈乌夏只得把两人安排在这里。

她回到服务台。

郑良骥端了新菜，临走前凑过来说："夏姐姐，五、六号桌两个男的长得真帅啊。他俩要是起立见到对方，说不定会赞叹这完美的邂逅。"

这哪是完美的邂逅，她担心两人要打起来了。

陈立洲倒没有挑衅，他今天来这里确定了一件事，李深个臭不要脸的，真的会来西餐厅当顾客装偶遇。

陈乌夏忙碌了一天，擦完了鼻炎药，捂住右耳静了一会儿。耳鸣变成中频以后，不再有好转。泄气的下一秒紧接着是鼓励，她鼓励自己不能急，慢慢治。

陈立洲走进来，敲了敲敞开的门扇。

"哥。"他穿了套奥特曼的家居服，陈乌夏觉得堂哥的打扮比李深年轻一轮。

"有时间？谈一谈。"陈立洲掩上门。

"什么事？神神秘秘的。"陈乌夏把椅子让给他，自己坐上了床。

"别给我妈听见，否则又要唠叨。"他坐下以后，没有第一时间开口，而是看了眼旁边的书。那是他买的，关于耳鼻喉科的医学书，“我以为李深已经搬了家。他不出现，我们和他的关系也就断了，谁知道他又回来了，还带着满脸的算计。”

“哥，除了绯闻，你和李深还有什么过节吗？”堂哥和李深不是竞争对手，但他俩的态度都不大友善。

“本来没有，现在有了。”陈立洲跷起腿，“乌夏，你的耳朵落下病根，我当年就想把李深找出来狠扁一顿。但是他闹成那样，也的确可惜。你不计较，哥就当扯平了。”

知道堂哥是为自己出气，陈乌夏说：“我日常生活没有问题，跟你聊天也听得清。比刚受伤的时候好多了。而且，我最近擦的药有点作用。”

“你心眼实，愧疚当年的事，这些我都知道。”陈立洲拿起那本医学书，书上有他写下的备注，但他还是没能让妹妹痊愈，“乌夏，李深考上了大学。”

陈乌夏曾经就这个问题问过李深，他没有回答。她以为，他不想提及伤心的往事。“可是，其他同学都没有见过李深。他就算上大学，不至于一个同学也遇不上吧？”

“他比你低了两级。”

“重读了两年吗？”

“他没有重读，去年直接上考场了。”

“考到哪里了？”

“和我一个大学。他在大学非常低调，我没想到他会荒废两年时间，当时我只在低我一级的师弟群问了一下，没有他。”

“那很好啊。”她的右耳却回不去了。李深不是不可以重读上大学，可他为什么要瞒着她？重逢以来，她不停和他道歉，回想起来这些像是笑话一样。

“乌夏。”陈立洲也坐上了床，“当年你良心上过不去，给自己拷上了枷锁。现在李深前程似锦，你可以真正释然了。”

“哥，要不是你，我可能一直蒙在鼓里。就……很难过，我问他，他也不说，不知道安的什么心。”陈乌夏才下定决心，不要轻易怀疑李深，结果又被打脸了。她有些沮丧：“我右耳的病和他计较也没用，以后不和他牵扯了。”

“如果真要和他说，我希望是你痊愈的那天，用风轻云淡的口气告诉他。”

那天什么时候才会到来呢，陈乌夏刚才劝自己别急，可这一刻焦灼了起来。考试可以重来，她呢？初初得病时的埋怨猛然冒了出来。明知不应该，可是她和李深之间失去了平衡，她受到的惩罚远远大于她的过错。

当年的受害者留下的是她，只有她了。

再见李深，陈乌夏连敷衍的笑容都没有：“欢迎光临。”

她真实的想法是，他能不能别来餐厅了，她别无它法，只好借着服务其他顾客的机会回避李深。这天很忙，她无暇顾及李深那边，没有暴露自己对他的情绪。

下班离开时，郑良骥过来说：“夏姐姐，你腿上的伤好了没？”

陈乌夏晃晃腿：“没事了，皮外伤而已。”

“那明天下午去网球场？我们约在这边见面，一起过去吧？”

“嗯。”外出散散心也好。

这天晚上，魏静享在朋友圈发了同学会的九宫格照片。她和邝力的合照放在了正中，邝力一直文质彬彬的，魏静享则比高三更张狂。

评论区很是热闹，陈乌夏给点了个赞。

大概是礼尚往来，魏静享给陈乌夏一个月前的朋友圈留了评论：“构图美。”

陈乌夏：“谢谢。”

两人断了三年联系，再见似乎没有隔阂。陈乌夏一直觉得自己和魏静享的友谊是君子之交，不过，魏静享从来都不是君子。

魏静享：“明天我和几个同学去山上看流星雨，你来不来？”

陈乌夏：“改天吧，明天下午我和同事去楠山湾。”

楠山湾正是网球场所在的度假村。

郑良骥的师兄师姐，和他有相同的特质，热情洋溢，能言善辩。陈乌夏见过的学霸之中，李深的个性是一个例外。算了，不说他，于是她想起自己的堂哥也是侃侃而谈。

郑良骥一一打招呼，介绍说：“这是我同期打工的夏姐姐。”

师兄师姐是大一或大二的学生。师兄甲打趣地说：“或许也是我们的姐姐。”

陈乌夏扬起了笑容。

师兄乙盯着她的脸：“这位同学有点面熟啊。”

这时，郑良骥向陈乌夏眨了眨眼，暗示这是他曾经说过的健谈师兄。

师兄乙又说：“想不起来在哪里见过，同学，你有没有印象？”

陈乌夏看了看师兄乙，轻轻摇头。

郑良骥以为师兄乙说的是搭讪话，笑了起来：“也许和某个女明星相像？”

“对对。”师兄乙跟着点头，“美女都是相似的。”

接下来，几人组队比赛。

没轮到上场，陈乌夏坐在了场外。她放空自己，的确没有想起不愉快的人和事。但在之后的偶然间，她听到有人喊："李深！你来不来啊！"

她抬头，东张西望。

另一个网球场上，短裙纷飞的是蒋湄，和她一组的是那个笑起来像弥勒佛一样的男孩。

杨东培今天烦得很，说好要去观赏英仙座流星雨。李深又抽风了，忽然要去度假村，弥勒佛也要吐血。

蒋湄说："把看流星雨的地点安排到度假村不就行了吗？"她看向李深，发现他今天拿了一个旧手机，这是三年前的型号了。而且，他好像在翻谁的朋友圈。

杨东培点头："行行行，你们爱怎样就怎样。我是跟班。"

楠山湾主要经营球类运动，于是几人挑了海报上的主打项目——网球。来到了度假村，李深却不打球，坐在休息凳玩手机。

杨东培又想吐血了。

郑良骥和师兄聊得欢快，终于到了上场的时候。他走过来说："夏姐姐，我们一组吧。我技术很烂，麻烦你了。"

"其实我打得也不多。"

第一局由陈乌夏发球，她低头，抬了下帽檐。这时的她太从容了，郑良骥紧张的心忽然放松了起来，看着她移不开目光。

陈乌夏抛起球，蹬地时受伤的小腿抽了下，但她仍然一跃而起，击球出去。

"漂亮！"师兄乙潇洒地回击。

网球直飞郑良骥的方向，他还在发呆。

"郑良骥，球来了。"陈乌夏上前反手击球。

师兄乙上前回击。

郑良骥回了神，但没接到球。他翻转了球拍，说：“这和羽毛球不一样啊。”

陈乌夏：“网球掉地上可以弹起再击，羽毛球就不行了。”

郑良骥：“我喜欢羽毛球。”

“我也是。”不经意间，她看见另一边场上的李深也在观看这场比赛。

她盖下了帽檐。

对面的师兄师姐配合得十分默契，郑良骥的球技马马虎虎，陈乌夏一对二，这局输了。她下去休息。

她故意不去注意相邻的网球场，但感觉有一道降温的目光跟着自己。她压了压帽子，帽檐几乎低到鼻梁了。

“抱歉，夏姐姐。”郑良骥只看见她的鼻尖和嘴巴，“我太菜了。”为什么今天如此失常，他也不好解释。

“重在参与吧。”陈乌夏甩了甩腿。

她的运动裤长到脚踝，他看不见她的伤，问：“你的腿还没好吗？”

“不碍事，发球的时候抽了一下。”帽子挡住了视线，她只好抬了抬，看着他问，“你会发球吗？”

郑良骥坦白说：“以前会，今天状态很糟糕。可能和师兄师姐对战，太紧张了吧。”

“没事，还是我来发球吧。”

“玩一两局差不多了。”

她还想说话，郑良骥已经和对手说：“师兄师姐，我认输了。技不如人呀，抱歉。”他挠挠头，满脸懊恼样。

陈乌夏明白，他是为了她才认输的。

师兄乙拍拍他的肩：“输赢无所谓，玩玩而已。”

场下的另一组换了上去。

“夏姐姐，对不起。”郑良骥道了歉，“我以为你的腿没事了。”

“我觉得伤好了，可是起跳时还是疼，对不起啊。”

“要说对不起也是我跟你说，我不该让你上场的，真的太抱歉了。”

陈乌夏笑了：“这只是皮外伤，就是跳太多了还是不大行。”

郑良骥擦了擦休息凳：“你休息吧，接下来观赛就行了。”

“会不会影响你和师兄师姐联络感情？”

“不会。”郑良骥张望一下，“夏姐姐，我去给你买药吧。”

“不用了，我来之前擦过药，不乱动就没事。”陈乌夏看见师姐在冲着他们这个方向喊，“你师姐在叫你。你不是想进学生会吗？”

“如果是以你受伤的方式进去，我不乐意。”郑良骥有些赌气，“而且还是我累你受伤的，我没有照顾到你。”

“我自己会照顾自己啦。去吧，你师姐在叫你。”

“不去。”郑良骥一步不动。

师姐甲过来了，问：“郑良骥，不玩了？”

郑良骥：“不大会网球，你们玩吧。”

师姐甲失笑：“输不起啊？”

郑良骥：“不是，我朋友的腿受伤了。”

陈乌夏连忙说：“不小心撞到了，扫了你们的兴。”

师姐甲：“别这么说，网球只是交流的一种方式。”

第六章

前一刻，杨东培和蒋湄说：“李深不喜欢你。”

蒋湄早知道，但是嘴硬地说：“如果他的爱情来得这么简单，那太没挑战性了。”

蒋湄的圈子和魏静享差不多，见到的多是轻浮不端的人。孤傲的李深如明月，照亮她的世界。他上大学去了北方，她很久见不到人，以为情思会变淡，然而越来越沉迷了。

她去质问李深：“你今天为什么过来打网球？”

他不说话，站起要走。

她展开双手，再次拦住了：“我今天要你一个说法。”

他终于正眼看她：“我去哪儿和你没关系。”

“为什么你的眼里看不见我？”

“人眼视角是124度，集中注意力时为五分之一，约25度。我看不见的何止你。”

“你……”蒋湄又气又笑，“这是你和我说过最长的句子。”

郑良骥和师姐甲聊着大学的事。

陈乌夏到果饮店点了一杯柠檬蜜，将近四十元，她小尝一口，和她打工的西餐厅出品差不多。

她弯腰揉了揉腿，对面有人坐下了。

她一抬头，是李深。他的心情不大好，说来也怪，明明是一张没有多少表情的脸，可她就是觉得他不痛快。其实她也是，她懊恼自己前段时间为他纠结，为他失眠，庸人自扰罢了。

陈乌夏别开了眼，转向网球场上的郑良骥。

李深过了半晌才开口："陈乌夏。"

她假装没有听见，假装得显而易见。

李深："陈乌夏。"

她盯着郑良骥，眼也不眨一下。

刚才郑良骥和她双打，反应总是比别人慢半拍。这时他和师姐一起组合，动作干净利落多了。陈乌夏想，是自己孤僻惯了，连双打比赛也会拖累对方吗？

忽然眼前落下了一只手掌。她认得这个掌纹，一个裸考也能上大学的人，智慧线又深又长。

李深就在面前，眼睛比星星更亮。她转过了头，捧起那杯柠檬蜜。

他轻声问："你的腿怎么样？"

陈乌夏摇摇头，一句话也不说。他回来的时候就是这样，她说什么，他都不开口。她索性学他的这一招。

李深又问："你受伤了还来打网球，陈立洲没有拦着你吗？"

奇了怪了，他竟然会在没有回答的情况下再问第二句。

他看到的是她低下去的脑袋："陈乌夏。"

柠檬蜜酸酸的，她牙齿都软了。

李深向窗外的网球场看一眼："你刚才跳起来，腿肯定又疼了。

他连这个也没察觉，还让你继续给他充门面。”

她知道他在说郑良骥。

“他接不住球丢的是他的脸，你拼命做什么？”

她咬住了吸管。

“让一个受伤的女孩给他击球，他是不是男人。”

陈乌夏终于忍不住了：“我没事。郑良骥是我的朋友，你不要损他。”

“朋友会让你崴脚打网球？”

今天的李深太咄咄逼人，她不想和他纠缠，拿起了柠檬蜜就要走。

他挡住了她。

陈乌夏不甘示弱地说道：“我做什么不关你的事，交朋友是我的自由，我哥也没管我。”她见不到他的时候可以自我纾解，然而他又撞到她的面前，这无疑提醒了她——他毁了她，但他连弥补都做不到。

“刚才叫你为什么不说话？”李深抢走了她的柠檬蜜，见到湿漉漉的吸管上有小小的牙印。

“我沉默寡言。”她要夺回杯子。

他抬起了手，摆明欺负她不如他长得高。

她以为无聊的人可以是任何一个男生，但李深绝对不会。她不要这杯柠檬蜜了，向外走去。

李深要去拽她，陈乌夏何其敏捷，闪开以后跑去了另一边的走廊。

她表达了一种决裂的愠怒，李深一想就知，其中变故的源头是陈立洲。李深追上去拽住了她。

她挣了挣。

他牢牢扣住她。

陈乌夏觉得自己的愤然迟到了三年，在右耳第一次听见巨响的那一刻，她就该向他讨债。

当年，她惋惜李深的前途，觉得自己质疑他的人品也是伤害他的表现，她什么都忍耐了下来。到头来，重考大学这样重要的事情，李深一句也没有讲。她禁不住怀疑，他是否就享受她道歉时的受罪样。他的隐瞒，哪里值得她的信任。

她用另一只手去抠他的手指，想趁机反击。李深略施巧劲，擒住了她的手腕。然后他推开了前面一扇门。

这一幢红砖小楼是贵宾更衣室，比较宽敞，只要不互殴，站两个人绰绰有余了。

陈乌夏进去以后，第一时间做出防备的姿态，抱起了手："李深，一切都过去了，说再多也是徒增烦恼，以后别见面了。"

他关上了门，"砰"的一下。

"陈立洲和你说了什么？"

她后退一步："你上大学的事，我都知道了。"

李深也不意外："嗯。"

"你为什么不告诉我？看我内疚的样子很可笑吗？"

"我一开始回来没想要遇上你。"陈立洲有句话没说错，她适合性格外放的人，李深是另一个极端。但是，哪怕二人成了陌路，李深也想在她的记忆里留下点什么。遗憾是永恒的惦记，她记得一个退学的同学，一旦弥补了这份遗憾，她会立即把他遗忘。

"那正好，我也不想。"陈乌夏就要出去。

李深一把拦住了："你除了内疚，其他什么也没剩下是不是？"

"当然，我又不欠你的。"说完了想起，她还欠他酒店费。欠就欠了，她就不还了。

“陈乌夏，其实你比我狠。”她记他三年，凭的是愧意。一旦没有了愧意，什么也没了。

“胡说。”她如果真的狠心，早在三年前就揍扁他。她是心软才落得这般境地。

“我这次回来，你三番五次到我面前恳请我的原谅。你是不是等着我接受你的道歉，然后就两清了？”

“我需要你的原谅吗？”陈乌夏气极，“陷害你的不是我，造谣你的人不是我。对，你给我补课那么久，我没有百分百信任你的人品，是我错了。但我除了这一点，哪里对不起你了？”

“我本来过去了，是你一直提醒我。”李深见过孟泽那种把心脏送给别人蹂躏的癫狂，他不愿步上后尘。失策的是，在和她一次一次的重逢里，他动摇了。微信里的爹毛狮子头哪有真实的陈乌夏来得生动。

“我以后也不提了。”她哪里提醒他了？她连李深的人也找不到。

正在这时，她的手机响了。她连忙接起：“郑良骥，啊，我在卫生间，一会儿就——”

李深到手机边说了一句：“她不在。”

陈乌夏怒目而视，荒废两年时间，他尽学了坏东西。她对手机那端说：“我遇到了同学——”

李深补充说：“是男同学。”

“一会儿回去。”她挂断了电话，“让我出去。”

“你和那个暑期工怎么回事？”他靠在门上，轻松得宛若一个旁观者。

这样的密闭空间里，她才是紧张的那个：“你管不着，你什么时候变得不讲理了？”

“我以前讲了太多道理。”有些东西无道理可讲。

“李深，我不想再说以前了，我们放过彼此吧。我们家包括大伯、堂哥，其实很惋惜你的前程，知道你上了大学，我也松了口气。祝你长风万里。”陈乌夏抹了下眼角。其实付出巨大代价的人是她。

“哭了？”李深握了握她的手。

“没有。”右耳的咚咚响会提醒她，她早失去了放声大哭的资格。

他抬手要去拭她的眼角。

她绷紧了脸：“我被困了三年，想彻底远离当年的一切，不再回忆了。”

他的手停在了半空。

她说：“我要回去了。”

他那只手转了方向，捶了下门：“陈乌夏，是你先走的。”

陈乌夏点头：“是的。”

他开了门。她很瘦，可他常常在她身上见到由内而外的力量，他以为自己比她潇洒。

但是，她真的先走了。

陈乌夏没了打球的心思。

郑良骥也不愿多留。他再玩一局，不过是人情和面子。

直到走出度假村，陈乌夏说：“你是因为我才提前结束比赛吧。”

“没有。”郑良骥解释说，“我技术太菜了，师兄师姐跟我玩得不尽兴，我自己主动离场最好不过了。”

“你和小大人似的，对人情世故的理解比我高。”

“不，我特别羡慕夏姐姐这样单纯的人。”

“我嘴太笨了，想和你一样健谈，热热闹闹的。”她嘴巴热闹的时候，就是和李深吵架。

李深恐怕也是。因为要吵架，所以句子长，说话多。普通交流的话，他只会“哦”。

楠山湾的公共交通只有一路公交车，站牌显示，一分钟后就有车来了。

郑良骥看出陈乌夏的低落，跳起来逗她笑：“Lucky girl.”

陈乌夏勾了勾背包的肩带，忽然见到李深也走来了。李深的棒球帽遮住了他的眼睛，她压低帽檐，装作没有发现他。

车到站了。

郑良骥礼让说：“夏姐姐你先上。”

陈乌夏上了车，后面的位置很空，她坐在双人椅的靠窗位。郑良骥随后上来，刷了卡，慢慢走过去。谁知，身后的李深长腿一迈，跨过郑良骥，几步走到陈乌夏的旁边，坐下了。

郑良骥停在车厢中间，看了看李深。

陈乌夏向郑良骥笑了笑，然后转头向车窗外。

最终，郑良骥选择了和他们两人同排的位置，和李深相隔了一条走道。

车厢除了一对中年夫妇，剩下的就是三个少男少女。行至半山，三人没有说话。

途中，李深时不时蹭到陈乌夏的腿。她偏了偏，后来索性把腿跷起来。他的腿再也不抖了，安安静静地坐着。

下了山，上车的乘客多了。

郑良骥换座位，到了李深和陈乌夏的后排。他从背包里掏出一颗巧克力糖：“夏姐姐，吃糖吗？”

自从李深落座，陈乌夏就有些僵硬，这时转头看郑良骥也不大自然："谢谢。"

她刚要去接，李深的手比她更快，拿过了那颗巧克力糖。两个男生的手指互相碰了碰，郑良骥别有深意地看李深一眼。

陈乌夏打圆场："他是我同学……"

郑良骥："原来是同学哥哥。"

巧克力糖拨到一半，李深用力一抛，扔到了垃圾桶。

郑良骥也没了笑脸。

路上，郑良骥试图缓和气氛，和陈乌夏聊些餐厅的趣事。陈乌夏有一句没一句应答着。

郑良骥问了一句："这位同学哥哥，你是在哪里下车啊？"

李深瞥过去，车窗透过来的阳光映在郑良骥的笑脸上，显得他更加活力青春。

李深冷淡地说："她家。"

郑良骥到底比不上李深，笑容顿了顿。

陈乌夏忙说："他是我楼下的邻居，但是下个月就搬走了。"

郑良骥："原来是邻居啊，难怪同学哥哥常来西餐厅，因为住得近吧。"

李深："因为柚子茶去糖。"

郑良骥没有接待过李深，不理解其中意思。

陈乌夏又出来打圆场："是啊，因为近。"

前面二人不大寻常，两次话题都是李深占了上风。郑良骥靠着车窗，看看窗外再转过头来，说："夏姐姐，我快开学了。暑假感谢你的照顾，到时候请你吃饭。"

陈乌夏点点头："好啊。"

郑良骥有意无意地说起自己的大学，天真地问："同学哥哥，你是哪儿的？”

李深：“国内一流学府。”

郑良骥噎了一下，又问：“北方的？”

李深没有回答。

“是啊，在北方。”陈乌夏想起来，李深要开学了。赶紧走吧，她迫不及待赶人了。

郑良骥向着陈乌夏：“夏姐姐，我们学校离得很近啊，以后常来玩。”

李深脸更冷了，郑良骥的笑容十分灿烂。

有第三人在场，李深和陈乌夏说话多少有些顾忌，不如二人世界时那般肆无忌惮。

郑良骥这个人精看出些什么，也变得沉默了。公交车经过郑家，他没有下车，一路陪着陈乌夏。

公交车到了西餐厅站点，陈乌夏说：“我要下车了。”

李深先站了起来。

郑良骥跟着：“我也在这里下车。”

陈乌夏给一个老人让了路，然后想到什么，先让后边的人下去，轮到她时，她退了回来。

下一秒，后车门关上了，留下李深和郑良骥在公交车外。

陈乌夏坐回了座位。

抱歉，郑良骥，但她真的不想和李深同行了。

陈乌夏又去了城北。

做了详细的检查以后，医生还是没有诊断出右耳的病因，说继续试试鼻炎药。

“谢谢医生。”

医院里奔波的人来来去去，陈乌夏见到一个病患追问一个医生：“医生，为什么我孩子在我耳边吼了一下之后，我就听不见了？”

医生：“可能是内耳微循环障碍或者病毒感染。”

病患：“能好吗？”

“我尽力。”医生说，“先去做高压氧治疗吧。”

两人的对话越来越远了，陈乌夏慢慢走出了医院。

太阳推着云朵向前，云边亮起光圈，光芒映衬凡人的失落。

回程路上，她靠在公交车窗，看着窗外的风景。她见过许多的医生，经历过数不清的失望，今天好像是最后一根稻草，她感觉到无尽的疲惫。

她把这份疲惫告诉了堂哥，陈立洲在电话那端说：“再过十天左右，哥陪你去游山玩水。”

“对了，哥，肖奕媛说她那里有个医生，她之前让我去试试。”

“那就去吧。”

“可是这边的医生还开了药。”

“外用药继续用。”对于久病缠身的人来说，多一个医生就多一份希望。

晚上，陈乌夏给肖奕媛微信：“忙吗？”

过了半个多小时，肖奕媛才回电话：“乌夏，我之前在做家教，刚刚吃完饭。”她有几份兼职，从早忙到晚。

“忙的同时也要照顾自己。”

“知道。”肖奕媛结了账，走出快餐店，“你暑假过得怎么样？”

陈乌夏把听筒调成扬声器，半躺在床上：“还好。我下个星期就领薪水了，之后去你那里看医生吧。”

“好啊。”肖奕媛笑了，步子轻快起来。

陈乌夏翻了个身：“对了，奕媛，我遇到了李深。”

确定听到的是李深的名字，肖奕媛的语速慢了：“他怎么样？”肖奕媛因为她哥的事，早就没脸面对李深了。

“他考上大学了。”

肖奕媛松了一大口气：“他那样的高才生，只要有机会，肯定能出人头地。这三年，我常常想起当年，最无辜的就是李深和你了……我很抱歉，我哥他不是个东西。”

“那不关你的事……”陈乌夏侧身压住了右耳。李深弥补了遗憾，唯一不平衡的剩下了她。

“我没去看过我哥。”肖奕媛自嘲说，“我骨子里还是绝情的肖家人。”

“你哥快出来了吧？”

“没有。他在里面又犯了事，可能刑期要加重，我是听警察说的。我给他寄了生活费，其他不想过问，他坐一辈子牢我也不觉得可惜。对了，你怎么遇上李深了？”

说起来话太长，陈乌夏简单概括为：“偶然见到。”

“乌夏，先挂了，我一会儿还有一份晚班兼职……”肖奕媛急匆匆的。

“好，你别太累了。注意休息。”

“拜拜。过几天时间定了告诉我，我给你预约医生。”

暑期工正式结束，陈乌夏办了离职，她和同事们一一道别，走出餐厅。

郑良骥追了过来：“夏姐姐，我给你留了一块蛋糕。”

蛋糕盒上画了一个大大的爱心，那是七夕前，餐厅订的情侣餐盒。给顾客打包时，用的是爱心结，而郑良骥绑的是一个蝴蝶结。

陈乌夏道一声谢，收下了。

“夏姐姐，有空了再约。”郑良骥拉开餐厅门，“我回去了，不然经理要吼人。”

“嗯，谢谢你的蛋糕。”

陈乌夏在半路遇上了陈立洲。

“哥，你回来了，伯娘念叨你好几天了。”

“这不是被她给念回来了吗？”陈立洲的头发长长了，变成了道明寺发型，“你拎的什么？”

她抬起了蛋糕盒，笑：“暑期工结束了，同事送的临别礼物。”

到了大门前，陈立洲拿钥匙开门，让妹妹先进：“你同事天天给你送蛋糕，是不是有什么想法？”

陈乌夏边上楼梯边说：“哪有天天。再说了，这个也不是之前的同事。”

“好几个同事啊。”陈立洲回想一下，“之前送的不是这种画了心形，还写满了‘Love’的盒子。”

“随便拿的，不讲究。”陈乌夏没当回事，“再说了，平时这盒子都是打心形结，我同事给我打的蝴蝶结，就是为了避嫌。”

“拿来。”陈立洲伸出手。

陈乌夏递了过去。

陈立洲捻捻上面的蝴蝶结：“乌夏。”

“嗯？”

“要是我不确定女方心意，就会用类似的手法。万一被拒绝了，可以开玩笑说是凑巧。如果打上心形结，意图太明显，被识破了没办法推脱。这种模棱两可的东西，最适合男女双方的试探。”

陈乌夏上楼的步子慢了：“不是吧，他高中才毕业。”

“女大三抱金砖。再说了，你看着也小，跟高中生似的。”经过李家大门，陈立洲拔高嗓子说，“我们家乌夏呀，追求者那是一个接着一个，我这当哥的挑花了眼。”

最好把里面姓李的男大学生气到吐血。

陈乌夏不喜欢坐飞机。第一次坐飞机是在兼职导游的时候，她接了一个航空团。经历过一次，她有了飞行恐惧症。

知道飞行会致使耳膜不适，但她当时不知道，对于她这种患者，耳膜遭受的压迫是常人的数倍。起飞以后，内外气压压迫鼓膜，耳朵炸裂一样地涨痛，连带的太阳穴跟着抽痛。她吃了一个口香糖，依然无法缓解。她捂住右耳，很害怕某一刻鼓膜会穿孔。

飞机降落时也痛苦不堪。下了飞机，她的耳压还没恢复正常，猛地一个旅客突然凑到她右边说话。这一个瞬间，她感觉右耳像一个喇叭一样扩大了数倍，任性地接纳着世界所有的声音，接着“轰”的一声，右耳闭上了。

世界安静起来，只见旅客的嘴巴一张一合。陈乌夏一下子蒙了，怔怔地看着旅客，她终于忍不住，靠在机场站牌边给陈立洲打电话，开口就是哭：“哥，我右耳听不见了。”

哭没几声，右耳“咚咚”响。哭一下，响一声，陌生的机场，她孤立无援，几近崩溃。

陈立洲温柔地安抚妹妹：“乌夏，别怕，有哥在。”他没多说，不停重复这一句。

幸运的是，这种病症持续了一个多小时之后自动消失，但这一个小时里，她的旅行团兵荒马乱。她没有赚到导游费，还被扣了钱。回程时，她把旅行团交给了同事，自己买了火车票。

过去的三年，如果不去刻意回忆，平平淡淡就过去了。然而李深给她留下的痛苦，渗透到了生活的方方面面。

这是一场不危及生命，却干涉生活的疾病。

陈立洲有项目会，暂时腾不出时间：“乌夏，我这几天要出去一趟。我研发的家禽养殖监控系统要是合作成功，工作室前期资金就有着落了。”

陈乌夏鼓励说：“哥，加油！”

“这一次，哥不能陪你去了。”他给了妹妹一个拥抱，“早日康复。”

“没事，我自己可以的。”

她买了高铁票，出发了。

杨东培这天请客，叫上了李深和魏静享。

魏静享要回味上次的玫瑰露，于是三人去了西餐厅。杨东培以为会见到陈乌夏，可是东张西望之后，没找到人。反而不习惯了。

“杨东培，点餐啊。”魏静享拍拍他。

按下服务键以后，走过来的是郑良骥。

“你们好，这是菜单。”他看了一眼李深。

李深不发一言。

杨东培把服务生看了一圈，问：“对了，你们餐厅有一个齐刘海的小女生，今天不在啊？”

“她离职了。”郑良骥笑容满面，“今天由我为你服务，需要什么尽管说。”

杨东培：“离职了？为什么？”

郑良骥：“不知道。”知道了也无可奉告。

下完单，他离开了。

杨东培不是真正想追究陈乌夏的去向，没有多问。

魏静享跷起了腿："李深，你不和高中同学玩了？有几个同学想和你叙旧，但他们没有你的联系方式，就找上我了。我和你什么关系，为什么我变成你的代言人了。"

李深："邝力有我的电话。"

魏静享身边的男性朋友太多，杨东培只记了几个常听到的名字，他问："邝力是谁？"

魏静享说道："我们高三的班长，斯斯文文，彬彬有礼。对我可好了，我高中不值日，他都给我瞒下来。"

李深终于看了一眼魏静享，那是因为陈乌夏把活全干了。

用餐时间大多是杨东培跟魏静享说话，中途，杨东培接到一个电话，提前走人了。

魏静享受不了李深的沉默，说："这里离邝力家不远。"

她把邝力叫来了。邝力一路走来，脸上出了薄薄的汗，他摘下眼镜，擦了擦："没想到，你俩居然友好到约饭局了。"

李深："不友好。"

魏静享冷笑一下："绝对不。"

"对了，前几天群里有人讨论，你上大学了？"之前在同学会聊天时，邝力有意避开李深的往事。直到第三方消息说起李深重考了，邝力才问起。

李深："嗯。"

邝力："大家还是很关心你的。以前陈乌夏问遍了强化班的所有人，没一个知道你去哪儿了。她知道你上大学了吧？"

李深点了头。

邝力："当年你出了事，她又生了病，我担心她高考失利，幸好她超常发挥了。"

李深突然问："她生了病？"

“那是之前的事了。上次同学会的时候，我问了她，她说有好转了。”邝力以为，好转就是快痊愈了，没有继续帮陈乌夏隐瞒病情。

李深：“什么病？”

邝力：“肖奕媛没有细说，耳鼻喉科的吧。”

这之后，李深心不在焉了。他回来经过杂货店，停了下，走进去了。

杂货店主笑眯眯的：“深仔。”

李深问：“陈乌夏这两天下过楼吗？”

杂货店主顿了三秒：“她啊……昨天拖着一个行李箱走了。”

“哦。”李深买了瓶可乐，转身走了。

杂货店主和妻子说：“这个夏天，恐怕还有一场腥风血雨啊。”

李深当年删了陈乌夏，把旧手机留在了这里。暑假回来，他记得她的微信 ID，无须她的验证就把她加回去了。她一直不知道。

她的朋友圈除了偶尔的宿舍合照，其余时候和高中时差不多，随拍风景，再说几句人生鸡汤。她上一个动态还是半个多月前的合照，笑得浅，脸也素，在其他女生的妆容下，淡得像花。

是花自然有狂蜂浪蝶。

李深上次买的一盒烟，这个晚上才拆开，他衔在嘴上闻了闻烟草的味道。

阳台吹过的晚风有下雨的征兆。

李明澜说要学习厨艺，有模有样烧了条鱼。鱼皮不再跟炭烧过的一样，但李旭彬尝了一口，就把妹妹赶出了厨房。

李明澜无事可做，见到阳台的人，凑了上去：“深仔，你在干吗？”

“赏月。”

李明澜会信才怪。她看着他手上的烟：“好的不学，尽搞不良习惯。”

李深不说话了，举头望明月。

李明澜捏住儿子的脸颊：“你的嘴巴用不上的话可以缝上。”她和那谁为什么会生出一个孤言寡语的儿子？但转念一想，儿子敷衍她的样子，像极了孩子他爹。她捏儿子捏得更起劲：“好的不学，尽学坏的。”

他任由她捏，照样不理她。

她松了手，拍了拍李深的脸：“你有心事。”她不是个称职的母亲，但她是最了解儿子的人。

“姑姑。”

“听着呢。”

“这里蚊子多，你进去吧。”

李明澜用手在周围挥了挥：“你都留在这里喂蚊子了，可见是遇到了重大事件。”

他给她拍了个蚊子：“算了，我也进去。”

“我猜猜，你是不是失恋了？”

李深又拍了个蚊子：“别多管闲事。”

“一定失恋了，造孽啊。”李明澜哈哈大笑，“谁活该啊，你活该。”

李深：“……”

“追女孩都不会，太笨了。”她停住了笑，“说来听听，我给你支支招。”

“姑姑，我的胆小是遗传了谁？”

她损儿子可以，但听到儿子自嘲，她心疼了：“你哪里胆小了？

你是最勇敢坚强的孩子。”他把自己照顾得非常好，而且从不怨恨对他不闻不问的亲生父母。

“我三年前离开就是因为面临未知而退缩了。”虽然李深没有诉说的经历，但一旦开了口，也不是那么难以启齿。

李明澜搂过儿子的肩膀：“没关系，孩子。过来人告诉你，改变自己的方法就是去做你害怕的事。”她确实够格说这样的话，李深的出生就是因为她敢为别人所不可为。

“她至今也没有亮底牌。我走以后她病了一场，如果不是另一个同学告诉我，我一直蒙在鼓里，还是她赢了。”他在游戏里建了一座岛，岛上有个和爹毛狮子一样的NPC，凭相思完全可以谈一场永不分手的恋爱，但他已不满足于这座岛屿，然而她走了。

李深没有明说“她”是谁，但李明澜在烧烤摊见到陈乌夏就猜到了，因为李深不会把时间浪费给不相干的人。李明澜揉揉他的头：“傻孩子，爱情哪里分得出输赢，想要就去追。”

“她去旅游了。”

“你也去旅游啊，待在家里难道是等天上掉个人下来？”

话说得轻巧，李深完全不知道陈乌夏去了哪儿，他又能游去哪儿。

大半年没见了，肖奕媛见到陈乌夏有些激动：“乌夏。”她小跑过来，紧紧地抱住了陈乌夏，“我原以为又要明年过年才能相聚了。”

陈乌夏回抱了，摸到肖奕媛的肩骨：“你瘦了。”

“暑假工作排得很满，瘦得比较快。放心，上课了就会好一些。”肖奕媛故作轻松。

两人高中时不会想到，几年过去，彼此之间反而有了更深厚的友谊。

走出高铁站，肖奕媛挽起陈乌夏的手："乌夏，我宿舍的空调坏了。上个星期报修的，还没人过来，你这趟不能住我宿舍了，那里跟烤炉一样，我也是住在同学宿舍。"

"没事，我住酒店就可以。"

"我给你订了一间房，就在我校门口那条街。"肖奕媛把行程安排好了，"我们先去酒店放行李，再去吃东西。我跟医生约了下午。"

两人去了一家江南菜馆。

肖奕媛接了两个兼职的电话，她说："乌夏，我晚上有个家教，这个小费很多。"

"你下学期的学费有着落了吗？"

"我办了学费贷款，兼职赚的用作生活费。"肖奕媛拿筷子挑着鸡毛菜，"想想我十八岁真傻，天天盼着长大，觉得到岁数了就能离开那个家。现实的毒打太残忍了，我非但没踢走我哥，还得管他的饭。真的，乌夏，我感觉我为了钱，什么都肯干。"

陈乌夏问："你干了什么？"

肖奕媛舀了一个狮子头："我是打个比方，什么来钱我就干什么。"

陈乌夏有些担心："你别走上歪路啊。"

"有你看着就不会。"

肖奕媛常说这句话，似乎陈乌夏成了她人生的风向标。

"我也在打工，但是没有你这么辛苦。"陈乌夏去西餐厅的初衷是为了逃避李深。

"我不再是从前的我了。"肖奕媛自嘲说，"可能从白莲升级到绿茶吧。但是吧，要干大事的女人，没点心机玩不转职场。"

吃完饭，两人向外走。

陈乌夏说：“对了，暑假我遇到了魏静享，她还问起你呢。”

“问我干吗？”肖奕媛忆起当年也好笑，“她又看不起我。”

“魏静享的脾气就那样，嘴上直来直去，其实人不坏。”

“我知道。”走出了菜馆，肖奕媛转头说，“乌夏，你现在没从前压抑了。”

陈乌夏摸了下微笑的嘴角：“可能真正走出来了。”

“本来就不关你的事。”

“算了，反正我和李深也没关系了。”

“说实话，我觉得当年李深对你非常特别。”走下台阶，肖奕媛快了几级，回头说，“虽然我曾经感叹我要是四十七名该多好。但无论我是几，无论你是几，和他互组的人都会是你。”

幸运数字是陈乌夏，不是四十七。

陈乌夏走一个台阶花了三秒：“你们误会了。”

肖奕媛往上走了几个台阶，把陈乌夏拉了下来：“我们是旁观者清。”

陈乌夏说：“你不是当局者，不知道发生过什么。”

“发生过什么？”

陈乌夏：“年少轻狂的岁月，也没什么。”

关于耳疾的检查，陈乌夏重复过许多遍。

三年来，陈立洲带她去了大大小小的医院。教授、专家不知见了多少，没有检查出什么来。当初那一撞，连外伤也没有，医生说可能是神经性病变。

有一段时间，陈乌夏的耳朵闷得像是被水堵住了。又去了医院，医生说没两句就开了洗耳的单子。负责洗耳的中年护士板着脸，没说两句就冲水过来了。

洗完了，耳朵更疼，陈乌夏当天突发染上了中耳炎。又花了段时间，治愈了中耳炎，耳闷却还是没好。

医生说：“开刀检查一下是不是咽鼓管的问题。”

陈立洲问：“咽鼓管问题的概率有多少？万一开了刀发现不是这个问题，该怎么办？”

医生说：“那没办法了。”

久病成医是一项特殊的技能。陈乌夏到处看医生，综合了众多医生的诊断，就像自己学了一门耳科。

肖奕媛介绍的医生约四十岁出头，戴一副细框眼镜，笑容不大，说话很和善：“坐吧，把症状说说。”

“谢谢。”陈乌夏拿出自己前几个月做的检查，“医生，我的右耳有些问题。我在很多三甲医院做过检查，一切正常。但是低频听力受损，偶发耳鸣。”

“什么时候开始的？”

“三年前，右耳撞到了，当时耳鸣了一段时间。吃了些营养神经的药，后来右耳听力就不大好了。”

医生给她把了脉，又看看舌头，说：“苔黄腻，脉弦滑。或者是因情志过极，肝郁化火，循肝胆经脉上蹿耳窍，发起突聋。”

许多无法诊断的疾病都归类于情志而起。

医生说：“我先给你开半个月的中药，调理为主，再结合西药缓和一下症状。”

拎了半个月的中药包，陈乌夏到快递点，寄了回家。

肖奕媛说：“中药有效的话，以后我给你代开吧？你来回跑太辛苦了。”

“病去如抽丝，我都习惯了。”说实话，听医生今天的诊断，陈乌夏不大有信心，“但我怕我哥失望，他为我的病花了很多钱。大伯和伯娘想给我哥买房，他都推了。我觉得，我哥攒着钱就是怕我病情失控。我以前坐飞机右耳突然听不见，他还准备给我配人工耳蜗。我查了下，要几十万呢……”

“会好的。”肖奕媛牵起陈乌夏的手，“你有全天下最好的哥哥，这才是坚不可摧的奇迹力量。”

陈乌夏点头：“嗯，先试试这个医生的吧。”

“你在这里多玩几天吧？我……干脆请几天假算了。”

“你不用陪我了，我们见面聊或者上网聊都可以。你耽误了工作，下学期的生活费又成问题。”

肖奕媛斟酌一下：“好吧，我还是要以赚钱为主。对了，你以后的工作想好了吗？”

“还没有。”陈乌夏说，“我先从大四实习开始。开学后我还可以做兼职，攒些生活费。”

肖奕媛看看时间，已经傍晚了：“乌夏，我先去当家教。晚上你可以先吃饭，我要九点才结束。”

“没事，我等你吃晚饭。”

“好，我先走了。”

肖奕媛匆匆离开，留下一个背影。不知何时，她有了驼背的习惯，像是被背包压弯了脊梁。

陈乌夏看着最好的朋友远去。三年了，大家都变了，以后就是忙碌地工作。大学没毕业，她就开始想念自己的学生时光了。

马琳的同事给她推荐了一个楼盘，而且同事可以拿到内部优惠价。

马琳跟丈夫商量：“还是早点给立洲准备一套房吧。房价涨得厉害，等立洲研究生毕业，我们家就买不起了。”

陈常平说：“现在也买不起，压力太大了。”

“说买房好几年了，你每回都能扯一堆借口。”

“没钱是事实，不是借口。你算了首付的钱，可还有几百万房贷呢。再说了，乌夏又去治病了，这趟还不知道结果怎么样，我也要给她安排一笔备用金嘛。”陈常平叹气，“这孩子命苦，我们不担待她能怎么办呢。”

“你说说你，乌夏的病是李深害的，李家又不缺钱，干吗不找他们赔医药费。”

“李深被网暴，也是受害者嘛。再说了，立洲也同意先不声张。”

马琳来气了：“他家早就真相大白了，可惜人跑了。”

“李家这么些年给我们家送的礼值不少钱，我们不是变卖了几瓶名酒嘛。”

“送礼归送礼，赔偿归赔偿，这是两码事。”跟丈夫说不通，马琳一气之下出门了。

超市的油米有大特价，马琳用计算器算了一会儿，凑够了免运费的金额。超市的送货员到了门口，给马琳打了电话。

马琳喊丈夫出来收货。然而，陈常平出去公园打太极了。她好不容易熄灭的心火又烧了起来：“没个顶用的。”

丈夫不在，儿子又忙，只能由她搬箱子上楼了。她蹲在地上，先把箱子里的两袋米搬到杂货店门前，然后一手拎一大桶油。

李深从自家大门出来，见到马琳走得颤悠悠的，两个肩膀被油桶的重量压了下去。

他迎上前：“马阿姨。”

马琳先是愣了下，然后沉沉地应声：“嗯。”越想越替自己家不值。

李深看见她手上用力过度崩出的青筋，说：“我帮你抬上去。”

马琳想说不需要，但转念一想，他是侄女久病的罪魁祸首，给陈家解难是天经地义的。于是她放下了两桶油：“好。”

李深拎起了油桶。

马琳指指杂货店：“那边还有两袋十公斤的米。”

“嗯。”

李深走得轻松，马琳肚子里的气更饱了，不给他好脸色。

李深开口说：“马阿姨，我和陈乌夏已经说开了当年的事。”

马琳没料到，李深竟然会主动挑起这个话题。既然都已经坦白了，她说：“那你们家怎么不赔偿我们乌夏？”

李深转过头来，这回不说话了。

想想侄女的个性，估计也是为李深着想，于是马琳挑明说：“我们家乌夏为了治病花了很多钱，现在也没有诊断出病因，不知道什么时候是个头。从前吧，我们家可惜你被人陷害，退学也是遭了罪。可难道我们乌夏就活该吗？她自始至终没有做错什么，却落得这样的下场，你良心能过得去吗？”

李深听着马琳的话，再结合邝力说的，陈乌夏高考前生了病，似乎有一个巨大的真相即将浮现出来。他心里莫名慌张，面上冷静地问：“马阿姨，陈乌夏的病情怎么样了？”

“老样子。自从三年前撞到了耳朵，就一直病到现在，这几天又去外地求医了。”马琳软了语气，“乌夏爸妈走得早，以后还有陆陆续续的医药费，问你要赔偿也不过分啊。”

李深在大门前停下来了。他用劲提了提油桶，不是因为油桶突然增重，而是他好像刚才突然泄了力。

陈乌夏没有说过这个病，她竟然一直不跟他说。

第七章

晚饭约在烤鸭店。

肖奕媛扬扬钱包："乌夏！我果然领到了不错的小费，正好请你吃饭。"

吃饭时，她讲起自己今天的小费："我今天教的小孩是单亲家庭，他爸临走前给我塞了一个红包。我当时不敢看，出来才知道，是两千！"

陈乌夏讶然："那么多？"

"我有过家庭破裂的童年，自有一套对付单亲孩子的方法。他家小孩调皮得很，只听我的话。"

"天上不会白白掉馅饼，还是要留个心眼。"

"明白，要心机我比你懂。"好比，今天肖奕媛故意在男家长面前露了一道深沟。这两千的小费，恐怕还有那条连衣裙的功劳。

陈乌夏想了想，既然肖奕媛这么忙，自己一个人在这里逛还不如早点回家煲中药。

"奕媛，我打算明天回去了。"

“这么快？不在这里走走吗？或者去逛逛旅游景点。”肖奕媛算算自己的兼职说，“是不是我没时间陪你，你……不高兴？要不我推掉几个吧。”

“当然不是了。”陈乌夏笑着，“以后我有稳定收入了再来旅游。这趟是为了治病，一大堆检查单，花了不少钱，再住酒店的话，开销太大了。”

两人是兼职攒生活费的人，肖奕媛没有强行挽留：“乌夏，你别什么事都自己扛，你有大伯，有哥哥，让他们给你分担啊。”

“他们照顾我太多了。而且，我哥以后结婚肯定要买房，一线城市的房价多吓人。我的学费都是大伯出的，以后的生活费要靠自己了。”

微信响了起来，肖奕媛抱怨说：“我下班了还来找。”

看了微信，她皱起了眉头。

见状，陈乌夏问：“怎么了？”

“单亲小孩的父亲。”肖奕媛放下手机，撩了撩头发，问，“我脸上是不是写满了‘拜金’的字样？”

“不是。”陈乌夏看着肖奕媛，“你眼里是对生活的渴求，这份渴求不是贬义，它向阳而生。”

“也就你会给我灌鸡汤了。”肖奕媛在手机上打了几个字，又删掉了，“其实大学里有男生追我的，但我要赚钱啊，哪有时间谈恋爱。而且，这男生也没钱。”

陈乌夏忽然问：“你喜欢李深那样的男生吗？”

“不喜欢了，我喜欢有钱的。我想过无数次，我要是和有钱人谈恋爱就好了。”微信又响了，肖奕媛看都不看，说，“可我不喜欢可以当我爸的老男人。”

“你一个人太辛苦了。”

“我以后一定要当女强人。从初中到高中，到大学，我发现我的心越来越狠了。我怀疑，再过几年，只有金钱的味道可以打动我。”

“奕媛，你手头紧的话，我这边可以——”

“开玩笑的。我剩你一个朋友，不想失去你，所以我不会变成你唾弃的样子。”肖奕媛的小梨涡还是很可爱，“你也是啊，别放开我，我怕你不要我，我就真成坏女人了。”

“不会的。你常说自己坏，自私，用一切不好的词形容自己，但这世上没有绝对的好人，每个人或多或少做过错事。我伯娘说，人生就是泥泞路，比的是沾没沾上裤脚。”

“我就只能和你当朋友。”微信再响，肖奕媛没有理，“我明天送你去车站。”

“不了，接二连三请假给人印象不好。我不是小孩子，自己去就行。”

“行，我们的乌夏不是小孩子了。我送你回酒店吧。”肖奕媛挽起陈乌夏的手，“这样像不像我们高中结伴上厕所的时候。”

她不仅送了陈乌夏回酒店，第二天，她推掉了一个兼职，送陈乌夏去了高铁站。

告别的时候，她紧紧抱住了陈乌夏：“乌夏，一定要康复啊！”

“好。”陈乌夏背起背包，转身走向候车厅。

陈乌夏走出地铁站时，外面下着细雨。

她给马琳打了个电话：“伯娘，我回来了。我忘记带家里钥匙了，你下班到家了吗？”

马琳说：“我这里雨太大了，可能要半个小时后才能走。”

“好。”陈乌夏打开了伞，把自己的背包压了压，尽量扁一些，免得露在伞外淋雨。

马琳回家的路会经过便利店，于是陈乌夏去了那里躲雨。休息区余下一个空位，桌子边贴了一张不知谁留下的纸条。

陈乌夏买了一份碗仔翅，坐在这个位子。

物流信息“叮”一下响起，快递刚到本市中转站。如无意外，明天就可以派送了。陈乌夏回想医生的话，原来自己情志过极吗？她不甘的是只有自己被遗弃在过去。什么伤害都可以重来，唯有疾病不能。她和李深成为陌路已经是算宽心的表现了。

想想，半个月的中药和西药……又超支了，暑期工薪水一下子花光了。

坐了大概二十分钟，陈常平来电说：“乌夏，我到家了，你回来吧。”

“好啊。”

陈乌夏收碗的时候才发现，小纸条写了一句话，笔迹不大成熟：“X，我的手机尾号是520啊。”

这是向X发出含蓄的表白吗？可这就是青春啊。她用手机拍下了这张小纸条，发在了朋友圈。

记得李深高三时的手机尾号是111，堂哥曾戏谑说是“注孤身”的意义。现在李深有女朋友了，而堂哥还要请女同学假扮情侣。

陈乌夏走出便利店，快到小区时，见到了迎面而来的雨中人。她想躲，假装没见到他，去了路边的牛杂档。

她点了一碗牛杂，店老板说：“十元。”她正要付钱，旁边伸出了一只手。他腕上戴的手表沾了雨，雨滴似是把分针折成了两半。

“两份一样的。”李深说。

避无可避了，她客气地说："你好，真巧。"她去了角落的空位。

他是冲她而来的，自然跟了过去："陈乌夏。"

"嗯？"她抬起头看他。

亮起的路灯仍不够明亮。李深的从容变得迂缓了，但他的眼神依然冷静沉着。这种说不出的矛盾由他表现出来极其陌生。

从帮马琳搬抬大米之后，李深有两天没出门了。他当然相信马琳，但邝力曾说陈乌夏已经好转。李深潜意识里希望，或许她的病情没有太糟糕，他不是一个人生里的好玩家，经常临阵退缩，但他和陈乌夏，是他不可能逃避的结局。

刚才，陈乌夏的朋友圈更新了。她拿一个空碗压住小纸条的一角，拍照时还把玻璃外的道路也拍到了。他看一眼街景就知道，她在便利店。在自以为是的世界里，他大错特错了，他要来道歉，哪怕言语无法弥补一切。

李深坐下说："我看到了你的朋友圈。"

朋友圈？他哪里看得到她的朋友圈？陈乌夏正疑惑，他接下来的话让她愣在当场。

李深："陈乌夏，我对不起你。"

这突如其来的一刻，她愣愣的。

邻桌的小情侣在因为牛杂放不放辣酱吵架，吵两句又嗯嗯哼哼，腻腻歪歪。这样的嘈杂里，陈乌夏却听出来，今天李深的态度和以前的散漫不同。

他说："关于你生病的事，我知道说什么都没用。"

她从怔愣里回神："你知道了啊……"她不知松了一口气，还是压上更沉重的石头。真正来到这天，两人将更加无话可说——因为伤害和被伤害的关系是无解的，或许连客套也不会有。

之后，李深说了句什么。

她听见的是雨水滴落雨篷的声音：“李深，我的右耳有点听不见了，好久好久了。”就是因为太久了，她已经消磨了悲愤，于是可以这般心平气和。

“我撞到你了吗？”答案李深已经知道，他要听的是她亲口的宣判。

“嗯。”

“我不是有意的。对不起，陈乌夏，我不知道……”

“我知道你不是有意的。”她相信他不是坏心的人。

“你为什么不告诉我？”

“我找不到你，我当时以为我高考要完蛋了。”可是冥冥之中，李深的题库又救了她。

“对不起。”

“其实最辛苦的时候已经过去了。”

“我回来了，你还是隐瞒，不向我讨债吗？”

陈乌夏早没了那股劲：“你知道了又怎样？我的听力还是回不来的。”从父母离世，她就不爱坦白负面情绪，怕大伯担心。久而久之，她越来越沉默。豁达和大度是被逼出来的，不豁达怎么行，她没有诉苦的对象。她用三年的时间接受了命运。

“李深，你恨过我吗？”

“没有。”

“可我曾经有。在没日没夜的失眠里，我诅咒过你无数次。”她做了一个捂右耳的动作，“但我现在释怀了。”

他看着她的右耳，轻声问：“医生怎么说？”

“没治。”

李深不说话了。他连道歉的底牌也没有，这场雨降了温，给他的一切降了温。

“还是三甲医院的教授说的，好几个都这么说，治不好了。”陈乌夏低下头，“李深，我没有你想象的大方。这件事最无辜的人是我，而我从头到尾都没有犯下大错。我有时也问自己，为什么我这么倒霉。”

“我会补偿你。”他甚至可以为此花上一辈子。

“那个，我治病花了很多钱，你给我补偿，我们就两清了吧。”她的手机记账里，“战胜病魔”那一栏的开支是其他类项的好几倍。一旦有了李家的经济补偿，大伯和堂哥也会轻松很多。

“我会给你钱，但是我们清不掉。”

“就当私下和解了吧。”她撑起伞，牛杂也不吃了，准备离开。

“我不能。”李深站到她的面前，“陈乌夏，我不能，我不能和你和解，也不能和自己和解。”

她把伞压下来，挡住了自己的脸：“你情商比我高的，会想开的。”

“不，你错了。陈乌夏，过去三年里，我一直想着你。”

陈乌夏抬起了伞。他想着她？那他女朋友又算什么。

正在这时，旁边响起一句：“乌夏！”

李深和陈乌夏不约而同地安静了数秒，雨篷罩住了少年少女的表情。马琳经过这里，远远见到侄女和李深面对面。

“在这里做什么？”

“伯娘。”陈乌夏抢先说，“我在这里躲雨，碰巧他也是，遇上了。”

李深退了一步：“马阿姨。”

马琳觉得自己三年前的直觉是准的，两个孩子之间有暗流涌动。她没有拆穿侄女的谎言，而是说：“乌夏，回去吧。”

陈乌夏跟着离开了。

天上糊了一层泥，灰不溜秋的。

李深去便利店买了包烟，坐到休息区就见到那张小纸条。

陈乌夏说这就是青春。

他拆开了烟，店员立即提醒说：“本店禁烟。”

“嗯。”他出去了，停在台阶上。

到头来，他也是一个庸人。他以为，自己没能忘掉陈乌夏，思念的分量足以跨越任何障碍，谁知两人最不可能的一项，在他离开的那天就注定了。

他点了烟，看着燃烧的烟丝，开始思考热灸是否可行。他看着玻璃的倒影，把燃烧的烟丝反向对准自己的左耳。

“呀！”一个人影冲过来，撞到李深的腿。

他的手晃了一下，接着，他的大腿猛然被抱住了。

一个橙衣小女孩，身高只及他的半腿，用一把稚嫩的童音说：“大哥哥，不可以伤害自己。”

李深没有伤害自己，反倒是这个小女孩撞过来的时候，烟丝弹到了他。他的左耳泛起了疼。

“大哥哥。”小女孩又叫他。

他应了一句：“嗯。”

小女孩鼓励他：“要坚强哟！”

绵绵雨水收住了，灰霾的天边亮起光来。

“嗯。”

小女孩笑了，一副做了件大好事的样子。

九月开学了，陈立洲去了北方，李深也是。陈乌夏到底也没有和李深纠缠太久，回到了学校。

这天去饭堂的路上，一班军训的新生走过，摘了帽子的脸青涩又热情。

九月里，到处都是新生，吴婷贝一天三叹："虽然我才过了生日，但我发现我讨厌工作。想回到大一重新来过。"

另一个室友黄纱，捧了一个椰子，一边啜一边调侃说："你是想回去谈恋爱吧？"

"一半一半。我后悔没答应大肥仔的追求了，人肥，起码是个人。"吴婷贝这话当然是玩笑，她转向陈乌夏，问，"夏夏，大四了，不想在校园来一段美丽的邂逅吗？"

陈乌夏看了看跑过去的军训生："我邂逅过最好的了。"在两人彻底没有未来的时候，她才能以一种过来人的口气道出当年。

吴婷贝满脸讶异："什么时候？暑假里你说还没有。"

"高三，他是年级第一的学霸。"陈乌夏笑了下，"从前有各种各样的顾虑，现在释怀了，就过去了吧。"

"我就说。"吴婷贝凑到陈乌夏跟前，"你一定是爬过山，见过海，凡夫俗子入不了眼。"

黄纱早就好奇陈乌夏的男女关系了，追问："你俩现在呢？"

陈乌夏还是笑着："相忘于江湖了。"

黄纱一哂："多给我传授经验啊。我也要分手了，教我如何快速走出阴影。"

吴婷贝："什么意思？"

"毕业那年我们一起失恋。"黄纱的男朋友是本地人，她说，"我想回我家乡，这里太热了。"

吴婷贝问："他知道吗？"

"知道吧。"黄纱耸肩，"我们早就聊过这个话题，死局。"

死局，陈乌夏想，自己和李深也是了。

“他同意？”吴婷贝更惊讶了，问道，“他追你的时候不是轰轰烈烈？”

“哪对分手的情侣不是轰烈过来的。”黄纱失笑，“有什么同意不同意？分手只要单方面同意就行了。”

三人回到了寝室。

吴婷贝敷着面膜，跳上了床。黄纱和男朋友聊着电话，才说了要分手，这时又当众秀恩爱。

陈乌夏上电脑查看邮件。她把简历投了几家公司，有一家公司回复了，请她过去面试。

刘雅开门进来了，说：“我在图书馆门口见到了一个大帅哥，他过来问路，一双眼睛把我电到了。”

吴婷贝坐起来，扶了下面膜：“芳心大动了？”

刘雅无奈摊手：“我男朋友死死拉住我，想动也动不了。”

吴婷贝：“人家问个路，你想太多了。”

刘雅：“他问的是旅游管理的女生宿舍楼。”

吴婷贝顾不上面膜了，哇哇大叫：“我们系花的男朋友吗？”

刘雅：“系花不是和系草吗？”

陈乌夏听着两人的话，不知系花和系草是谁。她查了课程表，和面试时间有些冲突。

有一个陌生的号码打了电话过来。陈乌夏接起时在想，会不会是面试通知？

对方说：“陈乌夏。”这声音，来自李深。

“什么事啊？”当着室友们的面，陈乌夏低下了声音。

“我在你的学校。”或许是天气炎热，李深说话没有太冷。

她很惊讶：“你不上学吗？”

“这两天的课上不上都行，我到饭堂门口等你。”

“我们……”

“有事和你说。”李深顿了一下，补充说，“关于治愈你的耳疾。”

一击命中陈乌夏的靶心。

饭堂门前人来人往，但是陈乌夏一眼见到了李深。

烈日当头，他在门前的水池冲了冲手臂，再抹了把脸，沾上水的头发湿漉漉的，水珠沿着手臂线条向下，潜进他的手表。

虽然见到了人，但她觉得他的到来不大真实。她收起阳伞，走上了台阶。

她没喊人，倒是前面一个女同学惊喜地叫了起来：“李深？是李深吧？”

陈乌夏不想打扰女同学和李深的叙旧，于是又下了台阶。

李深侧过脸来。

女同学知道自己在他生活里没存在感，于是说了一件能给他点醒记忆的事：“高二情人节那天，我给你送过巧克力啊。”

“哦。”其实李深也没有想起来。

女同学问：“好久不见，有女朋友了吧？”

李深无意与人分享自己的私生活，他转眼见到台阶外的人似是要逃，开口叫住了：“陈乌夏。”

陈乌夏被逮了个正着，尴尬一笑：“真巧啊。”

女同学和陈乌夏早见过面，而且在一个校友群。女同学没料到李深和陈乌夏有联系，但想起两人传过绯闻，于是打趣说：“原来你们真的在一起了啊。”

陈乌夏立即摇头否认：“不是，你误会了。”她以为李深会跟着否认，但他没有说话。

女同学来回看了看两人，打哈哈说：“是我多嘴了，有空再聊啊。”她挥手离开了。

陈乌夏独自面对李深，问：“你怎么来了？”

他转过头，露出了左耳上的耳钉。

她怔怔看着。耳钉的尺寸不大，造型利落硬朗。李深是正直清高的，这枚耳钉折出的耀眼光芒给他添了几分少年气。

李深没有回答她的问题，说：“我还没吃饭，边吃边说吧。”

“就饭堂吧。”

“好。”

过了午饭高峰时段，饭堂的学生陆续减少。

陈乌夏跟在李深后面，盼着别遇上同学。李深这个人太招眼，似乎看到他的脸就要往男女关系方面联想，跟刚才的女同学一样。

李深点了三荤两素。陈乌夏想给他拿托盘，他先伸出了手，两人的手各自停在了半空。

掌勺大叔看了看他俩，陈乌夏的手改去刷饭卡了。

打了饭，她选了柱子边的座位，挡住了一些视角。身后的柱子像是她的靠山，她不东张西望了，反而低下头。

李深默默吃了几口菜。

陈乌夏欲言又止，一会儿后她开口问：“你说有治愈耳疾的信息？”

李深放下筷子：“我爸在医疗领域认识不少人，我给你打听了下。一只耳全聋的也有治愈的病例，而且几年过去都没复发。”

“真的？”陈乌夏倒是相信李家的人脉。

“你暑假出去看病，有好转吗？”

“还好，调理为主。学校里煲中药麻烦，就暂时停了。”这阵子她的睡眠好了很多，剩下的几剂中药，她来不及煲就开学了。

“我研究了相关书籍，耳聋耳鸣是当今医学的难题。病源复杂，很多患者病因都查不出来。”

“我知道。”陈乌夏早接受了这一事实，“我就是。”

“也有病愈例子。”

“你找的医生是哪里的？”

“省内省外都有。”

陈乌夏的眼睛漾起光：“你把医生的联系方式发给我吧。”

“我会和你一起去看病，一直到治愈的那天。”

“其实我自己也可以……”

“陈乌夏，我连累了你，我自己过不去，尤其对方是你。你说的两清，以后也不会有。”

今天，李深说出这句话之前，两人一问一答，自然得仿佛是老同学的问候。但话题转折到这里，就是陈乌夏想逃避的事，一旦其中一方背上负罪感，就会罩上无形的尴尬。

“其实，你愿意经济赔偿，我们就算和解了吧。”只要解决了经济这个大问题，她的压力就卸下了一半。

李深也发现了，气氛从他的歉意开始变得磕绊起来。

今天中午有球赛，饭堂陆续有男生进来，成群坐在电视机下。比起校园网的渣网速，他们宁愿用冰可乐送球赛。

李深和陈乌夏的座位离电视机远，周围只有他们两个，空气有些僵凝。

李深忽然说：“饭卡给我。”

陈乌夏以为他还要点餐，递了饭卡。

“给你充值。”

“算了。”她连忙拦住，“你介绍医生给我，已经是补偿了。”

李深没有理，去了充卡中心，回来说：“充了三千。”

陈乌夏："……"知道他急于补偿，但这太浪费了。想了想，她去买了两瓶豆奶。

饭堂大妈看了眼饭卡的余额，目光悠长而复杂。

陈乌夏回来说："谢谢，让你破费了。下次别了。"

豆奶润喉，一人一瓶，李深看看时间，问："你下午几点有课？"

"四点半。"

"大四的课程还紧张吗？"

"比较少课了，开始忙实习的事。"只要不涉及"谁对不起谁"的话题，聊天就顺畅很多。

李深："你可以腾出两三天时间吗？我问过医生，可以先做初步检查。要是靠谱的话，国庆长假做第一个疗程。"

陈乌夏："你大学课程不忙吗？"

"学校里的事不忙。"李深说，"加个微信，我好让医生安排下时间。"

既然是正事，她就没有拒绝，互加了好友。

"我哥说，你才上大二？"

"前两年我在策划一个游戏。"

"是不是高三时的那个？"

"嗯。"李深没想到，她还记得那时的话，"世界观很庞大，我一个人写故事，花了一年多。传统游戏多是点到点，我想玩突破，设了完整的系统框架才自学编程。后来认识了几个朋友，动画、音乐，分工合作。"

陈乌夏暗想，两人的差距太大了。

李深："首月销量大约一百万份，扣除平台的 30% 的抽成，一份净赚几十块。"

"……"她的下巴磕到了玻璃瓶口。

李深和几个朋友开发了一个Steam游戏。

这一个方案的初稿，正是当年李深和陈乌夏讲过的那个。他退了学，开始完善三界的世界观，以及游戏的合理性。他和网上认识的几个同好分享了游戏理念，组成团队，共同开发。上了大学，他才开始进入编程阶段，负责大部分的策划、代码。制作一年多，前几个月上线了EA，游戏还在进一步完善中。

他走出陈乌夏的学校，接到了个电话。对方名叫曹逸，是这个游戏的建模师。曹逸和杨东培的圈子不同，来往的多是大学生。

“李深，你飞回来了啊？正好，几个朋友晚上出来吃饭，我上学期答应请客，今晚兑现，你过来捧捧场吧？都是我们的玩家，听听他们的反馈也好。”曹逸喜欢线下交流。在游戏初期，他的宣传功不可没。

这晚，曹逸叫了一堆人，订了火锅店的大包厢。来的人有李深不认识的，也有见过的。譬如，那个大一新生——和陈乌夏打网球的男孩，名为郑心机。

“来，介绍一下。”做东的曹逸当了宣传口，“郑良骥，我们学生会新进的同学。玩游戏没多久，但通关速度很惊人。”

“你好。”郑良骥没料到，游戏主创竟然是李深。

李深淡淡“嗯”了一声。

“李深。”曹逸问，“你这趟回来是为了看我？”

“嗯。”李深也不否认。

郑良骥是新生，八卦的话题大多丢向他。

曹逸：“郑良骥，你的普通话很标准，不是本地人吧？”

郑良骥：“就是本地人，爱听新闻联播。”

曹逸：“有女朋友了吗？”

郑良骥："还没有。"

一个师姐插话进来："正好，给你介绍介绍。"

郑良骥："谢了，师姐。我有喜欢的女孩了。"

曹逸："哟，这么坦白的同学不多见啊。"

郑良骥："反正她又不在这里。"

众人哈哈大笑。

曹逸："有机会领来见见。"

郑良骥："以后有机会吧，她是学渣。"

听到"学渣"二字，李深抬起了头。

就在这个时刻，郑良骥捕捉到了一个线索，一个为什么师兄乙会认为陈乌夏面熟的线索。郑良骥迫不及待想上线游戏里探个究竟。

吃到一半，一个名叫曾佳的女同学说："我还有一个消息分享给大家，我被选中当交换生了。"

一时间，众人纷纷道贺："哇！屈指可数的名额被你争取到了！太棒了。"

曹逸就坐在曾佳旁边，他的嘴角先是僵了僵，然后再扬起来："恭喜，恭喜啊！来来来，再上一打啤酒。"他这是要不醉不归了。

离场时，曹逸醉醺醺的，满面通红地跟曾佳告别："万里鹏程，鹏程万里。"

另外的同学嚷嚷说："醉了醉了，曹逸你当复读机了。"

曹逸皱眉想了会儿："那就大鹏展翅！"

曾佳笑了："谢谢。"

欢快的喧闹过后，夜寂静下来。看着曾佳离去的背影，风里的曹逸无比清醒，转头和李深说："走吧，陪我喝一杯忘情水。"

两人去夜档买了一打酒饮，坐在室外的棚下。

“曾佳要走了，我挺难过的。”曹逸晃着酒瓶子，“她在这里，起码我能见着人。她走了等于彻底断了联系。”

李深问：“为什么不跟她直说？”

“算了，我和她没结果。”曹逸又灌一口酒，“你不是常说嘛，做事只为结果。”

“有一个人，你甘愿为她丢盔弃甲，不也新鲜刺激吗。”

曹逸调侃说：“理论一套套的。说起来，倒追你的不少，你的女朋友就不怕你被人抢走了？”

李深没有接话。

“唉。”曹逸大叹，“兄弟，我可真㞞啊。”

“可以理解。”

曹逸凑过来问：“你理解什么？”

“我和你的想法一样。那时认为，只要我不告白就不会失恋，而且朦胧的东西持续不了太久。”或许因为喝了酒，李深的这些话说得很顺畅，“后来回来了，我由果推因，为了圆满的结局，人为制造步骤，设陷阱，耍心机，调用一切可利用资源。但她终究不是一道数学题。”

“我他妈！你这样的大帅哥也失恋过，我心理平衡了。”笑了几声，曹逸问，“你还想她不？”

“先是怨念的想，再是分不清爱恨的想，如今剩下纯粹的想。”

这天上课的学生又少了几个。黄纱说，这几个同学假借实习的理由，去拉萨自驾游了。

陈乌夏把课程表排了排，星期四、五没课，加上周末两天，有四天的空闲。面试可以下周再准备，先去做个初步检查也可以。

晚上，她在电脑前写面试的发言稿。

吴婷贝发了一句牢骚，说：“雷振真是个尿包。”

刘雅靠在床上看言情小说，不紧不慢地问：“怎么了？”

“没什么。”吴婷贝跷起腿，在电脑椅上转圈，“求我给他出谋划策呢。”

刘雅听了这话，看陈乌夏一眼：“对了，陈乌夏，你那天和一个帅哥在饭堂吃了一下午饭？”

陈乌夏担心的状况果然出现了：“那是我同学，碰巧遇上了，聊了一会儿。”

吴婷贝来了精神：“什么帅哥？什么同学？”

“问路那个。”刘雅说，“我男朋友去饭堂看球赛，见到两人很腻歪。”

陈乌夏抬起了头：“我们只是聊天而已。”

刘雅撇了下嘴，继续看小说里的英俊多金帅哥了：“为什么我的男朋友既不英俊也不多金。”

吴婷贝：“有男朋友就不错了。”

刘雅转向陈乌夏，问：“你那个帅哥同学家境如何啊？”

陈乌夏摇头说：“不知道。”

“人长得帅够稀罕了，别那么高要求。”吴婷贝凑到陈乌夏面前，“你要去面试了？”

陈乌夏按下了保存，回答道：“嗯，这个周末我没空。要提前准备一下。”

吴婷贝问：“周末去干吗啊？”

“出去一趟，治病。”陈乌夏求医多年，几个室友习惯了。

吴婷贝：“去吧，祝你早日痊愈。也许这趟旅程有惊喜呢。”

黄纱：“趁着大学早点治好。以后上了班，时间就不是自己的了。”

陈乌夏给李深发了微信。

Li：“好。”

她的微信通讯录有两个 Li。一个是李深的旧号码，在这个聊天框里，她和他的联系终止在三年前。之后就是：“对方开启了好友验证，你还不是他好友，请先发送好友验证请求，对方验证通过后，才能对话。”

而她和李深的新号码，聊天才刚刚开始。

陈乌夏正想删除那个旧号码，突然发现她可以看见他的朋友圈。原来他的旧号码重新加回了她。他不说，她一直也不知道。

对了，他俩都不喜欢用嘴巴说。

李深要订机票，问陈乌夏拿身份证号。

乌小夏：“我不喜欢坐飞机，耳压难受。”

李深把这句话看了很久，钝痛顺着荆棘藤缓慢地爬上他的心。

怕给她留下一世的残缺，他到处问医生，得到一个病愈的例子，又发现，不愈的例子更多更多，数不尽数。

医生说：“耳聋可以借助助听器，或者人工耳蜗，但耳鸣，医学上没有特效药。”

医生又说：“如果是偶发耳鸣，治愈几率比较大。”

这些生活上的不便，将遗憾终生。哪怕两人走到一起，也会不停想起。想得多了，只会以悲剧告终。

李深给陈乌夏回了微信。

Li：“我订高铁票。”

乌小夏：“好，我星期天晚上到校就可以。”

黄纱和男朋友聊了电话，然后气冲冲地摔了手机：“还不如赶紧分了。”

吴婷贝顺手拿起一把扇子，给黄纱扇风说：“消消火，又怎么啦？”

“还不是说毕业以后的事，反正我就是要回我家。”黄纱抢过扇子，自己猛扇，“与其以后异地恋，不如快刀斩乱麻。”

刘雅从床上探出头来：“异地恋也有成功的例子啊。”

黄纱：“我可不行。我多疑，信不过他。”

陈乌夏一边收拾行李，一边犹豫，自己和李深同行几天，他女朋友是不是也有芥蒂。她真佩服他女朋友，换作是她，哪有这样广阔的胸怀。

记忆回到下雨那天，李深说他有想着她。想什么想，他早有女朋友了。

念及孤男寡女，陈乌夏有意和李深保持距离，从他来学校接她的那一刻起。

见到他下车，她清了清嗓子：“早。”

“嗯。”他给她提行李，开车门。

她礼貌地道了声谢，不说话了。

上了车，李深也沉默。

车里的气压有些低，驶出一段距离后，司机也受不了了，问：“听歌吗？”

陈乌夏点点头：“好。”然后转头向窗外了。

一路无话。

到了高铁站，李深主动接过她的行李，她又道谢。

李深突然说：“陈乌夏，你现在都不张牙舞爪了。”

她什么时候张牙舞爪了？

“以前你和爹毛狮子一样，凶巴巴的。”高中的陈乌夏，敢爬墙，敢大哭，哪怕考了四十七名，垮脸时的表情也生机勃勃。

“你乱讲，我哥说我最温柔了。”她说完觉得自己语气的确有些凶。

“陈乌夏。”

她抬起了头，见到他低下来的脸，他的眼睛里盛满了小小的她。她强作镇定，一动不敢动。

他说：“你要学会做一个恶人。”

可她是陈乌夏，她就是善良心软的。她躲开了他的目光：“我知道你有心照顾我。可是，我先向你道歉，再轮到你给我道歉，互相还债一样，李深，我有心理负担。”

“嗯，我不给你负担。”他直起身子，没有再表达歉意。

陈乌夏反而劝说：“你别跟怨妇一样。脸色这么差，病得比我还严重似的。”

李深伸出手，摸了下她的头：“陈乌夏。”

她怔了。

“陈乌夏。”

她僵住脖子：“嗯。”

“陈乌夏。”

“嗯？”

“陈乌夏。”

她任他叫了。

李深说不出别的，叫她的名字安抚她，同时也安抚自己：“以后你难受的时候都会有我在。”

“噢……”陈乌夏点了点头。

堂哥关心她，她不能天天倒苦水，不到太难受的程度，她宁愿自己忍着。吴婷贝相处挺好，但她大大咧咧，陈乌夏不会多说自己的病症。除了至亲，悲喜都是自己的。李深是罪魁祸首，他越是不可一世，她越是悲愤填膺。他上了大学，她成了唯一受害者，似乎只有向他发泄才是理直气壮的。

高铁上，陈乌夏舒舒服服地睡了一觉。半路醒来，她的身上盖了条毯子。

李深没有休息，正用电脑在忙碌。

从前她总是追着他的背影走，现在她连他的影子也看不见了。他拿手机在回复什么，她想起他置顶的橙色头像，大概是向女朋友汇报行踪吧。

之后，陈乌夏迷迷糊糊地又睡过去了。

李深背上负罪感以后，她无比信任他。然而到了酒店的时候，她的心里又一个咯噔——他只订了一间房。

她质问：“为什么不订两间房？”

他回答：“没有了。这里有秋交会，酒店爆满。”

陈乌夏立刻上网查酒店。最近确实是秋交会，空房要到下周才有。

李深看出她的顾虑，说：“五星级客房有套间，上去你就知道了。”

她将信将疑。和他乘电梯时，故意站在他的对角。

酒店套房配置了两套洗漱间，但是只有一张床。李深把行李放下，说：“外面的沙发归我。”

他手长脚长，在沙发上只能蜷起来睡。

“噢……”陈乌夏几次想问他的女朋友，最后还是没有问出口。她始终觉得他的女朋友大度得过分了。

行程马不停蹄。午饭完毕，两人去了诊所。

医生见到李深，开口第一句话问的是："你左耳如何了？伤口好了吗？有没有耳鸣现象？"

陈乌夏惊讶地看了看李深的左耳，不至于到诊所打的耳洞吧。

他淡淡的："没事了。"

她低问："你的左耳怎么了？"

"没什么。"

李深不愿多谈，她也不好追问了。

医生给陈乌夏做了检查："没有外伤，估计是神经的问题。这样吧，给你做做针灸，有些人做一次就有改变。"

长针刺进了穴位。耳朵里面有东西跳了跳，那一瞬间周围声音变大了。针在耳部，陈乌夏不敢动，不敢说。眼珠子溜溜的，静静坐了半个小时，直至医生取针。

医生问："有感觉吗？"

陈乌夏："针扎进去的时候有，拔掉就没有了。"

医生："有变化是好事。明天还在这边吗？"

李深："在。"

医生："再过来吧，最好能连续扎上三天。"

离开了诊所，陈乌夏的右耳突然响起一声很轻的"噗"。同时，她的脚步因为迟缓而踉跄了一下。

李深及时拉了她一把。

她感受着右耳的微小变化："李深，有变化了！"

"会好的，陈乌夏。"他由衷地说。

她点了点头："这次或许真的有希望了。我以前试过针灸，但是那枚针只扎在表皮，这个医生一针像是刺穿了似的。"

他点头："嗯。"

她居然觉得这时的李深有些温顺，她转身走下了台阶。

李深问：“想去哪儿逛吗？”

她摇摇头：“就这样走走吧。”

“你实习安排得如何？”

“等通知吧。”

“当导游？”

“我不喜欢当导游。”陈乌夏说道，“有一次，我带的旅行团到了购物点，什么也没买。地陪脸色不好看，数落我的旅行团穷酸命，还伙同当地大巴司机围堵我，不让我走。我只好自己掏钱买了条项链，八百块，我哥知道以后气死了，让我只在本市当导游。”

“以后有我在。”

李深说的和堂哥的话重叠了。但她和李深哪有什么以后，她岔开了话题：“对了，酒店住一晚多少钱？”

“钱的事你别管。”

“那多不好意思。”

“我花得慢，赚得快。”

“……”小学渣总在不经意间被碾压。

第八章

午饭很随意，到了晚饭时间，李深说要去尝尝当地美食。

当地美食是麻辣火锅。陈乌夏在食街闻到几间火锅店的飘香，不过她为自己留了条后路——点了一个鸳鸯锅的汤底。

李深面前的调料碟满是红辣椒，当年红裙女人说，他喜欢重口味。可陈乌夏觉得，他的气场从来不会和欲望挂钩，清冷得不沾丁点儿世俗。

李深对上她的眼睛：“你点菜吧。”

黄纱说，红油脑花是川菜的灵魂。于是，陈乌夏点了一份红油脑花。

“你能吃辣？”他和她去烧烤摊的那天，她碗里没有沾半点辣酱。

“家里不吃辣。”她摇头后，又说，“既然来了，那就试试吧。”

汤底上了以后，服务员送了两碗红油脑花过来。深红的碗上，点缀着几片青辣椒，和几粒花生碎。陈乌夏小心翼翼地拨开青辣椒，先是尝了一粒花生碎，不辣。接着她挖了一勺脑花，才第一口，她就被辣到了，呛得喉咙冒火，咳了好几声。她赶紧端起一杯水。

李深看她呛得脸都红了："吃不了就别吃。"

"不好意思啊。"她灌了两口水，舌头还是发麻，"这碗要浪费了……"

"不会浪费。"李深拿过那个碗，用勺子送了一口，说，"这个味道不错。"

她怔怔地看着他——用的是她吃过的勺子。又端起水杯的时候，她装作不经意地问："对了，你的女朋友知道你这趟旅程吧？"

他抬起眼，放下了勺子，说："我哪来的女朋友？"

陈乌夏不信他的话，低头看着火锅里滚滚的红汤。

李深把肉下到了清汤里，然后给她点了一碗冰粉。静了一会儿，他问："谁告诉你我有女朋友？陈立洲？"

"忘了，有谁提过吧？"她不能讲，自己听弥勒佛男孩说过一次就记住了，"或许是邝力？"

"邝力没有问过这些。"

记性好的人很不容易蒙混："那也许是我哥吧。"

"一碗冰粉。"这店上菜真的迅速。

"陈乌夏，我没有女朋友。"李深像是不经意地说，"我现在和你捆绑在一起，不会分心给其他女人。"

清甜的冰粉冲走了她嘴里的辣味。她问："我一辈子好不了，难道你要陪我治一辈子？"

"是。"说完，他顿了下，"但是……"

"噢……"通常"但是"之后就是各种推辞的借口了。

"陈乌夏，我们有一辈子的时间，你会治好的。"

二十岁的年纪，说一辈子感觉很长很长，但她期待治愈的那天。细想一下，他似乎话中有话，她不敢乱想，说："你揽上大麻烦了。"

他低低地说："高中就揽上了。"

李深说他没有女朋友，那置顶的人是谁？陈乌夏最后也没有问。她要思考的是另外的事，他失去了女朋友的约束，那今晚两人就是真正的孤男寡女了？

席间，李深问："吃完要不要去走走？"

陈乌夏正是惴惴不安的时候，或许还有针灸的缘故，她觉得脑袋发涨，扶了扶额："不了，我想早点休息。"

晚上到了酒店，她立刻要躲起来："我洗洗睡了。"

"嗯。"一日奔波，李深知道她累了。

她看沙发的长度塞不下他的身长，又说："是你自己要睡沙发的啊。"

"是。"他坐上了沙发，"早点休息，明天再去趟医生诊所。"

陈乌夏拉上了门，才发现这推拉门没有锁。她懊恼，刚才回来的路上应该去买一把大锁的。如今只能拼一拼李深的人品了，清心寡欲的男生不至于欺负人吧。想起来，她和李深当年闹翻，其中部分原因就是她对他没有百分百信任。

郑良骥的电话打断了陈乌夏的发呆。

她接起电话："喂。"

"夏姐姐，周末有空吗？"郑良骥一个多月没和她联系，这晚打完游戏，想起了她。

"这个周末我不在学校。"

"回家了？"

"不是，有事外出。"

"你国庆回家吗？"

"嗯。"

"到时候约出来见见面。上次说请你吃饭，我都还没请。"

同宿舍的男生正在打游戏，郑良骥看过去一眼，话到嘴边咽了下去，“夏姐姐，其实也没什么事，军训完了，和你说说话。”

挂了电话，陈乌夏走了一圈，更衣室、化妆间、浴室、卫生间、干湿洗手台，应有尽有。浴室和卫生间全是玻璃，帘子也没有，三面墙上都有镜子，照得她发怵。

客房大得可以在里面互殴了。在床上躺了会儿，陈乌夏拿起衣服想洗澡了。不大放心，她检查一下房门，房门和外厅之间的拉门，堆椅子都挡不住。

她猛地拉开门。

李深正和团队成员在群聊说正事，问：“你还没休息？”

她紧握门板，礼貌询问：“李深，你能不能出去一下？”

他放下了手里的人设稿：“嗯？”

“我要洗澡……要不，洗完你再回来吧。”她越说越轻了。血气方刚的男孩子，她多少有顾虑。归根结底，还是她信不过他吧。

“要有心，上次你醉酒不省人事，我有大把的机会。”李深的话似乎是拒绝，但说完后，他又说，“我出去了。”

李深去楼下买了烟，捻烟丝有别样的乐趣。

窗外的马路亮起成片的车灯，把月光比了下去。下班高峰期，从这条路塞到了上坡路。李深抬腕看了看时间，坐了不到三分钟，他把捻碎的细屑弹在烟灰缸里。

旁边的男人呼起长串的烟圈。二手烟很呛人，李深走出吸烟区，回到了酒店大堂。

陈乌夏的顾虑是对的。她醉酒的那天晚上，他一晚上没睡。如果让他浮想她的沐浴，他的自制力会告急，但即便他多想念，他也不能。她没有得到治愈之前，他是个负罪人。

玻璃、镜面，处处是棱角。灯是暖色，半昏半明，从更衣室到洗漱台，再到浴室，陈乌夏一步三回头，脱衣服战战兢兢的。

她光溜溜地站在偌大的空间，镜子映出一道优美的曲线，她没有闲情欣赏，觉得慎得慌。

全玻璃的浴室门，对她而言和多余的一样。她开了水，猛然回头。刚刚李深出门时，她缴了李深的房卡，但基于上次他突然拿钥匙闯进来，她担心他会不会藏有另一张房卡，然后趁她洗浴时，偷摸进来。

陈乌夏胡思乱想，匆匆地洗完了。她套上浴袍，心才定了下来。李深如果真的闯进来，这浴袍也挡不了多久，可就是多了一份安全感。为了增加安全感的厚度，她换上了更保守的家居服，然后给他发了微信。

乌小夏："我洗完了，你回来吧。"

没一会儿，门铃响了，陈乌夏开了门。

李深手里夹了一支断半截的烟，没有点燃，静静看着她。她的脸颊在沐浴后红得跟桃子似的。

陈乌夏在他的目光中板起了脸："我先休息了。门的里面是你的禁区，可别过线了。"

"知道。"他丢了烟，说，"茶水间在这边，你想吃什么喝什么，自己出来吧。"

"好。"

陈乌夏没有告诉陈立洲自己治病的事。想想，自己和李深一起来的，先不刺激堂哥了。安静下来以后，她在床上翻来覆去，不一会儿，坐起刷手机。

宿舍群在讨论今天晚上出去吃消夜。吴婷贝和黄纱的实习单位定了。刘雅在抱怨，她男朋友说好给她找单位，至今没有消息。

她的男朋友是隔壁班的，听说和旅行社有些关系。

几人说了几句就不再说话。

陈乌夏登了邮箱，没有收到新的面试通知。这时闲着，她在线完善了一下面试的文档。然后下床，出去倒水。

打开房门，她的头探下沙发的方向，不见李深。她愣了一下，再转向另外一边。

酒店浴室都是全玻璃透明，包括在外厅的这一间。李深斜侧向她，蒸汽热腾，陈乌夏眼睛就是利，一眼就从模糊中看到窄腰下凸出的部位。

“啊……”她捂嘴晚了，嘴巴比手快，先喊了出来。

这声惊动了李深，他转过了头。

陈乌夏连忙背过身去，才想要说什么，见到前方的落地窗户。她冲了过去，左右两下拉实了窗帘。

她的头钻进了窗帘里，左右张望。对面的住宅高楼距离很远，应该没有人拿望远镜偷窥李深吧。做完了这些动作，她回过神了，自己要回房就要正面面对那间浴室。

她的额头贴在了玻璃上，宁愿跟鸵鸟一样，整个人躲到窗帘后面。

“陈乌夏。”身后李深在叫她。

她咳了一下，直起身子，闭着眼问：“你洗完啦？”

“嗯。”

她睁开了眼睛：“穿衣服了吗？”

“嗯。”

陈乌夏这才转过身。李深穿的是浴袍，带子系得松，衣襟在他的胸膛画出一道长长的V。她拉起窗帘，挡住自己的下半脸，说：“我刚才什么也没看见。”

“哦。”他坐下时，浴袍从他的左大腿滑下。

他看着瘦削，其实很有力量。她眨了眨眼，把窗帘拉上，把自己的眼睛也挡住了。

“要喝水吗？”李深看着她露出的半截脑袋。她刚洗完，头发蓬松地散落，比平时多了些许风情。

“是啊，我出来喝水。”陈乌夏鼓起勇气，从窗帘里站出来。她目不斜视，径自走到茶水间，拿起杯子，倒了一大杯凉水。

倏地，旁边伸出了一只手。她僵住，闻到了他独有的清新味道。

李深夺走了她的杯子：“别喝凉水，换温水吧。”

“谢谢，我自己来就好。”陈乌夏倒了水，再喝几口。她觉得自己十分镇定。

陈乌夏没有乱瞟，正想找借口回房。

吴婷贝来了通电话。

谢天谢地，陈乌夏简直跟抓住救命稻草似的：“啊，是我室友的视频聊天。”

画面接通之前，李深及时离开了——他没有兴趣在别人面前展示自己的浴袍。

陈乌夏一边拿着手机，一边回了房间，拉上了门。

吴婷贝看着视频里背景的变化，问：“夏夏，你那是酒店吗？套间啊？”

陈乌夏：“嗯。”

刘雅向吴婷贝的手机探了下头，之后又不见了。

吴婷贝笑着问：“你的病治得怎么样？”

“刚开始。”陈乌夏坐在床上，“什么事呀？”

“不是我有事，是另一个人。”吴婷贝转头向着左边招手，“喂，过来啊，你一个大男人，尿不尿啊？”

慢慢地，另一个人进入了摄像头。雷振涨红了那张暑假养胖的脸：“陈乌夏，你去旅游啊？”

“是啊。”陈乌夏也不想聊治病。

“吴婷贝说你在找实习单位？”雷振说完看一眼旁边，“有眉目了吗？”

“还没有，等面试了才知道。”

“我的实习定了，要不我给你介绍过去？”雷振看着她的脸，说话轻又慢，“我实习的地方离你家挺近的。”

陈乌夏问：“是哪家？”

这时，李深拉开了房门。

陈乌夏掩饰自己的表情时，慌了一下，没听清雷振说的公司名字，说：“先谢谢你了，我想等我面试完再说。”

雷振点头说：“好吧。”

李深走得很慢，但越来越近了。

陈乌夏连忙说：“雷振，我有空再和你聊。”

雷振：“好。我还是把公司的简介发你吧，如果你也想加入，这两天给我回信，我给你报上去。”

陈乌夏：“嗯。”

雷振：“陈乌夏。”

“啊？”她低了低头。

“早点回来，我有话……”雷振的话说到一半。

吴婷贝的笑声响起了，雷振看了她一眼。

吴婷贝说：“我走了，走了。”然后笑声远了。

雷振这才继续看着陈乌夏：“其实，这通视频是吴婷贝硬要我打的。我个人觉得，可能文字的表述更适合，但是……也不想等了。”

陈乌夏因为李深的出现而紧张，和雷振说话也有些着急：“等什么？”

雷振说道：“陈乌夏，我喜欢你。就……你要不要当我的女朋友？”

陈乌夏不由得避开手机屏幕，怔怔地和李深对望。

雷振喘了一口气：“终于一鼓作气说完了，我为这事喝多少酒了，可能文字表达才不尴尬吧……陈乌夏，你考虑一下，拜拜。”

雷振完成了任务，但是陈乌夏反而有一种麻烦将至的预感。

李深变得冷然：“男的是谁？”

“同学。”

问的是废话，回答的也是。陈乌夏因为雷振的表白而措手不及，而且还是当着李深的面，她抓紧被子说：“我要休息了，你出去吧。”

李深没有动。

陈乌夏尴尬的时候收到了吴婷贝的微信。

吴婷贝：“雷振终于不尿了！”附带一个爱心。

吴婷贝自己的初恋没个着落，到处操心别人的恋情。陈乌夏看着搞笑的表情图，嘴角轻轻扬了扬。

李深看到了。陈乌夏最动人的并非灿烂的笑容，而是微微窃喜时，收敛的喜悦。很轻，宛如春天里含苞待放的花骨朵。

他很久没见过这样小小的笑。

李深见到她的笑，有了动作，问：“你答应了？”

“你不是听着嘛，我都没说话的机会，何来答应不答应。”

“陈乌夏。”李深欺身过来，“你的追求者很多。”

“哪有。”他的浴袍下似乎什么都没穿，大大的开襟走光了。

非礼勿视，陈乌夏立即抬头看他的脸。

他的眼里装着的星河，是她无法想象的浩瀚。

她移开眼，转向了窗帘：“也就是今天才被你撞见一个。”她不习惯拒绝，一旦雷振捅破这层窗户纸，以后就尴尬了。

“陈乌夏。”李深越逼越近，双手撑在她的两边，半低着身子，然后把即将出口的话忍了下去。

“靠这么近干吗？！”陈乌夏伸手给了他一拳，被他一把捉住了。

他靠近她的脸颊，她还在挣扎，直到他轻轻抚了下她的右耳，然后在她的右耳边说了什么。

她的左耳被压在枕上。右耳温热，像是回到了被撞的那天。李深的这句话太轻、太低，她想转头让左耳去听：“你说什么？”

李深顿了一下，然后硬是把她压下，脸埋在了她的右肩：“陈乌夏，会好的。”

太轻了，她还是没听见。他紧紧抱着她，她损失的低频就是他的声音，她的右耳连他的呼吸也听不见了。

陈乌夏察觉到他绷紧的肌肉，知道他翻涌的情绪是在为她难过。她叹一声气，可惜自己，也可惜他。

李深一手插进她的发间，轻轻地梳了梳，他提高音量说：“陈乌夏，会好的。”

陈乌夏这时听见了，拍拍他的背。接着，她意识到两人这样的拥抱不合时宜，说：“不早了，你回去休息吧，明天还要去诊所。”她看着很镇定，但眼珠子四处乱瞟，不敢向着他。她甚至在数天花板的水晶灯有多少颗珠子。

李深抬了抬身子。松松垮垮的浴袍，因为开襟过大，滑了下来，露出一段宽肩，一道青筋随着他抬手的动作乍现。

陈乌夏不小心瞄到了，瞬间感觉压在她上面的是长大成人的男人，肌肉从上蜿蜒而下，蛰伏的力量更危险。她咳了好几下："李深，好晚了啊……"

她的小脸颊像是串起了两个小灯笼，透着红润的光。

"陈乌夏，我没有女朋友。"李深现在能说的仅止于此。

陈乌夏觉得自己是不是应该明白什么，但什么答案也没有。或者有，可她将他的情感归类为愧疚。她不要他因同情而生起的怜爱。

李深离开房间以后，她坐起来，双手抱膝，看着那一道房门。

外面沙发容不下他的身长，而这张大床，躺三个人也绰绰有余。李深飞了长途，又陪她坐高铁，他比她疲惫，更需要好好休息吧……

陈乌夏从柜子里抱出被子，叠成长条，放在大床中间。

她关了灯，闭上眼。

她没有主动招呼他进来，但把中间线放在这里。

这趟行程没有擦枪走火，甚至还完成了一项学习任务——那就是李深帮陈乌夏修改了简历。从诊所再次针灸回来后，他主动问起："简历准备得怎么样了？"

"差不多了。"

"给我看看。"

"好啊。"陈乌夏立即呈上去了。

"废话少写。"他改完后，顺便美化了她的排版。

"你好厉害啊。"她满眼的赞赏和高三时一样，"谢谢。"

"嗯，以后记得问我。"

"好。"在学习方面，她给予他百分百的信任。至于男人的本性……当年的亲密触碰，他仍然没有解释。

不过，她觉得应该慢慢相信他吧。毕竟，求医治病的日子还很长很长……

李深又问："面试衣服准备好了吗？"

陈乌夏回过神："我哥暑假前就给我买了。"

之后，李深接了个电话，说什么任务支线的事。她生怕耽误他赚钱，回了房间看电视。

到了晚上，她抱起被子，在床上横了一道线。

他还是没有进来。

周末，收拾完行李，李深问："感觉如何？"

"扎针的时候有感觉，之后就没有了。"陈乌夏抬起头，看到他越靠越近，她僵住，然后被搂住。

"陈乌夏。"

"嗯。"

"陈乌夏。"他有情绪的时候喜欢叫她的名字，仿佛这三个字是他的镇静剂。

"嗯。"她很配合。

"陈乌夏。"

"嗯。"他抱得紧了。

她没有挣扎，安静拥抱的这一分钟，两人无话。

陈乌夏在期待名医的救治，李深何尝不是。他和她一样，迫切盼望她的痊愈，即便嘴上不再道歉，可他无时无刻不在负罪。

到了校门口，陈乌夏想下车。

李深却说："离你的寝室很远。"

出租车一路到了女生区。李深打开后备厢，提了行李出来。

旁边一人喊："陈乌夏。"

好巧不巧的，刘雅正好就在楼下。陈乌夏点点头，当是打招呼。刘雅挽着男朋友，散步归来，见到李深，她停了下来，她的男朋友捂了下她的眼睛。

李深还嫌自己不够招眼，问："要不要给你送上楼？"

陈乌夏连忙拒绝："不用了，我力气大。"

"我先走了，国庆再回来。"

她低头，赶着他："你赶紧走吧。"不待他离开，她转身就走了。

然而，不止刘雅见到了这一幕，也有其他女生过来问："陈乌夏，那是你的谁呀？"

"高中同学。"陈乌夏回答。

这天上课时，黄纱和男朋友大吵了一架，她不跟男朋友去吃午饭了。刘雅和男朋友也在冷战，寝室四人难得一起去饭堂。

说起吵架，黄纱很冷静地分析："这是提前预热。等到明年我跟他没感情了，走得也潇洒。"

吴婷贝问："你为什么不留在这里呢？"

黄纱："去年开始，我妈大病小病，我想回家照顾了。"

吴婷贝："你可以把你妈接过来吗？"

黄纱："老人家在乡下待惯了，在大城市反而受不了。"

吴婷贝："你说你这都是什么事？又不是两个人其中一方劈腿了。"

黄纱："异地恋才是磨人呢，到时候，谁知道会不会就出轨了。山长水远的，我又不能随时捉奸。"

陈乌夏："你和他感情深厚，可惜了。"

黄纱笑了下："还有不到一年多，到时候再看吧。现在大吵，以后小吵，吵着吵着就散了。”

刘雅：“男人的劣根性啊，就算你盯着也不一定安分，更何况异地恋。我支持你。”

吴婷贝叹气：“你们两个以前秀恩爱的，给了我和夏夏一记重击啊。”

“本来就是。”刘雅看一眼陈乌夏，“尤其条件好的，有本事的男人，每个城市都有红颜知己，你说可怕不可怕？”

听着这个话题，陈乌夏有些尴尬。她和李深相距两千多公里，这阵子，他每天给她发微信，很普通的问候，但——

以前陈乌夏哪有捧手机聊微信的时候，吴婷贝发现了端倪，此时说：“以后单身狗只剩我一个了，是不是？夏夏。”

陈乌夏低头：“不知道啊。”

刘雅：“陈乌夏，你上周末是和那个帅哥同学一起吗？”

陈乌夏：“啊？”

刘雅：“他不是送你回来吗？”

陈乌夏：“他认识医生，介绍我过去。”

到了饭堂，陈乌夏刚刷了卡。

吴婷贝大叫：“天哪，夏夏，你的饭卡余额后边是几个零啊？”

陈乌夏沉默了。

吴婷贝嚷嚷之后，刘雅瞟过来一眼。陈乌夏不擅长猜测这种特别的目光，她收起了饭卡。

班上有几个男同学过来，其中就有雷振。这两天，他见到陈乌夏都会故意避开，陈乌夏不知道如何面对，跟着避开。

吴婷贝向雷振挤眉弄眼，雷振装作没看见，转头和一个男同学说话。

吴婷贝摇了摇头，说：“不可教也。”

刘雅咬着勺子，看了看雷振的背影，问：“陈乌夏，那天雷振的表白，你给了答复没有？”

陈乌夏低头吃了一口饭，说：“你们太胡闹了。”表白就是这样，腼腆内向的一旦被拒绝，就会陷入尴尬的境地。幸好，大四的课程不多了，否则，她要天天面对雷振。

吴婷贝手指滑滑陈乌夏的手臂，说：“好吧，是我的错。雷振拜托我好久了，从暑假开始，我给他创造了几个机会，他一直磨磨蹭蹭。皇帝不急太监急，夏夏，这次是我冲动了，郑重向你道歉。”

陈乌夏接受了：“嗯。”

刘雅用勺子切着餐盘的米饭粒，问道：“陈乌夏，你有男朋友吧？”

陈乌夏摇了头：“没有啊。”

刘雅又问：“那天送你回来的男同学和你不是很亲密吗？”

“他只是帮我提了提行李，同学之间的来往而已。”

“哦。”刘雅讨了个没趣。

黄纱感觉气压有些低，出来打圆场：“哎呀，干吗老说男朋友啊？没有男人又不是不能活，说点我们姐妹自己的正事。乌夏，你的实习怎么样了？”

陈乌夏：“我后天下午去面试。”

黄纱：“那不错呀，加油。”

陈乌夏：“谢谢。”

刘雅问：“是什么公司啊？”

陈乌夏：“旅行社招策划。”

刘雅：“你不是考了导游证吗？不当导游了？”

陈乌夏摇头：“还是不了，坐飞机比较麻烦。而且，我话太少，活跃不起团队气氛。”

“当策划很适合你。”黄纱转向刘雅，“你呢？”

“我不知道啊。”刘雅甩了勺子，靠着椅背说，“我本来暑假要去找工作，可我男朋友说包在他身上，我就给他包了呗。谁知现在又不靠谱，至今没有消息。”

黄纱：“慢慢来，不急于一时。十月下旬才开始。”

刘雅冷哼：“男人靠不住。”

吴婷贝：“你不是就为这事儿，和男朋友吵架吧？”

“不止，多的是。反正觉得他没本事，挺烦的。”刘雅说，“黄纱，你的男朋友不错了，还给你安排了薪酬高的工作。”

黄纱笑了笑：“你男朋友对你挺好的呀，除了爱吃醋，别的方面不是很纵容你吗？”

“吃醋？他只吃比他优秀男生的醋。”刘雅斥出一声，“不说他了，我烦实习的事。”

吃完了饭，雷振忽然过来了。不知是不是又喝了酒壮胆，面色有些红，一脸欲言又止的样子。

吴婷贝站起来：“我来和他说吧。”

陈乌夏开口了：“我去吧。”雷振是向她表白的，她这样躲着也不是办法。

其他三人走了。

雷振在陈乌夏对面坐下，低了头，轻轻地说：“那天我喝多了，造成了你的困扰。对不起。”

“没关系。但……我们……感情很抱歉。”同学一场，陈乌夏说不出残忍的话。

“陈乌夏，我想问你一句话。”雷振握了握拳头。

“嗯？”

“听说，你出去住的是五星级酒店？”

陈乌夏愣了：“你听吴婷贝说的？”

雷振摇头：“这个我不能讲。”

陈乌夏点头说：“我也是第一次住。”

“你哪来的钱？送你回来的男人给的吗？”雷振皱起眉头，“陈乌夏，你当的是导游还是伴游？”

“你胡说什么？”她兼职当导游的时候，有人说她长得漂亮，又有曲线，当伴游比当导游赚得多，她那时天真地问，伴游和导游有什么不同。对方说伴游是一对一服务。

陈乌夏以为是私人导游，回来还问起吴婷贝。

吴婷贝直嚷嚷：“网上百科，伴游只是好听的叫法，多数包含色情交易。明白了吧？”

“雷振！”陈乌夏正色说，“拒绝你是因为我对你没有男女感情，你不要牵扯别的，更不要污蔑我。”她在班上几乎没脾气，这次真的生气。

雷振鼻子呼出两口气，畏缩了：“对不起，我想多了。”说完，他起身跑了。

陈乌夏庆幸自己不喜欢他。

陈乌夏提前把面试的通勤套装拿出来，重新洗了一遍。

黄纱刚洗了澡，站在洗手台前梳头，见到她的白衬衫和西裙，问：“没见你穿过这个啊？”

“面试才穿。”陈乌夏笑了下，“我哥给我买的。”

黄纱：“吴婷贝见过的那个帅哥哥啊？”

“嗯。”陈乌夏大大地点头。

黄纱笑笑：“帅哥哥，帅同学，羡慕死你了。”

“其实，就是比常人帅一点点而已。”陈乌夏尽量谦虚。

“少来。我听班上其他同学说了，送你回来的男同学又高又帅，是难得一见的极品，可惜我没见过。哪天他或者你哥来了，赶紧喊我。室友福利不能少。”

晾完衣服，陈乌夏收到了陈立洲的视频聊天：“哥。”

他懒懒靠着床：“面试准备得怎么样？”

她点点头：“差不多了。”

“你别慌，大不了到哥的工作室当助理。”

“我哪能给你当助理，你那些高科技的东西我什么也不懂。”

刘雅这时从上铺下来了。

陈乌夏不自觉放低了声音，按了按左耳上的耳机，说：“对了，哥，我这周去看了一个医生，他说我的病是耳神经的问题，给我做了针灸。”

“针灸？信得过吗？哪里的医生？”陈立洲想的是，为什么不是去之前给他说。

“同学推荐的，说曾经有治愈病例。”

陈立洲一下子听出了什么，问：“什么同学？”

她的声音更低了：“高中的。”

“男的女的？”

她故作轻松：“男的啊。”

陈立洲弹了个响指：“不会是楼下那男的吧？”

她不喜欢和聪明人说话的原因就是这样。

陈立洲明白了，冷笑一声：“衣冠禽兽，阴魂不散。”

陈乌夏连忙解释：“哥，李深他想补偿我，他也真的在补偿了。”

“不会是他陪你过去治病吧？”陈立洲的调子阴阴凉凉。

“嗯，但是他没有越轨。”除了几次类似于失控的拥抱之外。

陈乌夏希望堂哥能好好分析李深。

然而陈立洲一边听，一边“哦”。然后，被室友叫走了。

陈乌夏又看了一遍简历。兼职经历还是她的，李深掐头去尾，挑了重点叙述，一下子简洁明了。

对于面试，她心底没谱。看看时间，她发微信消息过去。

乌小夏：“有空吗？”

李深回得很快：“有。”

乌小夏：“后天面试。我只做过一次旅游策划，我怕对方问起，想和你练习一下。”

李深切到了工作群：“休息一个小时。”

群里有几人调侃他天天休息，他没有搭理。他在楼下慢慢转悠，然后连上了视频。

陈乌夏哪敢在寝室和他视频，只能走到外廊露台。两人的背景都是黑乎乎的，胜在男俊女靓。

李深开口就是正事：“你先把你之前的经验说一遍。”

陈乌夏想了想，说：“我唯一的策划项目是美食街，听其他导游说，游客们反馈说好吃。”

“可以把你的经历换成另一种官方的白话。比如你为什么会想到策划美食，策划中侧重什么，讲一讲详细内容，再结合几个‘科学布局’‘理念设计’这些概括性的词语，就行了。”

“因为我也爱吃啊。”

“你这叫以技能协同专项规划。”

“噢……”陈乌夏发现了，“原来拐着弯讲话，特别高大上。”

“你做过那么多兼职，社会经验丰富，你一个实习生也可以是应届生。”李深立在桂花香中，“老板都喜欢立即上手的员工。

你有优势，面试别慌。”

“好。”听他这么说，她信心满满。

她的耳机戴在左耳，他也是。他看了一眼，问：“耳朵怎么样了？”

“还是老样子。病了这么多年，可能治愈需要比较漫长的时间吧。”

“别怕，这个医生不行，还有另外的。”

“知道。”陈乌夏不经意见到刘雅走来了，连忙低声说，“我继续准备面试去了。”

“陈乌夏，晚安。”

他低沉的嗓音宛若夏夜清溪，流淌到她的心湖，她忍不住也回了一句：“晚安。”

李深说他没有女朋友，之后就没有解释了。陈乌夏揣摩来揣摩去，只能想象，黄澄澄的那个微信头像另有其人。

这一刻，她明白过来，她宁愿荒诞地以为置顶的人是于阿姨，也不愿怀疑李深的话。

她不知不觉地越发信任他了。什么时候开始的呢？可能是因为他没有逾越那道无法上锁的房门。

陈立洲通过大二的学弟，了解到李深的校内信息。

陈立洲还没过去找人，就在一个讲座的教室遇到了李深。他并不意外，一听到这个讲座，他就预感李深会出现，因为主讲人是耳鼻喉科副主任。

陈立洲坐到了边上：“李师弟，可巧。”

李深礼貌地说：“陈师兄，好久不见。”

“我在前一刻刚听说，你上个星期回家了？”

“嗯。”

自从李深坦白了自己重考的事，高中同学群调侃两人绯闻的还是有。李深对外宣称已有女友，但这个女友姓谁名谁，大家都不知道，这给人的感觉仿佛单身。

相爱相杀多年，就算李深中途退学，最终还是考上了陈立洲的大学。这似乎是二人之间的缘分。

“说来也巧。”陈立洲散漫惯了，半靠椅背，“前天和小乌夏聊天，她给我透露了一个信息，她外出治病了。”

“哦。”

“乌夏生了病，高考前压力很大，但你押中了题，助她圆了大学梦。我是一个讲道理的人，你有功也有过。过去可以既往不咎，现在和未来，可不大行。”

“我补偿的就是她的现在和未来。”

“乌夏去看过无数的专家教授，可惜的是，至今没有找出病因在哪儿。”

“我有五个治疗耳疾的医生名单，每一个都有患者病愈的经验。要是这些还不行，接下来我再继续找。”

“看不出来啊。”陈立洲挑起眉，“你对乌夏还算上心。”

“当年为什么不来报复我？”

陈立洲不答反问：“你那时为什么走？”

“高估了自己，低估了她。”

陈立洲一听就明白了：“所以嘛，等乌夏病好了再告诉你，那才叫杀人诛心。”

陈立洲的话有一个条件，杀人诛心须是在李深真正怜惜陈乌夏的前提之下。但李深不觉得以前的自己在陈立洲面前有所暴露，连陈乌夏都不知道他的心思，何况陈立洲。

“我不喜欢城府深、诡计多的人，我们陈家都是光明磊落的性子。乌夏看着柔弱可欺，但她是一个坚强的孩子。高考前，你这个罪魁祸首跑了。”陈立洲眼神有些阴凉，“好在我们乌夏热爱生活，乐观向上，过得好好的。”

李深说“她比我勇敢。”当初不是他逃离，她不必受疾病困扰。他这个月看了很多耳疾的书籍，终究不是系统性学习，他悔不当初。如果他早点回来，他一定会报考医学院校。

“其实，乌夏理解不了你。”既然理解不了，自然就不合适。陈立洲说，“而且，你已经有女朋友了，缠着乌夏不方便。”

李深把手机放在陈立洲的面前：“嗯，这个就是我的女朋友。”

他的女朋友，头像是一张手绘的狮子。陈立洲觉得曾经见过这只狮子，但不在画里。

这是一个钱包的图案，超级大的爹毛狮子头，装着他堂妹的零花钱。

陈立洲点头说：“你这样很变态啊。”

李深：“我不热衷这个世界，但我热衷那一个人。”

陈立洲拂了拂自己的肩：“恶心。”

“我对不起她，我愿意弥补她。”李深转过头，左耳耳钉映着微光，“我更愿意喜欢她。”

陈立洲问：“你什么时候有了非主流癖好？”

“不久前。”

“你太极端。正如你所言，配不上我们小乌夏。”

“我知道她看过很多医生。这些顽疾，连精密的仪器也检测不出问题。我爸是医疗系统的，陈师兄，有时候，治病缺的是一个医缘。我说的五个医生不是道听途说，而是我真正去拜访过，听过他们的见解，试过他们的治疗。”

“试过？”

“上一个医生针灸神经，我自己去扎过两针。”李深说，“虽然我无法感同身受她的痛苦，但这漫长的治疗，我愿意陪她走一遭。”

“你有句话说动了我。乌夏现在缺的是一个医生，陈家这方面比不上你们李家的人脉。”陈立洲搭上李深的肩，“但我还是想给你一记来自哥哥的惩罚。”

他狠狠地揍了李深一拳。

陈乌夏去勤工俭学中心交资料，和那天在饭堂遇上的女同学又撞见了。

两人一齐走下楼梯。

女同学这时打听到了李深的消息，于是道歉说：“抱歉啊，上次是我乌龙了。那个，我前天才从群里知道，李深有女朋友了。”

“啊？”女同学不说，陈乌夏都要忘记这事了。

“没想到他拍拖很久了。高三那时，他好可惜啊，好在现在又上了名校。”

“噢……”除了李深，其他人都说他有女朋友了。

陈乌夏状似不经意地问：“他的女朋友是什么系的啊？”

“不知道啊，没人见过。”

陈乌夏和女同学本来也不是太熟，下了楼梯没多聊，互相道别就各走一边了。

陈乌夏看了看李深的朋友圈，没有找到他女朋友的相关线索。其实，她又有什么立场介意呢。

回到寝室，陈乌夏要去收晾了一天的白衬衫和西裙。

刘雅看过来：“你就在那儿挂着呗。你要是折起来，衬衫上会有折痕，对称还好，不对称就很影响观感了。”

说得也是。陈乌夏又把衣服晾了上去，看着迎风招展的白衬衫，她笑了笑。

吴婷贝把椅子推到刘雅旁边，坐下问：“听说，雷振给你搞了一个实习的名额？”

“是啊。”刘雅咬一口苹果，边嚼边说，“陈乌夏不要，雷振就给我了。肥水不流外人田吧。”

吴婷贝啧啧有声：“你男朋友没生气啊？”

“他生什么气？我托同学关系碍他什么事了。”听这口气就知道，刘雅和男朋友还没有和好。

黄纱和男朋友吵完，已经手牵手散步去了。

刘雅转过头说：“陈乌夏，现在就你还没找到实习单位，明天加把劲。”

陈乌夏：“谢谢。”

面试时间排得比较紧。第二天，陈乌夏上完课，匆匆吃了个午饭。她先是检查了简历和介绍稿，默念了几遍，才出去阳台。然而，白衬衫却是掉在了地上。角落的地砖比较低凹，经常有积水，衬衫的衣袖就横在污水中。

陈乌夏赶紧捡起来，拍了拍污渍。拍不掉，她有些慌了。

她翻了翻衣柜，另外还有两件衬衫，但很久不穿，压得起了皱。她后悔昨晚没把衣服收进来。

紧迫的时间没有给她考虑的余地，她挑了一件皱痕比较浅的衬衫。

下楼遇到了室友。

吴婷贝一眼看到了陈乌夏的领口：“夏夏，你这件衣服领口有些歪了。”

陈乌夏赶紧整了整。

刘雅向上看一眼，问："为什么不穿刚洗好的那件呢？那件和西裙比较配。"

"掉地上了。"陈乌夏急匆匆的，"我先走了，赶时间。"

吴婷贝："这也太倒霉了，临出门就掉了。"

刘雅："可能风比较大。"

吴婷贝看一眼大太阳："这也没风啊。"

第九章

面试有了一个不妙的开头，好在陈乌夏稳住了，一问一答，还算流利。不过，人事的眼睛在她立不起来的领口上看了好几眼。

走出旅行社，陈乌夏到便利店买了一瓶水，发呆了十来分钟。微信响了。

Li：“面试如何？”

她还没有组织好文字表述今天的混乱，第二条微信也来了。陈立洲问的话和李深一样。

堂哥给她买面试套装时说：“我们小乌夏，连职业装都这么漂亮。”

任谁也不会料到，她会栽在着装上。前面的玻璃模糊地倒映出她的身影，她捻起左边的领子，垮的。她的脸也是垮的。

她又喝了一口水，一边打字一边想，轻飘飘的小内裤还挂在上面，为什么偏偏掉的是白衬衫。

只能是天意了吧。

陈乌夏把事情经过在微信叙述了一遍，复制一下，给两人都发了。

话是说能力比外表更重要，可第一印象不好，面试也悬了。旅行社没有通知过来，陈乌夏又开始投简历。

刘雅和男朋友和好了，又秀起了恩爱。

日子和从前没有不一样，四个人中，实习待定的仍然只有陈乌夏。

星期五的晚上，吴婷贝“砰”的一下开了门，气冲冲地进来：“刘雅，你为什么和雷振说夏夏住五星级酒店的事？”

刘雅神色慌张一秒，又立刻镇静下来。她撩撩头发：“顺便聊起，讲一下没什么吧？视频里大家都看见了，好大的一间啊。平时陈乌夏到处兼职打工，她住得上豪华酒店是挺稀奇的嘛。稀奇事，我多嘴说了一下。”

吴婷贝：“雷振这人没脑子的。你和他说，他指不定发散思维想到哪里去。”

“以后不说了。”说完，刘雅自抽了下嘴巴。

陈乌夏从上铺低头，想了想，没说什么。

星期天的晚上，吴婷贝参加完社团活动，又“砰”的一下踢开了门。

正在看书的刘雅吓了一大跳，捂住胸口说：“我的吴大姑奶奶，踢坏了门是要赔的，这是公物。”

吴婷贝愤愤地扔下包包：“刘雅，大家一间宿舍，日常相处有什么不满可以当面指出来，暗地里搞小动作就过分了吧。”

刘雅冷下脸：“你说什么？”

陈乌夏从电脑中抬头，劝了句：“怎么了？有事慢慢说。”

吴婷贝藏不住心事，直接说：“夏夏，对面走廊的师姐见到刘雅丢了你的白衬衫。”

陈乌夏愣住了。

刘雅倏地站起来："吴婷贝，你不要血口喷人！"

"什么血口喷人？师姐亲口告诉我的。"吴婷贝操起手，"我说刘雅，你犯得着吗？夏夏在我们宿舍最文静，和你也没有吵过架，你实习都安排妥当了，还有什么不乐意的啊？"

刘雅沉默着收拾桌上的东西。

吴婷贝还在指责她："你平时话中带刺，我当玩笑嘛，没放在心上。但干这些偷鸡摸狗的事，太不道德了。"

刘雅猛地一摔书，课本重重跳起，跌到了地上。

寝室里静默着。

刘雅坐下，跷起了腿："我不是有心的，衣叉不小心碰到，衬衣就掉了。我怕你们怪我，没敢说，对不起。"

陈乌夏分不清这话是真还是假。

吴婷贝："我去问问师姐，看你是不小心把衣服弄掉的，还是做了一个'丢'的动作。"

吴婷贝走了，寝室里只剩下陈乌夏和刘雅。

陈乌夏问："你为什么这么做？"

刘雅冷哼一下，背起包出去了。

陈乌夏叹了声气。到了大四才在宿舍闹矛盾，自己是不是太迟钝了？以前，她和刘雅比较少话，她没往别的方面想，觉得是性格不合，当不成朋友。

陈乌夏挺憋闷的，爬上床，趴了一会儿，问李深："有空聊？"

李深直接打个电话过来："怎么了？"他是随传随到的。

她把今天的事简单说了："我不知道哪里得罪她了。"

"哪个室友？"

"你送我回来，楼下遇到的那个。"

"哦，那个啊。"李深想起了，"我上次见到是你室友，过去问了一下路。”

“你怎么知道她是我室友？”

“你的朋友圈发过照片。”

“噢……”陈乌夏顺带问，“暑假的时候，我打过你原来的号码，有个人接了，那个人……”

“是我。”

果然，不知道他还瞒了她多少事。要不要问问他的女朋友？她想了想，还是忍住了。

“对付这种室友，办法很简单。”

“算了。”陈乌夏没有报复的想法，只是找他倾诉一下，“认清了人以后离远点吧。”

国庆前一天，陈乌夏收拾东西准备回家，听见外廊一群女生叽叽喳喳。

吴婷贝从外面回来，大叫一声：“夏夏快出来！”

陈乌夏还没问什么，就被拖了出来。

吴婷贝亮起星星眼：“超酷！超炫！”

楼下停的白色跑车非常拉风。副驾驶那边，一个白衣少年优雅地下来，墨镜下的半张脸俊逸分明。

陈乌夏有种不妙的感觉。

驾驶位的门也开了。先出镜的是黑衣男子的一双长腿，之后是劲瘦的身段。他一手搭在车门上，悠然自得，恰到好处。他慢慢摘下墨镜，继而抬起头。

“夏夏！夏夏！”吴婷贝紧紧抓住陈乌夏的手，兴奋不已。

陈乌夏心想：幸好已经大四了，要是大一遇到这阵仗，她丢不起这个脸。

陈乌夏躲进了寝室。这俩随便去校园哪里逛都好，就是别说跟她认识。

然而，楼下宿管阿姨登记两个男生的去向时，朝上喊了句："303，陈乌夏。"

吴婷贝在走廊传话："夏夏，这是你的高光时刻！"

陈乌夏捂住了眼，装作没听见。

李深和陈立洲进来后，陈乌夏掩上了门，拉过自己和吴婷贝的椅子，她面无表情地看着面前的两人。

吴婷贝靠在上铺爬梯边，眼睛在李深和陈立洲之间来回。

陈乌夏不知说什么好，默默地叠自己的被子。叠完了，又整理床铺，然后她盘腿在床上，咳两声问："你们为什么过来了？"

陈立洲说："接你回家。"

陈乌夏看了一眼吴婷贝。

吴婷贝眨眨眼，拉着爬梯不肯放。

有外人在，很多话问不出口。陈乌夏说："我东西快收拾好了，一会儿就回去吧。"

陈立洲笑了笑："听李深说，你这里的饭堂口味很不错，不如今天晚上就在这里吃饭吧。"

陈乌夏可不敢把他俩往饭堂带，连忙摇头说："我在这里吃了一个月，很想念伯娘的手艺。哥，我们回家吃晚饭吧。"

陈立洲靠着椅背，一手搭在扶手上，歪了歪头，撩了撩自己的卷发，说："可以。那去校园走一走？"

陈乌夏还是摇头："我们学校很小，没什么好走的。"

吴婷贝接话道："可以去后山。那边有湖有山……"

陈乌夏连连眨眼。

吴婷贝住了口。

陈乌夏："哥，我们早点走吧，大伯和伯娘都盼着你回家。"

陈立洲看了看时间："还早。"

陈乌夏转向李深："你为什么和我哥一起来了？"

李深这才说了到学校的第一句话："因缘际会。"

陈乌夏："……"她继续收拾东西。

刘雅在走廊听见有人议论陈乌夏，驻足听了一会儿，再向下看一眼白色跑车。她进去寝室，迎面第一眼就对上了李深的眼睛——冷漠得近乎绝情。她掩饰地轻咳，走到自己的座位。

陈立洲在问："实习的事怎么样了？"

"还在找啊。"陈乌夏回答。

陈立洲点了点头："加油。"

"嗯。"陈乌夏笑了下，"我又投了几家简历，可能国庆后就有回音了。"

陈立洲叹了一声气："再不努力的话，你就只能什么也不干，享受李深的金山银山了。"

李深和陈立洲穿的是名牌，但陈乌夏一直勤工俭学，刘雅猜疑这俩是哪里冒出来的土豪亲友。

李深抬头看了刘雅。刘雅被逮了个正着，连忙回头，装作自己在看书。

李深说："对了，我不太喜欢开车。跑车要不送你吧？"

陈乌夏立即给他打眼色——适可而止，别太浮夸了。

李深却没有接收到，在吴婷贝问跑车要不要百万时，他说道："不止。"

刘雅的脸绷得紧紧的，鼻子都歪了。

"走吧，回家了。"陈乌夏赶着两人，赶赶赶，跟赶羊似的，把他俩赶出去了。

刘雅开口说："演得跟玛丽苏偶像剧一样，租的跑车吧？"

吴婷贝："没听过租得起限量跑车的。"

陈立洲耳尖，听见这话又回来，笑脸迷人："我敢当着你的面把楼下的跑车给砸了，你猜是不是租的？"

刘雅噎住了。

陈乌夏拉走陈立洲，低声说道："哥，万一刘雅真的要你砸车呢。"

"砸就砸了呀，又不是我的。"陈立洲满不在乎。

陈乌夏问："租来的吗？"

李深漫不经心地回答："李明澜的一个同学的车，砸了就砸了吧。"

陈乌夏无语。

"对付嫉妒丑陋的人，当然是要让她嫉妒到死了。跑车里的两个美男都为你俯首称臣，小人牙痒痒的，又无可奈何。"陈立洲整了整衣服，"乌夏，怎么样？哥今天很酷炫吧？"

陈乌夏一脸木然，丢脸丢到太平洋了。

尤其是李深的耳钉在阳光下闪耀，闪瞎了她的眼。

陈乌夏终究没有坐李明澜同学的车，和陈立洲自己拦了出租车回家。

上了车，陈立洲过河拆桥了，说："楼下那男的，有事没事别见面了。"但他不可能禁止妹妹出门，又问，"国庆有没有除了他之外的人约你见面？"

"有啊。"陈乌夏很诚实地点头："和我一起打工的暑期工，他很早以前就约我了。"

陈立洲眯起眼："就是那个送情侣盒蛋糕，绑蝴蝶结的？"

"他叫郑良骥。哥，他和我联系不多，就是普通来往吧。"

"该不会，你身边殷勤的只有楼下那男的？"

她沉默了。李深的殷勤是因为内疚。

陈立洲冷笑一下："这狗腿子。"

"哥，你和李深和好了吗？"

"我和他从来没好过。"陈立洲说，"乌夏，多吊吊李深，玩玩猫捉老鼠的游戏。"

说得仿佛她能主宰李深似的，她和他又不是那一层关系。

"哥，要是病好了，过去的一切就扯平了吧。"

陈立洲正儿八经地点头说："一定会好的。"

"嗯。"陈乌夏看着车窗外呼啸而过的跑车，李深要是跟女朋友去兜风是挺酷炫的……

李深约了杨东培见面。

杨东培以为李深又要去西餐厅。然而，李深自陈乌夏离职以后就不去那里了，杨东培终于回到了曾经钟爱的药膳馆。

他有一个多月没见李深，这时见到人，直接目瞪口呆："你干吗了？"他瞪着李深的耳钉。

"烫到了，留了道伤，干脆穿了个洞。"

"简直气质一百八十度蜕变。"杨东培觉得李深的眼睛长得极美。但他清冷的个性克制了其中的勾人，然而添上闪光的钻石耳钉这一不羁的元素，李深的眼睛就藏不住了。

游戏的进度中止了，因为动画那边的项目忙不过来，暂时退出了团队。

杨东培说道："卡了一个多月了。对了，我想去请一请蒋湄哥哥。”

“嗯。”

“正好国庆嘛，去不去玩玩？如果你担心蒋湄，就把自己女朋友带上。”

“我没时间，而且我分手了。”那个爹毛狮子已经退出了聊天置顶。

“……”杨东培的下巴惊掉了，“我都没见过你女朋友，这就分了？”

“嗯，分了。”

杨东培觉得李深有种洒脱，问：“冒昧问一句，谁提的？”

“她。”

“难怪你气质都不一样了。”杨东培停顿一下，“那不是更要出去走走，散散心。”

“没时间，要追回来。”

刚才的洒脱一下子变了调子。杨东培说：“想不到你真长情。”

李深觉得自己很冷血，甚至一个月以前，他以为自己会和爹毛狮子当永远的情侣。不是回到这里，他无法承认自己有长情的基因。

晚上，他在微信问：“明天有什么计划？”

乌小夏：“在家吧，陪陪我哥。”

接着，郑良骥的邀约就来了：“夏姐姐，你回家了吗？”

“回来了。”

“明天要不一起吃个午饭？暑假的约定现在才履行，我都不好意思了。”郑良骥的笑声很爽朗。

陈乌夏被他感染，笑说：“好啊。”

电话才挂了。

Li：“阳台见一见？”

乌小夏：“我刚刚约了朋友明天吃午饭。”

Li：“哪个朋友？”

乌小夏：“打工的同期工。”

她想，这范围给得很广吧。

Li：“姓郑的。”

陈乌夏纳闷：为什么堂哥和李深猜人都特别准？

Li：“明天中午你早点出门，我把医生的药给你。便利店见。”

为什么不送上陈家来？陈乌夏打了几个字，又删掉了。

第二天中午，她去到便利店时，李深已经在那儿坐着了。

高二那年，见他在里面，她跑过去敲了敲玻璃。那时避雨狼狈，现在的她穿起了典雅的连衣裙，头发换上一个小百合的发夹。

李深抬起头，示意她进去。

他对她从来没有表现过惊艳，女生的发饰在他眼里恐怕只是一个模样。

两人并排坐在一起，李深给她递了瓶酸奶：“助消化。”

她接过，轻轻吸一口。

李深问：“你哥在家？”

“是啊，他说国庆在家工作。伯娘可高兴了，暑假我哥三天两头见不到人。”

“哦。”

陈乌夏看到外面的一个人，她记得那是李深的姑姑，长得很年轻。

李明澜透过玻璃看了看两人，推门进来以后一点都不把自己当外人，热络地说：“正好啊，今天我煮饭，你俩上来尝尝吧。”

“谢谢。”陈乌夏说，“我约了人。”

李明澜："男的女的？"

陈乌夏："男的。"

"长得漂亮的女孩就是抢手。"李明澜指尖串起车钥匙，"在哪儿吃饭啊？我开车送你过去？"

"谢谢，我坐地铁就可以。"

长辈来了，原来安静的气氛被破坏。陈乌夏说："我先走了。"

李明澜看着她的背影，搭上李深的肩，问道："你和她什么情况？"

他低头吃鱼蛋："我欠了她，要还债。"

"以身相许？"

"人家不见得要。"

"胡扯。"李明澜揪起李深的手臂肌肉，再拍了他腹部一下，"这腹肌，谁能不爱？"

李深冷冷地拿开她的手："姑姑，请自重。"

"走，回公寓。中午你先尝尝我的几道菜，提提意见，哪里需要改进。"

"不了，你需要改进的地方太多。"

"你小子越来越放肆了。"李明澜想拉他走。

李深不理，径自出了便利店。

"对我摆这么一张臭脸，不孝子。"李明澜跟上去，"生旧叉烧好过生仔。"

"你再说我就走了。"

"行行行，你翅膀硬了，飞吧。"

他掉头走了，头也不回。

李明澜嘀咕："父子俩一个德行。"

阳光停在李深的耳钉，亮起的光芒映入李明澜的眼睛。

关于这个耳钉，李旭彬曾经火冒三丈。男性戴耳钉是李家的大忌，李深的成长和叛逆沾不上边，一切都在二十岁突变，李旭彬为此摇头叹息。

后来，于骊发现，李深的左耳受了伤，耳钉正好可以掩盖他的伤痕。于骊询问他如何伤到了，他也不回答。

李旭彬的冷静，放在李深的脸上，规规矩矩，但李明澜觉得缺了一点什么。见到了耳钉，她知道了，李深骨子里有我行我素，而这是她的标签。

李明澜朝李深追了过去，一把揽住他的肩："你又去哪儿？"

李深停下了，回眼看她。

李明澜伸出食指，挑了挑耳钉，说："自从你暑假去了一趟不知什么地方，回来就神龙见首不见尾。好不容易到了十一长假，听说你明天还是后天又要出去。"

医生休假两天，李深暂定三号和陈乌夏坐高铁过去。他说："去看病。"

李明澜蹙眉："你把大哥在医疗系统的朋友找了个遍，问耳科的事，不会是打耳钉打出什么毛病了吧？"

李深沉默了。

李明澜灵光一闪，又问："还是，楼上陈家姑娘生病了？"

李深向地铁站方向看了一眼："我和她的事，你少掺和。"李明澜见到他和陈乌夏在便利店，也不知道回避一下，反而直接冲过来，把人给吓跑了。

"晚上是重要的一餐，我要大展拳脚。"李明澜搂住李深不肯放，"中午一定要让你品尝我的满汉全席。"

"我不愿意。"李深挣了挣，"李明澜，放手。"

“闭嘴，不孝子。”她硬是把他拉走了。

一个多月不见，郑良骥看着陈乌夏的脸，若有所思。从前阵子玩游戏以后，他觉得自己经常见到她的脸。

陈乌夏抬头看郑良骥，有他在的地方从来不会冷场，他这么欲言又止还是第一次。她问：“怎么了？”

郑良骥再向上看着她的发饰，说：“夏姐姐，你还记不记得，我们那天去网球场，一个师兄说你看着很面熟。”

“可能他来我们餐厅吃过饭吧。”这是陈乌夏自己的理解。

“我本来觉得是巧合。但两个星期前，我们几个游戏玩家的聚会，给我解开了谜底。”郑良骥郑重其事，“夏姐姐，这不是巧合，我现在也觉得你很面熟。”

陈乌夏舀了一勺冬阴功汤，喝一口，舌头被辣到了：“为什么这么说？”

“上了大一，我在师兄的推荐下，玩了一个游戏。”

“这些我不太懂。”

“一个 RPG。开始我听说，游戏里所有的任务故事都是一个人写的，我直觉以为是简单小游戏。玩过了才知道，系统生态非常庞大。大多数玩家集中在主线剧情，或者大任务，因为经验多，升级快嘛。我本来也是，后来我见到这个策划人，不敢相信这是他一个人策划的。抱着这个怀疑，我开始探索全部地图，把旁枝细节的支线任务做了一遍。一个偶然的机会，我在一个小岛见到了一个少女。”

游戏之类，陈乌夏半知不解：“嗯？”

“岛的东边住了一个力大无穷的少女，只要玩家去向她求助，她就很乐于助人。”郑良骥语速不快，甚至有些慢，“这个少女在游戏里是一个漏洞的存在。按理说，这是偷懒玩家的捷径，但是岛上人烟稀少。后来我才知道，凡是经由她完成的任务，系统会以递增的几率扣减玩家的经验值，有些玩家还被连降三级。所以，就算她无所不知，无所不能，玩家也不会去打扰了。”

陈乌夏问：“这是系统出了问题吗？”

“很多玩家反馈过这个漏洞，但一直没有更新。”郑良骥看着她，“我觉得，这是游戏策划人故意安排的。”

陈乌夏隐隐想起了什么。

郑良骥又说：“有传，游戏里的天地，是少女丢铅球砸出的坑。”

陈乌夏愣住了：“丢铅球？”

“夏姐姐。”郑良骥把游戏截图调出来，“你看看这个少女，长得是不是和你有几分相似？”

聚会上见到李深，郑良骥比不过他，多少有些不服气。直到游戏里见到这个孤岛少女，郑良骥明白了，自己那点小心思比不上李深。他对陈乌夏只是好感，谈不上深层的东西，但李深不一样。

陈乌夏看着画面里的少女，黑黑的齐刘海，扎着微卷的马尾，头上的发饰是一个小黑球——这不正是她高三时的样子。

“夏姐姐，你高中有喜欢的男同学吗？”

陈乌夏没说话。

“哪怕口不能言，耳不能听，情意也在眼睛里。网球场里，我打电话给你的时候，你身边的人是他吧。”其实，郑良骥当时就猜到的，那时不服输，在公交车上呛了李深好几次。

“我和他是偶然遇到了。”顿了顿，陈乌夏问，“这游戏是不是销量很大？”

郑良骥点头：“上线首周就冲到了下载量前三。但是很多玩家不接杂七杂八的小任务，不然，夏姐姐你就是名人了。”

“幸好没有。”她再也经不起跑车那般酷炫的场面了。

这游戏是什么意思呢？李深从来没有说过。他在她面前重复的话是他没有女朋友。她相信了他没有，然后呢？没有下文了。

吃完饭，郑良骥和陈乌夏走了一段路，挥手告别：“夏姐姐，以后常出来玩。”

“郑良骥。”陈乌夏忽然喊住他，“你能教我玩那个游戏吗？”

“好啊，我给你发一个攻略大全。以后有什么不懂得尽管来问我。”

告别了郑良骥，陈乌夏撑着小伞，抚了下马尾辫。每次她换发饰，李深也不看几眼。

李深的公寓离这里不远，路口的汉堡店就是上次午夜送外卖的那间。她认了路，东张西望的辨别，记得公寓是往左转。

刚抬起伞，就见到前方一个扶墙的身影。李深弯腰曲背，微微低了下去。她先是慢走，却见他越弯越低，整个人像是要蜷缩起来，她直接跑上前：“李深。”

瞬间，他直了直身子。他没有回头，只看着旁边的广告灯箱。

她问：“你怎么了？”

“没事。”李深半靠在柱子，一脸冷峻。

她看出了他的不对劲：“你哪里不舒服？”

“没事。”他轻飘飘地问，“你和姓郑的吃完饭了？”

“是啊，在前面的商场。泰国菜，还不错。”

“哦。”李深的额上沁出细密的汗珠，像是一支即将燃尽的蜡烛。

陈乌夏关心地说：“我送你去医院吧。”

李深酷酷地双手插兜：“去医院做什么？”

“你看着快不行了。”

“你才不行。”他抖了抖唇，稍微低下腰，“你吃完饭早点回家休息吧。”

她扶住了他：“你是不是肚子疼？”

绞痛来袭，李深放弃了耍酷，猛地拽紧她的手臂，手上青筋都出来了。

陈乌夏慌了，反握住他的手：“我送你去医院。”

“我买了药……回去休息。”他把身体大部分重量靠向她。她发间的清香，驱散了炎热的天气，但是他的身子更热了。

他倾身，额头和她的额头碰了下，问：“我是不是发烧了？”

陈乌夏一手贴在他的额头：“嗯，你看着很严重。”

“没事。”李深轻轻在她右耳说，“我只是吃坏东西了……我买的药可以解李明澜下的毒。”杀千刀的李明澜。

陈乌夏没有听清，把他的手横过自己的肩：“我送你回家。”

果然是乐于助人和力大无穷的少女。

李深长长的睫毛投下一小片阴影。

陈乌夏从没见过这样脆弱又无辜的他。她给他擦了擦汗，他微皱的眉心松开，又是一张平静无波的脸。探了探他的额头，还是有些烫。她把被子往上盖，他一手拂开，她再盖回去，他一脚踢了。动作任性，露在被子外的半张脸白得吓人。

陈乌夏润湿凉毛巾，垫在他的额头。高三时喜欢过一个男孩，见过他，其他来告白的人就成了尘埃。她伸手戳戳他的脸：“原来你也有生病的时候。”

似乎吵醒了他，他说：“你好吵。”

“好，不吵你。休息吧。”陈乌夏起身去换毛巾。

回来看见他又把被子踢开了，只余一个被角盖住了他的脚。他刚才是平躺的，现在侧了身，额上的毛巾也掉了。上衣蹭了上去，露出腰部一段线条，除了腹肌，还有分明的人鱼线。

陈乌夏扶他平躺，再给他垫上毛巾，然后把他的衣服拉下去，给他盖被子。她目不斜视，俨然是正人君子。

李深睡了以后，她拉上窗帘。半昏的房间，她听不见他平稳的呼吸。他一旦放轻，便是低频，就像在她面前消失了一样。

这时，微信响了一声。

陈乌夏吓得看李深一眼，连忙调成了静音。

郑良骥发了一个图："夏姐姐，我认识游戏的建模师。游戏中的漏洞少女，很早就有了定稿，我刚问建模师要图，他说这是策划人画的。"

陈乌夏放大了画稿。这个校服少女，和她有九分相像，跟游戏截图不一样的是，画稿上的头饰是亮晶晶的满天星。

她这时才听语音。

郑良骥："关于发饰，建模师说策划人给他提醒过，游戏里只用普通小球就行。至于原因就不知道了。"他没说明策划是谁，但二人心知肚明。

陈乌夏低头，轻轻地扯了扯自己的小百合发夹。凡是和李深见面，她都会悄悄在发饰上花心思。

原来他知道，他都知道。

被子盖了个严实，李深闷出一身汗。他猛然掀开被子，半坐起身。

陈乌夏歪斜地靠在扶手上，似乎也睡着了。霓虹灯光把窗帘描上粗细不一的边框，窗缝的月光将他和她划开两个世界，她那里璀璨无边。

空调温度太低了，李深拎起薄毯，想给她披上。他动作很轻很轻，明明应该是她听不见的声响，她却突然醒了。

陈乌夏睁开第一眼，见到的是洒在地面的白月光——已经是晚上了。再一抬头，床边人罩着黑黑的轮廓，眉目不清。

她问："你醒了，怎么样了？"

李深转身放下薄毯："没大碍了。"

"有没有哪里不舒服？"

他捂了一下肚子："根据上一次的经验，要到明天早上才能恢复。"

"你吃了什么不干净的东西吧？还是过敏？"

李深打开了壁灯，暖黄罩上他的脸，终于面色不那么苍白了。

"吃了垃圾食品。"

陈乌夏想起来，问："这里是你姑姑的房子吧？她一会儿回这里吗？"

"不，她走了，去祸害下一个人了。"李深又躺回床上，"今晚我不能吃东西，你想吃什么？我陪你去。"

"清淡的吧，中午的冬阴功汤太辣了。"

李深不冷不热地说："姓郑的请吃饭，居然不问问你的口味。"

"他请客，就随他吧。"

"哦。"

"嗯。"

又回到了熟悉的冷场。

陈乌夏别了别头发，摸到自己的发饰，然后抬头看李深。他没有接收到她的眼神，坐在床边，径自想着什么。

她的右脚忽然踮了两下。

李深看了过来，问：“你想吃什么？”

“清淡的吧。”似乎前一刻已经经过了一模一样的对话。

谢天谢地，李深接话了：“想不想饮茶？”

“好啊。”但是见他还是一脸虚弱，“要不叫外卖吧，你今天好好休息。”

“嗯。”李明澜的厨艺祸害无穷，他的确不该冒险。

陈乌夏回过神来了，她应该自己出去吃，为他腾出休息空间。可是万一，万一李深要说点什么呢。不是说，人在脆弱的时候会忍不住表露什么，他再也没有像这一刻这么脆弱的时候了。

李深没说什么，除了点外卖时问她菜色。

她看了他好几眼，他察觉到了：“怎么？”

“没什么。”她开始胡思乱想。郑良骥只是说了个游戏角色而已。李深上次在西餐厅画画，就是套了服务生的制服上去。或许他因为创意缺乏，就把现实里的人设放进游戏里了吧。

陈乌夏有些想走了，可是已经点了外卖，又不好离开。

李深不知道陈乌夏在想什么，但他看出了她在着急：“晚上有事？”

“啊。”陈乌夏尽量放缓情绪，“可能饿了吧。”

他出去再回来，说：“伸手。”

陈乌夏伸出了手。

他往她的掌心里放了一颗糖：“先补充糖分吧。”

她剥开了糖纸：“李深。”

“嗯？”

“医生的药呢？”

“一会儿给你。医生说先吃三天药，然后我们过去配合针灸。”

“我要是痊愈了。”她低下了头，“我们就扯平了。”

“不，还是我欠了你。过去三年，我不在你的身边。”他明白了她以前悲愤的眼神。可是他道歉以后，她已经归于平静了。

“你欠着我，以后呢？”

“就欠你一辈子啊。”

“我的病可能不需要治一辈子吧？”

“陪伴是一辈子的。”他坐在床边，很散漫，一点也不正式。

陈乌夏咳了两下，这就是他脆弱时的真心话吧，她伸手拉了下发饰。李深看着她的小百合发夹，这可能是为了他，而非郑良骥。

“陈乌夏。”

“嗯？”她竖起了耳朵。

李深的手机响了起来。

是来自商家的电话：“不好意思啊，没有牛百叶了，要不换成牛肉丸呢？”

“嗯。”

然而，两人终究没有一起吃晚饭。在商店电话过后，陈乌夏也接了电话。她被陈立洲一嗓子给吼回家了。

临走前，她看了看李深。

他站在门边，看着她背上了包包。

“李深，我走了啊。”她想，如果没有商家那通电话，他是不是会说些什么深藏的话？

“嗯，改天再约。”走了也好，否则他忍不住想做点什么。

今天的她笑起来，不再灿烂，她回到了高三时含苞待放的神情。这样像是克制，又像是窃喜的笑，才是陈乌夏的真心。

李深一觉到了第二天。

昨天的梦和往常不一样，有克制，也有惊喜。画面是什么，他已记不清，只知道和陈乌夏有关。

一大早，李明澜就来了电话：“那谁不行了。昨天上吐下泻，可能要预订墓地了。”她说话很慢，仿佛没有情绪，陈述一件事而已。

“哦。”李深事不关己，躺在床上懒得起来。

“我的车昨天半路抛锚了，那谁的车还在你那儿吧，你快过来把车还给他，撇清关系，免得别人污蔑我谋杀他。”

李深睁开了眼：“真这么严重？”

“好像是，一晚上没醒。”李明澜低低地说，“我好心好意给他做一顿饭来着。”

一对不胜其烦的中年人正在S市。有陈立洲的命令，陈乌夏今天不出来了。李深闲着也是闲着，开了车过去S市。

孟泽过来海边别墅度假，结果头一个晚上，他就差点口吐白沫。休息到第二天，他还是病恹恹地躺在床上。李明澜坐在他身边一整夜，直到现在都没有合眼。

儿子一来，她就拉起儿子走。

“深仔。”她边走边说，“昨晚我以为他不行了。你既然来了，就去见见他吧，也不知道是不是最后一面了。”

李深问：“他吃了药没有？”

“昨晚吃过了。医生说，如果病情无法缓解，就要上医院了。”李明澜本来昨天就想送去医院的，可是那谁倔强得很。

李深掏出了一个药盒：“用这个吧，我吃了很有效。”

李明澜讶然：“为什么你也要吃？”

李深看她一眼：“难道你以为，他丢了半条命是他自己吞药片自杀的吗？”

“我的菜威力这么大？”李明澜简直难以置信。

“赶紧给他吃药吧，不然人死了，警察验尸就会发现罪魁祸首是你。你们活在世上纠缠不休，阴阳相隔也恩怨难断。”

“你太绝情了。”李明澜展开药片的说明书，进了房。

孟泽不知是睡着了，还是痛得晕了过去，双眼紧闭，面无血色。一件雪白的薄衬衫，被冷汗润湿了大半。

李明澜很久没有见过这样楚楚可怜的孟泽了，他总是倨傲的。她到了床边：“吃药了，吃了就死不了了。”

孟泽意识模糊，听见“死”的字眼，他猛地攥紧了拳头。

李明澜扶起他，拿起水杯给他送服了药片，又扶着他躺下。她用毛巾给他擦汗：“深仔说，这药很灵的。”

孟泽的嘴皮子动了动，喃喃说了句什么，然后才松开自己的拳头。

李明澜低头去听，什么也没有听见。她又看药盒上的说明，走出了房间，问：“这药多久会见效？”

李深双手插兜，背靠墙边：“我的话，半个小时到一个小时之间。他比我严重，可能缓过来的时间也比较长。”

“知道了。”李明澜一手撑在楼梯栏杆，回头说，“我严格按着 APP 上的步骤，放多少克盐，多少油。谁知又闹成这样。”

李深：“你不是故意的，天赋问题。”

李明澜：“回家再跟嫂子讨教几招。”

李深：“不了吧……”

两人才说完，孟泽的家庭医生来了，问：“孟先生现在情况如何？”

李明澜把药给了医生，说：“这是经过实验证明的有效药方，刚刚给他喂下。你再上去看看吧。”

医生连忙上去了。

李明澜看一眼窗外的碧海青天：“走吧，陪我到海滩走走。”

李深静静跟着。

她捶捶肩，下楼说：“昨晚吓死我了，我也一夜没睡。”

“哦。”李深不是一个好的陪聊。李明澜一个人说话，他偶尔回一个字。

出了门，李明澜退回来，揪起他的脸：“你是不是有什么语言障碍？说多几个字能要你的命是不是？”

李深：“哦。”

李明澜叹息：“我当初就该听那谁的话，把你给打掉。每次我看到别人家的孩子和妈妈多么亲密，我心里就难受啊。”

李深径自往前走。

李明澜追了上去，才说起别人家儿子的话题，就见到邻居家的两个小男孩儿蹲在门前玩沙子。

两个男孩生得俊俏，一个眉目逼人，另一个柔和些。一大一小，小的比大的有肉，白色小衬衫，鼓起了圆滚滚的小肚子。他跳起来拍沙子，没站稳，往后跌了一下。

李明澜赶紧上前。

没等她扶起，小男孩自己爬了起来。大男孩走过来，看了看她，伸手牵起了小男孩。

李明澜忽然想起了李深的儿时，她笑起来：“两个小朋友，你们好啊。”

两男孩：“阿姨好。”

李明澜：“几岁了？”

大男孩说：“我六岁了。”

小男孩说：“我是弟弟，我四岁。”他伸出了肉嘟嘟的四只手指。

树荫下有一男一女。

大男孩指着那边说："那是我的爸爸妈妈。"

"好乖呀。"李明澜喜欢乖巧的孩子，可惜的是，"深仔，你从小就不可爱。"

"回去吧，太晒了。"不可爱的李深走了。

李明澜踩着他的脚印往回走："那谁的基因太强大了，儿子的怪癖都遗传自他。"连对她的厨艺过敏也是。

孟泽醒来了。

四周空荡荡的，一个人也没有。他仿佛回到了混沌胡乱的日子，分不清白天黑夜，因为无论什么时候，都剩他一个人。

可这里本该有个人的。他喊："李明澜，李明澜，李明澜。"

李明澜正在阳台闭目养神："你想吓死人啊。"

孟泽鞋子也不穿，赤脚走了出来："我没死。"

"祸害遗千年吧。"

孟泽笑了："李明澜，比比我们谁命长。"

她没有回答，懒洋洋地在躺椅上晃悠。

孟泽的精神恢复了，吃完了清粥，他下了楼，准备到庭院泡茶。石桌边已经有一个人在。

孟泽端起茶杯问："你怎么也来了？"

李深面朝大海："李明澜怕一个人收不了尸，叫我来帮忙。"

孟泽手里的动作一顿，抬起眼："可惜呀，你白来一趟了。"他靠着椅子，学着李明澜的样子，慢慢地晃荡，"我们一家三口，这是第一次同时在一个屋檐下。"

这时，边上有人走过。

小孩稚嫩的声音响起："爸爸，我坐累了，想坐在你的肩上。"

另一个男孩也在说："爸爸，我也要。"

“一人一边。”一个男人说，“程大在左，程二在右。”

之后是两个小孩响亮的笑声。

听在孟泽耳中，这是扰民的温馨。他推开了院门，转眼见到走过的男人，喊着：“程老板，你也过来度假啊。”

男人回过头来，颠倒众生的脸上勾了抹轻笑：“孟先生好。”

一家四口的场景碍了孟泽的眼，孟泽想和李深说些什么，又不知能说什么。他的手指在茶壶的盖子上敲两下，问：“对了，你是不是最近在找医生？”

李深转眼向他。

孟泽跷起腿：“刚刚走过的那个人，是一个酒吧的老板，多年前从鬼门关回来的。救他的医生也是治疑难杂症的好手。”

“医生叫什么？住哪里？”

孟泽推了一个杯子过去：“要打听的话，先陪我喝杯茶。”

“哦。”

两人沉默着喝茶。

海风吹过来，飘来了远方的味道。

第十章

这天，陈乌夏在家充当打字员。

陈立洲写文案写得眼花，他双手枕头，慢慢地说："系统针对禽舍群构建二层网络结构，上层网络为养殖场局域网，连接禽舍视频服务器和监控中心计算机，提供数据传输和共享，下层网络为数据采集和控制网络……"

他是悦耳的男中音。陈乌夏忽然觉得上天是故意的，她失去了李深的低频音。

两兄妹从早上忙到了中午。

陈乌夏打完字，由陈立洲来校对稿子。他问："楼下那男的今天没有找你吧？"

"他又不是天天围绕我转。"早上，李深发了消息说他去S市，顺便给陈乌夏拍了海景。她想，有事没事给对方汇报行踪的表现是不是某种暗示。

陈立洲抬头："楼下那男的说，十一你还要去做一个疗程？"

"嗯，明天过去，坐高铁四个小时就到了。"

陈立洲看完稿子，在微信群和朋友分配了工作，说："我陪你过去。”

“哥，你走得开吗？”陈乌夏打完了整篇稿子，了解了那是什么项目，她心疼地说，“要不，你多休息吧。”

“今天的事做完了，剩下的一些收尾工作，我的朋友可以应付。”陈立洲圈了稿子上的句子，给朋友发过去，“楼下那男的不安好心，和你单独相处肯定花招百出。”

“其实上次没有发生什么。”

“谁保证下一次规矩不规矩。”

陈乌夏想到的是，自从听郑良骥说了那些话，她常常分析李深的言行举止。他讲一句、看一眼，她就揣摩是不是他对她怎样怎样。要是两人独处，恐怕她更加自作多情了。

于是她告诉李深，乌小夏：“明天我哥陪我去治病，你在假期好好休息吧。”

李深和孟泽喝完了茶，孟泽就去要了医生的地址。两人都不介意把亲情当交易。

孟泽说：“还有什么想要的，跟我讲讲。”

“这个医生的电话。”

孟泽摇头：“程老板也没有医生的电话。”

“哦。”李深看着海的那边，低头打字。

Li：“你哥订酒店了吗？”

乌小夏：“我问问。”

不问李深也知道答案。国庆假期的酒店早被订满，陈立洲棋差一着。

果然，陈乌夏回复：“还没有。”

Li：“游戏那边遇到点麻烦，我走不开，订的客房转给你们。”

乌小夏："游戏里有很大的麻烦吗？"

Li："能解决的。"

乌小夏："好。"

马琳发现，儿子身边亲近的女生竟然只有侄女。儿子大学四年过来了，连个女朋友的影子都见不着，马琳早就忧心忡忡了。

午饭时间，陈立洲说要和陈乌夏出去几天。

马琳愣了下："这么突然？"

陈立洲："工作完成了，出去散散心。"

马琳看了陈乌夏一眼，和儿子说："你昨天不是说工作很忙很忙吗？忙到和妈坐下来谈心的时间都没有，过了一天就忙完啦？还有五天的假期去旅游，昨晚是糊弄我吧。"

"计划赶不上变化。"陈立洲解释说，"我昨天晚上灵感爆发，事半功倍，把工作给完成了，出行是临时安排。"否则，早订酒店了。

"跟旅行团吗？"马琳装作不经意说起，"我跟你爸多少年没出去玩了，国庆我们有假，要不就一起去？"

陈常平皱起眉头："立洲的计划太突然了，我的时间安排不过来。"

马琳在桌底下踢了陈常平一脚，然后端正身姿："晚一天去也行，四天游很豪华了。"

陈立洲坦白说："爸、妈，我这趟是带乌夏过去看病。"

陈常平点点头："好，身体重要。"

马琳重新拿起筷子，夹了两块肉到儿子的碗中："立洲，乌夏长大成人了，不是事事都要你陪着。"

陈立洲也给马琳夹肉："她过去人生地不熟，当地又没有同学朋友，我跟着放心点。"

陈乌夏低下了头："哥，我自己可以去。你工作那么忙，还是算了吧。"

陈常平却说："让立洲跟着去，社会经验还是他丰富。他是哥哥，哥哥照顾妹妹应该的。"

马琳这下讲不出话，埋头吃饭了。过了一会儿，她问："立洲，你现在读研了，有没有交往女朋友啊？"

陈立洲："没有，我忙得很，除了上课还要工作，我在创业。"

马琳："不能爱情和事业两手抓吗？"

陈立洲伸出食指摇了摇："交女朋友特别花钱。"

陈常平："男人事业要紧。"

吃完饭，陈乌夏进去厨房洗碗。

马琳忍不住拉了儿子进房间："立洲，你明天真要和乌夏一起去？"

"乌夏只比我小一岁，但她为人处世很单纯，一个人出去五天，我不大放心。"

马琳犹豫了一下："妈不是不照顾乌夏，但你们俩已经长大了，有些东西还是要顾忌的。"

陈立洲失笑："你在胡思乱想什么？"

"你别以为妈不知道，你经常给她买衣服啊，买鞋子。"

"我也经常给你买衣服，买鞋子，买包包。"陈立洲对答如流，"妈，我和乌夏从小就要好，在爷爷奶奶家，我们还挤在同一条裤子里呢。"

"那是小时候。"

"我十岁那年，走路脚滑，掉进了池塘。如果不是乌夏救我上来，我命早没了，哪有什么高考状元。"陈立洲拍拍马琳的手，"乌夏长得瘦，你知道吧。她那时才九岁，过来救我，还被我一把拽下去了。幸好她力气大，才能拖我上去。我当时腿被水草缠了，走都不能走，她背着我一步一步回到爷爷家。救命之恩，当涌泉相报。”

陈立洲那时问她：“我重不重？”

她说：“重，比全世界的重量还要重。”

陈立洲告诉马琳：“乌夏是我最亲爱的妹妹。”

陈乌夏和陈立洲出发的那天，李深也坐上了大巴，他的目的地是永吉镇。

虽然之前的针灸对陈乌夏有些效果，但李深不会放弃任何一个传说中的医生。

大巴到了县城，再坐一个小时的公交车就是永吉镇了。李深刚下车，收到了陈乌夏高铁到站的消息。

乌小夏：“你慢慢忙正事吧，我和我哥去酒店了。”

Li：“嗯，还是上次的酒店。不过，这次订了两间房。”

孟泽给的地址在地图上找不到，大概是当地人的别称。李深找了一个小时，终于到了郑医生的家。面前的楼已经破败了，而且大门紧闭，从锁上的灰尘，可见这里关了很长一段时间了。

镇子小，一个生面孔格外醒目。隔壁杂货店的老板娘探头看了看李深。

他走过去问：“阿姨，请问那里是郑医生的家吗？”

“是啊。”老板娘点点头，“听说他去儿子家帮忙带孩子去了。”

李深又问：“什么时候会回来？”

“过年的时候会回来吧。”老板娘打量着他，“找他有什么事啊？”

“我听说郑医生医术高明，过来求医的。”

“郑医生很久不看病了。他退休了，享清福去了。”

“阿姨，你有他的联系方式吗？”

“没有。”老板娘说，“但是他有一个半路捡来的徒弟，接手了他在县城的诊所。”

“阿姨，他徒弟的诊所在哪里？”

老板娘从抽屉里拿出一本笔记，翻了几页，指着上面一个地址说：“这个，他留下的，我也没去见过。”

“谢谢。”李深买了一瓶水，几包零食，给了一百元，“阿姨，不用找了。谢谢你。”

老板娘看着他的背影说：“大城市的男孩这么阔气哟。”

郑医生徒弟的诊所在县城。

坐了一个小时的公交车，李深回到县城。

幸好老板娘给的地址是正规路名，导航十来分钟就到了。

郑医生徒弟的诊所看着是一间空荡荡的铺面。门上没有招牌，里面也不见商品，只坐了几个喝茶的老人，正在高谈阔论。

一个老人发现了李深，问：“什么事？”

他走了进去：“你好，请问这里是郑医生的诊所吗？”

两个老人互望一眼，刚才说话的老人说：“这里不是诊所。”

“不是，不是。”另一个附和。

说完他们继续聊天，不理李深了。

李深径自坐在门口的长沙发。

过了一会儿，里面走出来又一个老人，头发半白，见到李深，他抬了抬眼镜：“你是谁？”

李深把求医又说了一遍。

老人挥手：“搞错了，这里不是诊所。”

然而，外面停下一辆电动车，车主抱着孩子急匆匆进来，喊：“郑医生，我孩子摔着了，你在这里太好了。”

老人们沉默片刻，郑医生咳了一嗓子，立即给孩子开了外用药。忙完了，他问：“你是谁介绍过来的？”

李深：“程老板，程意。”

“程意？好响亮的名字啊。”

一个老人说：“是去大城市当老板的程家小儿子吧？”

另一人附和：“周红红的老公。”

李深礼貌地说：“程老板说郑医生医术高超。”

郑医生笑了：“程意还会夸人啊？救他那是十四五年前了。你是什么事？”

“我身体不大舒服。耳朵被烫到了，不大舒服。”李深给陈乌夏介绍医生之前，都要自己先去拜访，试试对方的手法和针感。

郑医生擅长跌打损伤，立即给李深敷了一包药，然后让他回去，看看有没有变化。

或许是因为李深没有大碍，敷完这包药以后，他觉得耳朵更烫了。他捂了捂，转头的时候见到岔口的另一条路上，有个鬼鬼祟祟的男人正在攀爬一道色彩斑斓的围墙。

对方翻跃过去，上衣扬起，有什么东西晃了一下李深的眼睛。

郑医生退休以后，没有停止医病。直到某一天来了两个人，说接到举报，郑医生属非法行医，罚款两万块。自那以后，郑医生不给陌生人治病了，声称已经隐退，而且搬到了郊外。

郊外的路比旧城区宽，行人却很稀少。这个时刻，经过的人只有李深。

李深走到围墙边，听见里面传来了儿童的朗诵声。

李深对那个男人有了些猜测，他打电话报了警。然后他利落地翻了墙，落下的位置在园区西北角。

敷药过后的反应这时更加猛烈，李深头晕的同时，下课铃声响起了。

这是当地的一所儿童福利院。

男人提前踩过点，知道福利院的老师会在假日休假外出。他翻墙进来躲在东边教室的树下，掀开遮盖在眼睛上的长刘海，露出一只浑浊的眼睛。

他窥伺着教室的方向，铃声响起时，他把手放在了腰间的匕首上，紧盯教室门口，见到一个笑着跑出来的小男孩往沙堆那边过去，他也起身以很诡异的姿势跟了上去。

小男孩看见了他，但不知道他是谁就没在意，欢快地跑去了沙堆：“哇，哈哈哈。”

小男孩的笑容映在男人眼里，反而是刺激。男人过去一把拎起了小男孩。

小男孩挣扎起来，缩了头，大哭大喊。

男人学着小男孩的样子，怪声哭泣。只一秒，他说道：“吵死了！”

这时，男人又被另一个穿花裙子的小女孩吸引了注意力。

四周响起了许多的哭喊尖叫，其中夹杂着女老师的声音：“快回教室！快回去！”

小男孩已经吓得晕厥过去。

不远处的女老师对上他的眼睛，立即高声向其他教室的老师喊：“保护孩子，保护好孩子！不要出来！”

男人狠戾的眼睛杀气腾腾，他松开小男孩，想去扯那条晃眼的花裙子。

他正要大跨一步，突然从侧边扬起一堆沙子，劈头盖脸地打在他的脸上，视线受到阻挡，他下意识抬手去揉眼睛，下一刻，便被突然出现的李深擒住了手腕。

南面大门的保安听见了呼救声，匆匆跑过来。头发花白的老保安已经快六十岁了，他见到沙堆上的血迹和昏厥的小男孩，手忙脚乱地把小男孩抱了起来，远离了正在缠斗的两个人。

孬种东西才会为了掩盖骨子里发臭的懦弱，向弱势群体挥刀。制服一个孬种花不了多长时间，李深反扣住男人的手臂用力向后一拧，随即朝男人的腰部猛打一拳，顺势夺了他手里的匕首。

他锁住男人的双腕，将男人压在地面。此刻他头晕得厉害，对周围的人说："快叫救护车。"

男人疯了一样啊啊大叫，不停地挣扎，看着倒地的小男孩时，叫喊又变成了笑声。

女老师从老保安手里接过小男孩，发现小男孩的手臂受了伤，一边哭一边打 120："快来啊，流了好多血。"她想捂住小男孩的伤口，又无从下手。

老保安喘着气，帮李深按住了男人。他气得脸色发白："丧尽天良啊！"

混乱中，还算镇定的是院长，她让其他老师赶紧把孩子们抱回教室。院长过来向李深道谢，她已经没时间纠结他又是从哪里来的。

李深觉得自己撑不住多久，说："有没有绳子？我已经报警了，警察一会儿就来。"

老保安拿来一捆绳子——这正是孩子们玩游戏用的道具。老保安把男人绑了个结实，踢了一脚："怎么会有这种畜生！"

安静了的男人面目狰狞，死鱼般的眼睛紧紧盯着李深。

李深坐到了树下。他想回去问问郑医生敷的究竟是什么药，后劲这么霸道。

警察来到以后，查看了现场，说道："你们跟我回派出所录口供。"

李深站起来："我是报警人。"

花裙子小女孩趴在窗口，向这边喊："谢谢大哥哥！"

李深看过去一眼。

其他孩子不知是真的看懂了形势，还是跟风，一起说："谢谢大哥哥。"

"嗯。"李深跟着警察离开了。

陈乌夏和陈立洲到了医生诊所。

脱离了现代医学，关于疾病的说法大多和阴阳有关。比如耳疾，多数会把病症和肾脏联系，肾虚则鸣。

医生问："这阵子感觉如何？"

陈乌夏说："没有其他变化。"

"坐下吧，先把鞋子脱了。"医生说，"我先在你脚上扎两针，你再看看反应。"

陈乌夏脱了鞋袜，光脚坐着。

"站起来扎针。"医生手上拿着两根七厘米长的细针，先在她脚上穴位扎了第一针，问，"会不会酸？会不会涨？"

"会……"陈乌夏的脚不禁抖了一下。

医生："仔细感觉耳朵的变化。"

另一根针扎进另一只脚，从针灸的部位开始，她觉得两条腿像是麻了。她慌张地看了陈立洲一眼。

陈立洲看着医生又拿长针刺进了妹妹的耳朵，七厘米长，足足陷进去一半。

他安抚她：“别怕，没事。”

“这一针是扎到耳神经。旁边的听宫穴，是扎进骨缝里。”之后，医生拔了针，“这两针是给你补肾气，接下来还是按照上一次的针灸。明天再过来。”

陈立洲每到一个地方，都要去各个有口碑的网红店打卡。两人酷爱甜品，葡式蛋挞、乳酪蛋糕、蔓越莓饼、提拉米苏，一顿可以吃好几个。

“李深真该来这里受受罪。”陈立洲挖了一勺雪糕。

“他已经在补偿了。”

“他财大气粗，花钱对他而言不算惩罚。”

“其实李深很内疚。”陈乌夏感觉自己每次治病时，李深都不好受。不过，后半句她没有跟堂哥讲，生怕自己会错了意。

兄妹俩从东吃到西的时候，陈立洲在微信收到了一个视频，以及一段聊天记录。他看完以后，回到群里又看了一遍。

男人砍杀儿童的新闻最先从当地的聊天群爆了出来。那条路上没有其他行人，不过有一个在阳台录跳绳短视频的女人刚好拍到了有人爬墙潜入儿童福利院的一幕。

女人在群里见到男人闯进福利院的新闻，把视频发了出来。

这是唯一一个事发前的现场视频，一下子吸引了热度，在各个群里流转，又被搬运到了娱博。一传十，十传百，很快就传遍了全网。

网友眼尖地发现，爬墙的那个人早就有黑料。当年是猥亵犯，没想到过了三年，已经发展到令人发指的地步了。

高三的案子已经真相大白，但是辟谣跑断腿也无法令所有人相信事实。更甚者，结合今天的新闻，网友怀疑三年前的案子有内幕。

一时间谣言四起。

陈立洲问：“乌夏，李深有没有告诉你，他国庆去了哪里？”

“说了。”陈乌夏说，“他的游戏项目遇到了麻烦，要忙着解决。”

见堂哥面色不大好，她问：“找他有事吗？”

“没人跟你说点什么？”众人眼里，陈立洲才是和李深关系密切的人。李深有什么动静，校友会第一时间通知他。反倒是陈乌夏，谁也想不起她。

“没有。”陈乌夏疑惑地问，“怎么了？”

陈立洲把群聊记录给她看。

陈乌夏看的心情越来越沉重，面对群聊里的热烈讨论，她忽然回到了高考前焦灼的感觉。此刻大家好像都是李深的身边人，知根知底。

陈乌夏看完了视频和聊天记录，上去娱博找相关报道。

网络是社会某一维度的投影。院长和老师们顾着安抚孩子们，警察负责调查，医院负责救护，他们没有时间上网，自然不会有澄清。

其他视频拍到了救护车和警车，而拍到爬墙者的只有这一个视频。

警方还没有出通报。于是，当地的一个自媒体第一时间认定李深是凶手。网络上的讨论越跑越偏，没有任何证据就把李深从猥亵犯说成了杀人犯。网民从各种角度分析李深的心理，说他被退学以后，阴暗地报复社会。他们分析得头头是道，仿佛目睹了行凶的全过程。

陈乌夏知道，一切又回来了，汹涌而至的舆论压得人喘不过气。但是，有什么和从前不一样了。

陈乌夏给李深打了电话。提示正在占线中，或许又被打爆了电话。

她给他留了言，然后她想上网去反驳各种猜想。

陈立洲看出了端倪："别出去说话。"

"为什么？"陈乌夏坐不住了，问道，"难道我们不该帮李深说话吗？"

"你说什么结果都一样。群情激愤的时候讲道理，完全是浪费时间。"陈立洲很冷静，"一次一次质疑，再一次一次反转。真相枯燥乏味，谣言扣人心弦。这规律跟数学公式一样，答案也没有变过。"

可是，陈乌夏来回走了几圈，还是没忍住。

她在评论里说："我们不是目击者，也许他爬墙有其他原因。既然警察已经介入了，请大家等等警方通报吧。"

评论的后果当然是被人劈头盖脸骂一通。

陈立洲立即上去跟那些人对骂。他撑完网友，边削苹果边对陈乌夏说："别担心，李深不会有事的。"

"哥，你知道吗？三年前我怀疑过他……"因为这个，她一直在愧疚，"那个丁晴的视频，被拍的时候我就在现场。我在的，可是我什么也没有做，我干看着他被陷害。要是当时我能出面站在他身边，或许可以改变什么。"或许，他不会退学，她也不会生病。

"你不是始作俑者，网络上你能发挥的作用微不足道，这不怪你。"陈立洲递了苹果过去，"我明白的道理，李深没理由不知道。"

“嗯，知道。他还知道我不信他。”陈乌夏接过苹果，这果寓意平平安安，“这次又有一段无头无尾的视频，可我觉得其中一定有隐情。”

陈乌夏再看那些质疑的话，忽然不难过不生气了。因为她终于和李深站到了一起。

李深晕了好一阵，警察直接送了他去医院。他一觉到晚上，醒来发现，手机的电量用尽不知什么时候关了机。

拉上充电线，他开机看到了陈乌夏的留言。以及，来自其他同学的问候。

兜兜转转，他又到了风口浪尖。但是，有什么和从前不一样了。

没有真相大白，她却说：“你是无辜的。”

病床上的李深看着窗外的银白月光。

Li：“陈乌夏，我想你了。”

李深独自一人站在走廊。从窗口望去，城市高塔收敛了檐角，只余霓虹与天幕晚星争艳。

陈乌夏的消息正是回在这个时候。脸皮薄的人在这种时刻想假装镇定，又觉得确实尴尬。她敲屏幕敲了很久，删了许多许多的句子。

陈立洲看出了堂妹的焦虑：“别担心。”

她的坐立不安不是因为担心。她把李深的话看了又看，打了一个字，始终按不下发送键。

陈立洲见堂妹一脸心虚，问：“李深说了什么没有？”

“啊？”她的手指无意中按了下手机，把消息发了过去。

乌小夏：“嗯。”

趁着陈立洲和同学说工作的时候，陈乌夏溜回了房间。她犹豫要不要给李深打个电话，他的消息来了。

Li：“今天看医生了吗？”比起自己的处境，她的病情才是他真正上心的。

乌小夏：“做了针灸，明天再过去。”

Li：“感觉如何？”

乌小夏：“还好。”

他在那里人生地不熟，网上越猜越乱，就怕有谁私下报复。她的脑袋里已经脑补了一堆有的没的，于是她加了一句：“注意安全。”

李深背后的疏散门被推开了，他在玻璃前看见一个人影。

“请问你是李深吗？”来人说着一口标准的普通话，很是悦耳动听。

李深在微信上跟陈乌夏道了晚安，转过身去。

这个女人留着烫了卷的波波头，穿了衬衫和西装裙，干练大方。她微笑着：“你好，是李深？”

“什么事？”他把手机放进兜里。病号服的口袋绷了线，手机从口袋里露出一角。

女人看向他的手机，说：“我是小报记者——马玉佳。我下午给你发过短信。”说完，她掏出了工作证。

铺天盖地的谩骂正躺在李深的短信箱，他懒得去看，同时也不想理会媒体。

“我不接受采访。”

“没事，我们尊重每一个当事人的意愿。”马玉佳笑意不减，“我问过护士，你是警察送过来的。”

他不说话。

“警察肯让你独自住院，你一定不是嫌疑人。”马玉佳观察他的表情，“受伤的孩子也在这间医院，经过抢救手术，孩子的手臂保住了。”

“嗯，我要休息了。”

马玉佳主动让开了路：“好好休息，今天够累的了。”

她初初看见李深照片时不敢相信，直到这时见到了真人，她才确信，他清高的气场和某人真是像极了，尤其一双勾尖的眼睛。

陈乌夏走来走去，从房间走到衣帽间，再回来床上，她想给自己一记重拳。

回个“嗯”算什么。她和李深之间充满了无数的“嗯”，明知这是一个断句词，她却一个字终结了关于想念的话题。

她隐约猜出李深话里延伸的意义，但她搞砸了。两人互道晚安以后，没了下文。

陈乌夏坐起来。

手机里跳出来的是吴婷贝的信息：“夏夏，你的那个同学是叫李深吗？”

不怪吴婷贝惊讶，李深和陈立洲在女生宿舍楼下造成了太大的轰动，才过没几天，大帅哥就成了“嫌疑犯”，这样一百八十度的改变让同学们沸腾了起来。

乌小夏：“嗯，警察正在调查。”

吴婷贝：“真的是他？刘雅告诉我的时候，我吓了一跳，太震惊了。”

陈乌夏料到了这般情景。她点开了班级群，满屏幕有许多关于李深的讨论，那些话和网络谣言无异。她感觉回到了高三时同学质疑李深的那天，大家没有证据，拼的是编故事的能力。

同时，她也没有力证李深清白的证据，她关掉了群。

过了不久，肖奕媛打电话过来了：“李深什么情况，为什么又成危险分子了？”

“李深不说，我们只能等警方了。”

“现在的网络传播比过去更快更猛，也不知道哪个王八蛋爆了李深的号码。”肖奕媛噼里啪啦骂了一轮，想到一个问题，“你身边有没有谁知道你认识他？”

“同学们知道……”陈乌夏顺便把寝室的事告诉了肖奕媛。

肖奕媛是走“绿茶”路线过来的，一听就揪住了一个人，说：“那个叫刘雅的室友，阴人很有一套，你要当心。”

事到如今，还能如何当心，只能走一步算一步了。而且，陈乌夏更担心李深那边又有临门一脚的意外。

躺下以后，陈乌夏过了很久也没有睡着，她翻出了郑良骥传过来的游戏图。游戏少女的表情没有飞扬，也不灿烂，只是有点儿窃喜。她对着手机照了照，然后在手机上敲了敲字。

乌小夏：“李深。”

一个病床的老人张开大嘴，“哗啦”“呼噜”，鼾声不断。李深睡不着，在想郑医生的医治手法太激进，不能让陈乌夏冒险。

置顶的人来了消息——这是一个不再需要程序启动的聊天框。他立即出去了，拨通了她的电话。

“陈乌夏。”寂静夜里，他念她的名字仿佛是呢喃。

“嗯。”陈乌夏故意咳了两下，“我吵醒你了吗？”

“没睡，你哥呢？”

“他在加班。”她问，“你什么时候回来？”

“明天再去一趟警察局，没事我就回去了。”

“嗯，我和我哥多待几天。”

“陈乌夏，你没问我发生了什么。”他以为她会第一时间追问。

“你什么时候想说了再说吧。何况，还有警方通报，迟早会知道真相的。”

“嗯。”

“不过，别什么事都一个人扛着。我虽然是个臭皮匠，但有诸葛亮堂哥嘛，加上你，三个人肯定能商量出对策的。”堂哥曾说李深是回避型社交，习惯把事情藏在心里，连他说的“想念”也是。李深对她是何时开始有心意的，她一无所知。

两个无法互补的男女，难怪沟通困难。陈乌夏也懊恼，自己为什么不是活泼可爱的性格，在他落难的时候，她无法给他逗乐。

李深看着亮起的晚星：“知道了。”

“嗯。”她点完头，意识到自己不能再这样终结话题，问，“你为什么到那里去了？”

“这里有个医生。”坦言是一种优化的相处模式，李深本可以不说，但他在尝试做出改变。

“你大老远去找医生为什么不告诉我？”

“怕你失望。这个医生不太行，放弃了。”

“李深，我不怪你的。”她有了治愈的信念，曾经的不甘慢慢消失了。

“我知道。”李深看见，一颗小小的晚星在天际尽头闪烁，“陈乌夏，我也不是怪你。我喜欢篮球，不喜欢足球，因此我不玩足球。听着很有道理是不是？”

陈乌夏不明所以，“嗯”了一声。

“其实是因为我对于足球的比赛远没有篮球赛那样可控，打篮球也不是因为喜欢，我是一个预判胜率的人。觉得能赢，我才喜欢。这样的因果关系说出来也许你不理解，感情用事太危险了，这是我天生的弱项。我三年前离开，是因为漏算了你。三年后我回来，也是因为漏算了你。”

是因为午夜的关系吗？他的声音穿过了她的耳朵，她听得一清二楚，混沌中的思维豁然开阔。

“李深，我很担心你。”担心何尝不是想念的一种。

“陈乌夏，别怕，我会一直陪着你。”

“嗯。”谈话点到为止了，但她在电话这边弯起了嘴角。

因为个人信息被暴露，李深拔了手机SIM卡，换上了旧卡。办了出院手续，他联系陈乌夏：“我大概下午回去了。”

陈乌夏吃完了早餐：“我和我哥准备出发去诊所了。”

陈立洲看过去一眼：“乌夏，走路别玩手机。”

“噢。”她连忙收起了。

李深又给父母报了平安。

事情在网络上沸沸扬扬，线下讨论的人不多。李旭彬接到儿子的电话，才知道有这么个事，推推眼镜说：“又来？”

“爸，没事的。”

李深戴上帽子和口罩，拦车去了公安局。

接待的年轻警员说：“张警官外出调查去了，等等消息吧。不犯法行得正。”

离下午还有好几个小时。昨天在病房睡眠浅，李深在公安局附近订了间酒店休息。

Li：“我休息，有事留言。”

乌小夏：“我到诊所了，医生说继续针灸。”

她去治病，他等通知。两人谈的是正事，没有多余的话，可李深有一种多年缺漏的拼图终于拼完整的懈怠感。

他和爹毛狮子谈着永不见面的恋爱，杨东培惋惜他长情。他对人为的程序没有情感，何来长短之分。他等待某个心系的身影渐渐变淡，然而经过验证，他居然真的是长情之人。

陈乌夏发来了午饭通知。

乌小夏："我和我哥去吃脑花，清汤的。"

她拍了火锅九宫格过来。

李深翻身起床，抬脚时感觉右边膝盖往下绷得紧紧的，硬如钢板。昨天，他在幼儿园搏斗的时候，右腿被踢了一脚，当时疼了一阵，不青不肿，他不当一回事。如今的疼痛很陌生，和普通跌打损伤不一样。他按住膝盖，晃了晃腿，没发现膝盖有感染的迹象。

他躺下又睡了一阵。再醒来时，右边膝盖以下跟打足了气的气球似的，胀得要爆炸。

他将两天的行程梳理了一遍。首先在郑医生诊所敷了药，后来住院打了两瓶吊针。李深找来住院清单，发现昨天注射的是氟喹诺酮类，这类药物存在致残风险，包括肌腱断裂、关节痛、周围神经病变等。

他慢慢下楼，拦车去了医院。

医生说以前没有接收到相关病例，让他回去观察一两天。

返程坐的是同一辆的士，司机这时认出了他的脸，问："警察怎么没把你抓起来？"

"因为我没有罪。"李深下了车，拖着缓慢的步子进了酒店。

"李深。"马玉佳早在大堂等候了。

李深直接向电梯走，右脚像是挂着一串气球，用不上力，踩不实地。

马玉佳注意到他腿脚不便：“你怎么了？”

他进去电梯。

她跟了进去。

李深问：“有什么事吗？马记者。”

“我上午采访了福利院院长，知道了案件的真相。李深，你太勇敢了，不仅仅是面对歹徒的无畏。”走出电梯，马玉佳仍然在说，“我做过网络暴力事件的报道，关于匿名的网络环境以及大众的道德表演，我采访的当事人，没有一个有你这样的从容。”

“马记者，我是病人，我要休息了。”李深刷了房卡，转身关上门。

马玉佳吃了闭门羹，不怒反笑。李深令她想起一个人，一个同样给她闭门羹的，疯癫摄影师。

第十一章

接到警察的电话，李深本想拖着疼痛的右腿过去一趟。

警察说：“福利院院长在这里等你，她要亲自向你道谢。”

“这是普通市民应该做的。”李深猜测院长的道谢有大动作，他咳了一下，“不好意思，我这两天身体不大舒服，院长的心意我心领了。”

“怎么回事？去医院了吗？”昨天正是这个警察送李深去的医院。

“去过了，医生说不要频繁走动，多休息。”李深又咳了一下，“过几天看看情况。”

警察听出李深的声音中气不足，说：“要多休息。院长的锦旗暂时搁下了，你身体好了再说。”

马玉佳整理了稿子，发给主编审核，赶在警方通报之前，抢了独家头条。她在报道里玩了个文字游戏，不明说李深受伤的原因，而是用上了福利院院长的原话：“可能勇斗歹徒的时候受伤了。”

这篇报道的流量爆了，再也没有比从“丧尽天良”到“见义勇为”更赚热度的反转了。

晚上，警方正式通报案件情况。

有的自媒体删除了谣言，继续岁月静好。有人用正能量给自己造谣的行为打补丁。网络正义得到了宣泄。至于对当事人造成的伤害，没人会出来道歉。一切又风平浪静了。

陈乌夏看到了警方通报，大大松了一口气，她当时的评论没有错，李深爬墙的确另有隐情。而今那些攻击她的人，没有一个过来道歉。

再看校友群，风向又不一样了。好几个对李深赞赏有加的人，曾经在群里骂得比谁都狠。

陈乌夏豁然了。相信李深的还是只有少数人，网络谈论的“李深”只是一个符号，这个符号和李深真人无关，只是满足主流价值取向的一件工具。

陈立洲翻着群聊记录，说：“没想到李深还有路见不平的时候。”

陈乌夏坐到堂哥面前，郑重其事地说：“哥，我早说过，李深是一个热心肠的人。”

陈立洲挑眉：“你如何看出他是热心肠？他的样子不跟冷血人一样？”

她举例说明：“我能考得上大学多亏了他的补课。”

陈立洲不以为然：“他是另有所图。差生不止你一个，他为什么高一不去互助，高二不去互助，一到高三和你同班的时候就热心起来了？”

陈乌夏想了想：“因为最后一年了，再不努力就完蛋了……”

“他的最后一年就不是最后一年？”陈立洲敲敲堂妹的额头，“他肯定有算计。”

要是以前，堂哥说这样的话，陈乌夏是万万不信的。但这一刻她不禁回想，高中时期是不是有她没注意到的苗头。那次亲密触碰是李深发出的某种信号吗？她当时不知道，现在也不确定。

陈乌夏找郑良骥问了问游戏相关的情况。

郑良骥：“这个游戏筹备有三年了吧，人设、剧情、任务大多是主创一个人完成的。那些有特殊意义的角色，我猜是主创的想法。”

过了一会儿，郑良骥又说：“听说主创有女朋友了。”

陈乌夏的心跟过山车一样，立即俯冲而下。她捂了捂右耳，李深说要陪她一辈子的，要是他反悔，他就是小狗。她真的把“Li”备注成“小狗”了。

陈家两兄妹这趟行程玩得是不错，但针灸的治疗没有进展。

到了治疗的第三天，医生抽出了长针，问：“这两天有没有感觉？”

陈乌夏摇摇头：“还没有。”

“医生。”陈立洲上前问，“接下来还有疗程吗？”

医生说：“我经手的患者，有些症状会加重，有些会减轻，最麻烦的是纹丝不动。一般三到五次没有效果，就比较棘手了。”

这是无数次失望里的一次，陈乌夏和堂哥互看一下，彼此的安慰都藏在眼神里。

走出诊所，陈立洲说：“继续在这里玩两天？”

陈乌夏说：“不了，酒店住一晚好贵啊。”

“又不是我们家付钱。”

“李深的钱也不是大风刮来的。”

“氪金游戏等于刮大风赚钱。”

在陈乌夏犹豫的时候，吴婷贝给她发了一个新闻报道。

吴婷贝：“夏夏，对不起，以后我再也不胡乱站队了。”

乌小夏：“没关系。”

陈乌夏看完马玉佳的报道，才知道李深受伤了……

李深两天没出门了。

他的右边膝盖越来越严重，同时，左腿也有了发作的迹象，充气的膨胀感仿佛戳一针就能爆掉。他的两条腿像是竖了两根高跷，无法弯曲了，走路直挺挺的。

服务员一日三餐给他送来外卖，说：“天啊，赶紧去医院吧。”

“去不去都一样。”因为医生也束手无策。

趁着休息的时间，李深把游戏新篇章的支线任务给完善了。至于纷扰的网络风云，还是杨东培转述过来的。

杨东培：“兄弟，你红了。人长得俊，好打抱不平。网上有给你打榜出道的趋势了。”

Li：“动画那边怎样了？”

杨东培的八卦魂被浇了一盆冰水：“你真的不关心你的社交圈啊？你知不知道，要不是兄弟我坚定站在你这边，你可能已经社死了。”

Li：“嗯，感激不尽。你有继续收集玩家反馈吗？”

杨东培：“有，有，有！我担心你被网暴，萎靡不振，于是立刻去找蒋湄哥哥，一下子把事给谈妥了。”

Li：“嗯，我腿脚不方便，这几天回不去。”

杨东培：“新闻说你勇斗歹徒的时候受伤了，严不严重？”

Li：“药物的不良反应，碰运气了。”

杨东培：“运气不好的话会怎样？”

Li：“终生后遗症。”

杨东培这时才沉重起来：“要不我接你回来，大城市的医疗比小县城的好。”

Li：“我的运气一直不坏。”

陈乌夏和吴婷贝说完，立即问李深病情如何。

小狗：“没事，小伤。”

陈乌夏看着心虚，赶紧把他的名字改回来，她抬头说：“哥，我们回去吧。”

陈立洲斜靠在沙发，懒洋洋地说：“李深死不了的。”

陈乌夏不放心，打了电话过去。

李深的语气竟然和堂哥一样，带些慵懒：“只是被踢了一下，没有破皮。记者夸大其词。”

陈乌夏半信半疑，看看堂哥。

陈立洲用唇语说：苦肉计。

她摆摆手，李深才不用这种招数。

李深问：“你的针灸呢，医生怎么说？”

“没什么希望了。”只要她还是个病人，他的歉意就一直都在，但两人约定好不再互相道歉。讲起无奈的现实，她已经坦然了。

李深的声音低下去：“换下一个，慢慢会好的。”

“永吉镇那个医生主治什么的呀？”

“李明澜的同学介绍的，江湖郎中。”李深摸摸右膝盖，“这里很安静，我正好把项目细化一下，过几天再回去。”

“好，我们回去见啊。”

然而陈乌夏到了家，李深却没回来。她问他什么时候回家，他说过几天。她觉得哪里怪怪的，不过想想他在忙工作，她不去打扰了。

中午，陈乌夏出去拿快递，在大楼前遇上了李明澜。陈乌夏搬来陈家九年了，这是第一次在小区见到李明澜。

李明澜两手各自拎了几个袋子，拿钥匙开门时比较费力。

“李姑姑好。”陈乌夏开了门。

已经剪了中分的李明澜看一眼陈乌夏的齐刘海：“嗨，什么时候回学校？”

“明天下午。”陈乌夏让路，给李明澜先上。

李明澜站着不动：“你不去看望深仔啊？”

陈乌夏愣了愣：“他怎么了？”

李明澜讶然：“你不知道？”

陈乌夏轻轻地说：“我知道他受了伤，他说不严重。”

“都已经走不了路了，他竟然还逞能。”李明澜把大门推得大敞，“快去看看吧，也许是最后一面了。”

她嘴里的“最后一面”跟口头禅似的，孟泽发烧的那天，她也这样说。可是陈乌夏当真了，当场煞白了脸。她迅速跑上楼，留下张嘴还要说话的李明澜。

陈乌夏随便拿了几件衣服，买了最快发车的车票。

假期的候车室人潮涌动，她觉得自己失神坐了很久，可是抬起头，时钟才走了两分钟而已。握拳的掌心黏糊糊的，她松开拳头以后，发现手心全是冷汗。她太混乱了，直到现在才想起要给李深打一个电话。毕竟，她连他住哪里都不知道。

电话里，漫长的“嘟”声像一把钝刀，磨得她血肉模糊，却不给她痛快。

响了七八声“嘟”，李深终于接起了电话：“陈乌夏？”

他的声音没有任何不妥，她才像死里逃生的那个。她缓了缓语气：“李深，你住哪里呀？”

这不是平常的陈乌夏的调子，像是远方飘来的气音：“酒店，怎么了？”

“我想去你那里走走。”

“小县城没有风景。后天开学了，你跑来跑去太累了。”

陈乌夏看着检票口：“我已经在大巴上了啊。”

“你一个人来？”

“是啊。”

“你哥没拦着你？”

“我哥和同学在赶项目。”

“陈乌夏，你来到已经是晚上了，明天又要一大早坐车回去。”

“把地址发我吧。不说了，我手机电量不足。”她挂断了。

李深不还是一样吗，什么都不告诉她。两人和三年前一样，真的能有“永远”这种时间段吗？

候车室亮起了大巴的检票通知，李深的地址还没有发过来。陈乌夏握紧手机，义无反顾上了大巴。

她在车窗里见到自己凋谢的脸，迅速调整了神态。她要乐观，就像游戏里的铅球女神一样。

他还能聊电话，情况不是太糟糕，如果生了重病，怎么都藏不住的吧。

不幸的是，时间又过去一天，李深的双腿完全走不动了，他的右手腕也开始刺痛，尺骨肿胀。

他电话联系了医院，医生的话和上次差不多，让观察、休息。

李深上网看到一个病例，一个患者停药后十天，自行恢复。

十天的时间，瞒也瞒不住。他看着两个膝盖，最终给陈乌夏发了地址。他怀疑她是知道了什么才突然赶过来。

陈乌夏的确很赶很急。大巴上，她想拿纸巾擦汗，翻遍了行李包，发现自己只带了三条裙子和两件上衣，内衣内裤、毛巾纸巾根本就没带。

颠簸的路上，她迷迷糊糊地睡了一阵，醒来时忽然想到，如果李深病得很严重，为什么李家人不来？

不管如何，她已经在大巴上了。她宁愿李明澜是信口开河，纯忽悠。

夏末的桂花香捎着晚风以及起伏的蝉鸣，这里有和儿时一样的生活气息。

迎面来的是骑单车的父亲。他的儿子有十来岁了，东张西望满足不了他的好奇心，他站在车后座顿时比父亲高了一个头，他的小手紧紧扶住父亲的肩膀，转弯时小身子跟着转，仿佛父亲是他的方向盘。

陈乌夏目送两父子消失在转角，收回了目光。难怪李深说这里安静。

经过几个小时的旅程，陈乌夏脸上的苍白慢慢褪去。到了李深的酒店，她在镜子里看见自己发丝凌乱，刘海因为汗滴黏在额上，她整了整头发，庆幸自己的心是冷静的。

她稳稳地敲响了李深的房门。

床上到门的距离不到五米，李深磨蹭了很久，因为他的右膝盖鼓胀得像是倒扣了一个馒头。他在门前停了两秒，打开了门。

看到他人，陈乌夏的眼睛亮了：“李深。”

“嗯。”李深一手撑住门框，“到了。”

陈乌夏的少年如林木，如远山，就算倚靠也留有一份挺拔。他现在的颓唐不像懒散，更像被卸了力气。

“你怎么了？”

“药物反应，四肢关节疼痛。”

陈乌夏立即扶住了他，但她最想做的是揪住他的领口，质问他为什么要隐瞒。她架起他半边身子，送他坐到了床上。

她即将抽手的那一刻，他拉住了她：“药物代谢以后会慢慢恢复的。”

“嗯。”他拉得很轻，只是指尖捏了下，将要放开了，她忽然反握住他，力气大得出奇，“你姑姑说你不行了。”

“她狗嘴里吐不出象牙。”

“我真的以为你不行了……”陈乌夏紧紧抓住他，来的路上，她没有办法沉淀自己的心情，直到见了他那一刻，她才明白自己多么害怕，“李深，我吓坏了。”

她绷不住脸，终于皱了起来。

他于心不忍，用力把她拉向自己，环住了她。他肿胀的右手腕抵住了她的背脊，以自己疼痛加剧的方式感受她纤细的骨骼，说：“对不起，我不该瞒着你。陈乌夏，我不该擅自剥夺你的知情权，我又重蹈覆辙了。”

陈乌夏埋在他的怀抱，之前的委屈让她克制不住力气，指甲深深刺进了他的手臂，说：“无论遇到什么都别自己一个人扛，李深，我不怕为你担心，我怕的是我的担心总是晚来一步。”面对同学们的质问，她只能说等待警方通报，因为她也不知道真相。

“我答应你。”

“反悔是小狗。”

“好。”

陈乌夏平复了自己，从李深的怀里起来。他的手臂被她抓红了一片，她尴尬地说：“会不会更痛了？”

李深低声说：“甘之如饴。”

她听清了他的低频，看着他右手腕鼓起的尺骨：“什么时候开始疼的？”

“出院当天。四肢疼痛，右腿先发作，然后是左腿、右手腕。”李深晃了晃左手，“也许明天轮到这只手了，医生也没办法。”

“你一个人在这里疼了四天？”虽然他有隐瞒，但她也气不起来。

“不是一个人。”他眼里亮起星河，“你每天和我聊天。”

陈乌夏面上一红：“我以为你在工作，每次只敢说几句。”

“你有什么想说的要问的，我人就在这里。”

“算了，哪有那么多问题。”陈乌夏正要下床，却突然想起一个积压已久的事，她又坐了回去，“李深。”

“嗯？”

“你……”她停住，换了个说法，“你交往过几个女朋友？”

“我觉得这些话应该在你彻底治愈之后才有底气讲。但是，陈乌夏，我也不想瞒你。”

“哦，交往过几个啊？”

“一个。”

“噢……”这回答还算诚实，她再介意就小气了吧……

李深横身出去，拿过手机，点开了爹毛狮子的头像：“我的女朋友只有这一个。”

陈乌夏见到了黄澄澄的头像，和她当时看过的置顶人一个色系。真正看清图片时，她愣住了。

李深：“她的零钱包是一个狮子脸。”

她终于相信了堂哥的话，李深有算计，从高中时就有算计。她猛然挥出一拳，正中李深的心口：“你什么都不说，我哪里知道你什么意思。”

“对不起，我让我们多走了三年的弯路。”他伸手包住了她的拳头，握拳很硬，却也柔软细腻。

陈乌夏放松了拳头，想抽回手。

李深的掌心贴上来，与她十指相扣：“陈乌夏，我喜欢你。不知何时开始，至今没有结束。”

她被他抓得紧，挣不开，索性靠在他身边。她以为他不擅长倾诉，更加学不会表白：“我觉得很不可思议。”

“嗯，不可思议。”大约从那个夏夜，就有什么在他心里生根，芽叶太小，他来不及察觉，“我已经放下所有骄傲，退一万步讲，如果我和你未来还是无法美满，我也不会后悔现在的选择。”

“我从来没有想过要和你一起。”感觉到他的怀抱僵了下，她接着又说，“我们相同的地方就是话少。不同的吧，差距太高太远。但我今天知道你所说的‘喜欢’，分量有多少。”

“陈乌夏，你这是答应我了？”

她故作轻松：“仔细想想，我的初吻葬送在你这里，我一直很介意的，就当你把自己赔给我了。”

“你的初吻？”李深诚心发问，“什么时候？”

陈乌夏说着就要打过去：“你不认？”

“那个不叫吻。”

“那是什么？”

“碰了一下。你的初吻至今还在。但……”李深的话音越来越低，“一定会是我的。”抱了她太久，前面的对话耗尽了他的理性，他吻住了她。

这才是男女间的亲吻，有湿度，有热度。不像那一年，来不及感受少女的唇瓣就逼着自己撤离。那时他是够冷静克制，然而真正的亲吻是这般意乱情迷。

陈乌夏紧紧闭起眼。可能他在生病，体温才这么高，烘得她很暖和，身上像是被他点燃了火。她的回忆里，初吻是鲜为人知的蜜萝卜。再吻，是稀里糊涂的麻酥酥。

已经走过的六年间，她为朦胧青春付出了代价，但最煎熬的时刻也没有幻想过和李深交换痛苦。再来一个六年、两个六年，她相信自己会一直祝他安好。他说的“一辈子”，不就是无数个六年堆积起来的，她忽然对两人的未来无比期待与欣喜。

陈乌夏打包了两份外卖，顺便去超市买了内衣裤。

随之而来的问题是她要和李深共处一室。上次订了一间房，中间隔了一道门，但小县城的标准间，两张床之间没有任何遮挡。

她在路上摘了两朵花，一片一片揪着花瓣。同住，分开，同住，分开，同住……分开，同住，分开，同住，分开……五瓣花的选择权就在她手上，看她从哪个选项念起而已。

她回去超市买了些东西。

电梯里遇到的一个紧身裤男人，腰上围了一圈肉，陈乌夏别过了眼。垂涎是双方的，她念念不忘的是李深当年的腰段。

她的心湖浮沉一直到了晚饭桌。

李深的两腿横在床上，侧坐在茶几边，说：“不要愁眉苦脸。”

“有吗？”刚才她看自己在镜子里的气色还很红晕的。

“你的心事写在脸上。”

“你知道我的心事是什么？”

“孤男寡女，干柴烈火。”

陈乌夏咬着筷子："你四肢无力，就算要打也打不过我啊。"

"不一定。"顿了下，李深说，"算了，住一间吧。"

这话听着感觉他才是勉强的那个，她咬筷子更狠了。她担心他的左手又要发作，想来想去还是守在这里比较好。

"吃完你先洗。奔波一天很累了，洗完早点休息。"他说话降了调，比以前更克制。

"你是病人，你先洗洗睡吧。"

她想到了一个办法。她把沙发搬到电视柜前，拿出刚才买的绳子，从这端台灯柱拴到沙发扶手，再从衣柜拿出新的床单，展开铺到了绳子上。

绳子拴得不高，比床高了三四十厘米，不管两人站着还是坐着，仍然遮不完全。但是躺着时就可以隔绝对方的视线了。

李深看完她一系列动作："多此一举了。"

陈乌夏从床单后探出头："你中学时有没有玩过分界线？"

"没有，占我便宜的比我占别人的多。"

她弯腰走过来："多一道障碍，你要有动作，我好提前反击。"

"陈乌夏，你虚张声势的样子可爱极了。"

她低头看他，原来李深的眉目一旦染上光晕也很致命。

他向她伸出了手，她的手掌放到他温暖的掌心。李深顺势搂她入怀，瘦归瘦，有蛮力，也有健康的线条。

陈乌夏拉起他的手："我跟学校请几天假，留在这里陪你。"

"说不定过两天上下左右发作完一轮就好了。"

"说明书提示可能持续数周到数年，我不放心。"

"那是长期用药的风险，我注射的药量不大。"

"但我不会留你一个人在这里了。"陈乌夏给家里报了平安，然后催着李深赶紧洗完休息。

这里的浴室不再是透明的玻璃，她拍了拍白墙，说："这才是让人安心的酒店。"

接着看他一秒前行十厘米的样子，她问："李深，你走快了会怎样？"

"上网搜搜企鹅就知道了。"他关上浴室门。

李深披了件浴袍出来。

陈乌夏余光扫了一眼，什么也没看清，说："绑好腰带，别着凉了。"

"嗯。"他系了个严实，问，"你睡哪一张床？"

"都可以。"她晃了晃中间的绳子。

"靠墙的给你吧。"

"好啊。"

李深慢慢地从旅行箱拿出一次性的三件套："不知道这里干不干净，我买了些床上用品。"

"你很居家。"她铺好了以后，坐了上去。

李深跟着坐下，搂了过来，手指量了下她的腰："你是不是瘦了。"细若无骨，光是这一个词浮上心头，就有什么东西浮出了他清冷的表面。

"没有啊，饭卡余额那么多，我天天吃很饱。我还胖了。"说完，她觉得自己老实过头，居然在他面前说自己胖。

"之前抱你的机会太少了，没有深刻的印象，我连你的胖瘦都分不清。"

"我哥说你过目不忘。"

"独处的时候，别提你哥了。"

"我哥关心我，觉得我被你骗了。"陈乌夏仰头看着李深，"他说你算计我很久了。”

“他用词不当。”他靠在她的左边。少女的脸颊红润健康，他印下一个吻。

两人的这段关系，他维系得非常克制，清心寡欲。

李深给自己立下的规矩，从某方面来说，是他对自己的惩罚。把自己放在她听不清的右边，正是时时提醒他，既然无法感知生病带给她的各种痛苦与不便，那就以一种欲求不满的辛苦来置换。可以在她治愈前索要福利，已经是上天对他的眷顾。

李深的唇从她的脸延到她的唇，他这回亲得狠了些。牙尖咬了两口，口感比蜜萝卜脆嫩。之后就如腌制萝卜的蜂蜜一样，她的嘴里就像有蜂巢，到处都是沁心的甜。他不喜欢人工甜食，可是由陈乌夏酝酿的甜蜜独一无二。

陈乌夏双手无所适从，在自己快要被他压到跌倒的时候，伸手抱了下他的衣角。

衣角下是她心心念念的瘦腰，她手指动了动，紧紧拽住这一片衣角。在他终于把她压倒的时候，她仓皇地搂住了他的腰。

这里比想象中的更有力量。紧绷的肌肉从温热到着火，烫了她的手，她不舍得放，抱得更紧，然后手指不小心向下滑了一下。

李深凭借百分之两百的自制力，拽下了陈乌夏那只不安分的手：“再摸就出事了。”他直起身子，隔开了大约二十厘米的距离。

清醒过来的李深善意地拉了她一把。陈乌夏要是早几秒收手，也不至于被他逮了个正着。她心底不好意思，面上尴尬，于是双手交握在胸前，露出端庄的微笑。

这在李深的眼里，俨然是此地无银三百两。情况允许的话他也想乘胜追击。但她没有痊愈，他再继续动作的话，“乘胜追击”

可能变成“乘人之危”。

陈乌夏的目光触及中间横挂的床单，握起拳头，抵住嘴角：“我也去洗澡了，今天太累了。”

“嗯。”他没抬头，绑紧了腰带。

陈乌夏站起来，发现自己的衣领被扯开了大口，立即整了整。

独自站在浴室里，她的手指搁在水龙头，忽然往冷的方向拨去。“哗啦”一声冷水冲下来，她倒抽了一口气，又调回了热水。刚才心头烧起的一团火渐渐冷却了。

怪就怪李深不仅脸长得俊俏，连肌肉线条也是一顶一。光是想到他竟然思念她至今，她就忍不住捂脸偷笑。笑完了，她又抿紧嘴。

来日方长，李深的那截腰迟早是她的。

陈乌夏特意买了一套纯黑的运动装，柔软布料用来当睡衣刚刚好。朴素的品牌商标没有任何暗示，甚至有些冷酷。

李深半靠在床头，肿起的膝盖各放一边。他换了短袖短裤，和她的一样，也是黑色系。他抬眼看过来，眉骨的暗影投在眼睛下，流露出些许性感。

她才像是把持不住的那个人。清了清嗓，她睁起眼睛看着中间挂着的床单：“早点休息吧。”

“过来。”李深放下了书，“帮你吹吹头发。”

陈乌夏解下了头上的毛巾，拿起风筒，背对他而坐。当他的手指穿过她的湿发，她觉得眼前的他是世界上唯一和她分享生命气息的人。

“李深，今天当作纪念日吧。”

李深把风筒调成了恒温，轻轻柔柔给她吹头发：“你觉得是就是。”

“我以为你会喜欢赢得过你的女孩。”

李深手上顿了下：“我没有在你面前罗列过这个条件。”

她不好把自己偷听其他女生向他告白的事讲出来，说：“同学们都那么说。”

她的颈后被他撩了撩，温温的，痒痒的。他轻轻拉了拉她的头发，她诧异地回过头去。

李深凑上前亲了她，然后唇贴着唇，说：“你已经赢过我了。”

“我以为是成绩上的输赢。”她向后仰，却又被他扣住腰，深深吻了一记。

他放开她时，揉揉她的头：“早点睡，你今天很累了。”

陈乌夏立即弹跳起来，掀起挂起的床单，熄灯躺下了：“晚安。”

正如李深预料的一样，他的左手也开始发作了。

陈乌夏听他说敷完郑医生的药包之后有些不适，第二天吃完早饭，她跟李深说去超市，却是找去了郑医生的诊所。

郑医生摆了张矮木凳，坐在门前纳凉。

里面一个喝茶的老头子问：“坐那儿干吗？”

郑医生扇了扇塑料扇：“听说见义勇为的男孩受伤了，不知道伤得严重不严重。”

在这里住久了，郑医生对见过的人都有印象，他一眼看出街口东张西望的女孩是生面孔。

陈乌夏一边看手机，一边找牌匾，找着找着向门口坐的人看了过来。她定睛看了看门牌号，迟疑地问：“请问这里是郑医生的诊所吗？”

“不是。”郑医生否认了。

“不是的话就对了。”陈乌夏走了进去，喊，“郑医生你好，我是前几天来过的那个少年的朋友。”

郑医生转头看她：“你过来做什么？”

陈乌夏见眼前的人满头头发光亮，只余耳朵上方的一片灰白，眉头疏淡，眉尾却像一道水墨，问：“是郑医生吗？”

郑医生细着眼睛：“有话直说。”

“我朋友那天在你这里敷了药之后一直不大舒服，躺床上好几天了。”

郑医生停止了摇扇，双手撑住膝盖，从矮凳上站了起来：“我正想问你，他究竟哪里受伤了？”

“肌肉疼痛，腿上手上的关节都肿起来了。”

“什么时候的事？”

“几天前。”

“为什么不早说？”郑医生走到里面那张靠墙的桌子前，弯下腰，在底下找什么东西，“伤处有红肿吗？”

陈乌夏本以为江湖郎中给李深使诈，想来要个说法。然而郑医生这架势，好像真要帮忙治病，她又解释说：“肌痛可能是药物反应，但他在你这里敷药以后确实不舒服。”

郑医生再问：“伤处有红肿吗？”

“有肿，肿得跟打了气的气球一样。”

郑医生直起身，手上多了两包药：“走吧，去看看他。”

陈乌夏听旁边喝茶的老人说：“你找对人了，跌打损伤是郑医生最拿手的。”

昨晚，光是想到陈乌夏在离他不到几米的床上，李深已经面临失控。

她早上起来，伸伸懒腰，感叹昨晚睡得非常安静。他充耳不闻，在被子里藏起自己的血气方刚。等她出去买早餐，才去卫生间解决。肿胀的双腕行动起来很不方便，没有她在场，但有晾在毛巾架的内衣裤，是朴素的鹅黄色。

李深半眯着眼，舒爽战胜了疼痛。洗着手，他再看一眼她的内衣，瘦归瘦，却不小。

熬过苦行僧的一夜，他继续补眠，直到郑医生的到来。

郑医生检查完李深的几个关节说："这两包药敷在患处能缓解你的症状。"

"谢谢郑医生。"陈乌夏付了钱，送郑医生出去了。

李深自始至终没说话，郑医生的到来冷却了某些东西，一旦外人离开，李深开口了："陈乌夏。"

"嗯？"她刚坐下，就被他张开的双臂箍住了。

"你明天开学了。"

"我让室友帮我请了假。"

"你有没有跟郑医生说你的情况？"

"没有，等你好了再说吧。"

"今天有些好转了。"首先发作的部位缓和了，他右腿充气的气球在慢慢漏气。

李深把郑医生的药包贴在左腿。

窗前落下几束阳光，李深坐不住了，他深知自制力正渐渐薄弱。于是，他提出："出去走走，别待在床上。"

不然他总是惦记想把"床上"这两字调换一下顺序。

陈乌夏正想问要去哪里，李深看到对街十字路口的一幅电影海报，问："去电影院？"

"好啊。"吃饭逛街看电影，按部就班的情侣活动。陈乌夏是传统的女孩，自然接受这样的约会。

这对男女亲也亲过了，然而众目睽睽之下，仍然保持了距离。

交通灯前，陈乌夏见到自己和李深影子的空隙里，有一根树枝影子横过来，像是大自然给两人牵起了手。

陈乌夏的右脚尖抬起放下，抬起放下。他有伤，她要不要扶他一把，矫正他跟企鹅一样晃悠的步姿。李深看见树枝的影子，手指动了动，不过扯到了手腕。

绿灯亮起，只有十五秒的通行时间，陈乌夏立即拽住了他的手肘："走吧。"

走过人行道，穿过小广场，她也没有放手，慢慢扶着他。

"你看电影多吗？"

"还行。"

"什么题材的多？"

"犯罪。"言简意赅，"你喜欢看什么？"

"喜剧，以及青春校园，男男女女的故事。"反正和李深的喜好截然相反。

电影院正好有一部青春校园片，主角是刚才海报上的桃花眼男人，宣传语有醒目的六个大字：小清新小温馨。很适合陈乌夏这样乐观向上的好孩子，但男主角和女主角各自的海报设计，颇有烂片的特点。不过，既然是陈乌夏喜欢的，李深就依她了。

"你在这里等我，我去买奶茶。"陈乌夏把李深安放在贴满海报的柱子旁，去了另一边的奶茶店。

"嗯。"

柱子上方挂着新上映电影的主角海报。

"这个新电影。"走来了两个女孩，其中的女孩甲指着海报里的人跟女孩乙说，"帅不帅？我们就看这个！"

女孩乙的注意力却被李深吸引了过去。

第一眼她没认出是谁，数秒过去，她恍然大悟，这不是见义勇为的当事人吗？正如杨东培说的那样，道德审判之后，李深的外表就成了新话题。

女孩乙连忙举起手机。

李深扫见她的动作，转身走到另一边。

女孩乙拍了个背影，索性上前去，问：“你是李深吗？”

“不是。”李深冷冷地回答。

女孩乙退了退，悄悄告诉女孩甲：“是李深。”

不止女孩乙发现，周围几个女孩都想要拍李深的照片，李深直接下了台阶。

陈乌夏买好了奶茶，回来时发现李深站在明星海报下，气场也没有输。就算他不是新闻当事人，出众的容貌也一直是焦点。

比起他，她简直毫不起眼。她不知道他喜欢她的哪一面。她刚觉得沮丧，他就向她看过来。他仍然双手插兜，气质冷峻，但他的眼睛像是点燃了灯火，为她而亮。

同时上映的爆米花电影热度更高，青春电影的观众席只有寥寥几个人。

陈乌夏坐得很端正。

李深懒懒地靠着椅背，说:“我今天比较困。要是中途睡着了，请见谅。”

“你不早说。困就先休息一下吧，又不是非要今天看电影。”昨晚，她以为自己会忐忑，结果不一会儿就睡过去，辗转难眠的人反而是他。

“昏暗更适合打盹。”男女主角尴尬生硬的台词是最佳的催眠曲，他闭目养神。

影片开始没几分钟，李深睡了过去。电影的光在他脸上走过，画过他的眉骨、鼻梁、额角，每一分秒沉寂又惊艳。

他的左手随意地搭在两人中间的扶手，陈乌夏抬起右手，临空放在他的左手背上。她正在想，情侣牵手的契机要如何制造。抱也抱了，亲也亲了，就差没睡一张床了，到了公共场合却又拘束起来，她的手在半空上上下下。

李深挑起了眼，猛地向上一反，五指插进她的指缝里。

十指紧扣。

以前的陈乌夏常常失神李深的手，解题流畅不停顿，什么难题在他的笔下都轻而易举。她能记下那些复杂的步骤，也有他那只手给她增强记忆的功劳。

此时两人彼此扣在掌中，谁比谁的更烫。他在下，她在上，源源不断地给对方送温暖，再融化在对方的热度里。

陈乌夏先是看了几眼电影掩饰自己的欢欣，随后低问："你不是睡着了吗？"

"刚醒。"李深的声音有些懒散。

刚醒就能这么准确捉住她的手？她嘀咕："骗子。"

"这里睡得不舒服。"李深说，"郑医生的药的确有用，但是屈腿比较僵。"

"要不回去休息吧。"

"回去容易出事。"

"什么？"

"陈乌夏，我再冷静自制，我也是个男人。"

他的声音很轻，陈乌夏稍稍转身让自己的左耳听得更清楚些。等到明白了他的意思，她的脸在黑暗中红了起来。

他很喜欢坐在她的右边。明明有时他的话她可能听不见，但他就是要坐在右边。她隐约知道原因，虽然他在那天以后没有再说过“对不起”，但她听见，他无时无刻都在心里说。

李深的左手伸了伸，又再握起，把她的手送到他的唇上，亲了一下。

幸好是在昏暗的电影院，她面红也无人知道。她东张西望，两人坐在最后排，前面的观众看不到这些亲昵的小动作。

李深拉拉她的手：“坐过来点。”

她斜斜地靠了过去。

他直接枕在她的肩上，少女细弱的肩膀独有安抚他的力量：“我睡一会儿，这次是真的。”

陈乌夏抬起肩膀：“你好好休息吧。”

李深靠着陈乌夏，这次睡沉了。鼻间有少女的芬芳，梦中有一座座火山。中途醒了，他的呼吸喷在她的右耳，低喃：“如果这里没有红外监控，我就不客气了。”

陈乌夏给他当枕头的时候没敢乱动，这时才稍稍松松肩颈：“你醒了？说什么？”

电影里的声音盖住了李深的话，她更加听不清。

李深坐直了，说：“我一定会带你治好耳疾。”

她听见了，一清二楚。

电影里的青春故事，花季的清新，还有透彻的夏日阳光。把她和李深的故事展开来讲，没有刻骨铭心的缠绵，没有生离死别的激情，但她希望可以和他一直这样走下去。走多远，她没有计算过，心里有份小小的期待，要是牵手到世界的尽头就好了。

两人的影子，不再需要大自然的横枝。牵起手以后，走出电影场，也没有再分开。

第十二章

夜晚总是煎熬。

李深人静下来了，对陈乌夏的刻画变得明亮起来。尤其她不是一个克制的人，他坐在床边跟团队说事，她靠过来问他游戏的玩法跟作弊攻略。

“不能作弊。”他说。

“真的没得作弊？”陈乌夏斜斜地弯腰，再斜斜地抬头。

他看见她领口折了个角，低眼看群里记录，说：“我知道的话会补漏洞。”

“噢。”算了，不指望他是个知无不言的男人，“我去洗澡了。”

“嗯。”他不看她一眼。

她收拾了衣服，进浴室前，见到吴婷贝发了个链接过来。

陈乌夏至今不知道，李深的新闻里衍生了一个人，竟是她自己。里面的爆料五花八门，包括无中生有的“伴游”日常。

吴婷贝：“一群贱嘴巴。”

陈乌夏关掉了链接，半天不动。

“怎么了？”李深的注意力根本不在正事上，抬起了眼，见到她笑颜如弯月。

“没什么。”她去浴室了。

陈乌夏明白了李深之前隐瞒的意图，正如这时她不告诉他自己也在同学中有流言。

她是谁，她是什么人，对好事的八卦之人来说不重要。勤工俭学的女同学居然住进了五星级酒店，这样浮想联翩的故事才是他们的乐趣。

陈乌夏学习李深的冷静淡然，从容掩盖忐忑。

不过刻意伪装的痕迹特别厚重，李深一秒看出了端倪：“你有心事？”

“没有。”

“你有。”

“没有。”

李深伸手从她的脸颊擦过。她看着他越来越近的身子，以为他要壁咚，他却又折回来，轻捏她的脸颊：“陈乌夏，你藏不住心事。”

她垮了脸：“我跟你学的面不改色啊。”

“学了皮毛，没有神韵。说吧，什么事？”

“就一些流言蜚语，你有经验的。”

他揉揉她的头：“我给你澄清。”

“你忙你的就好。”陈乌夏搂住了他，“我知道你总是瞒着我，我想回敬你，但是瞒不住。”抱住了，自然而然就离不开手，她戳戳他的腰。

他没有阻止她的手，而是做了一件早就渴望的事——低头吻住了她。

陈乌夏仰头抵在门上，掐着他的腰，闻着他身上干净的皂味。

李深的吻向下到了她的锁骨，这是他给自己画的一道底线。

或许也不。他向下看一眼，很接近了。稍加外力极有可能理智全线崩溃，这一段外力就是陈乌夏扣在他腰上的手。

更准确地说，是腰部以下，如同燎原之火，有东西一触即发。

陈乌夏的手指来来回回地跳跃。他在她身上烙印，同时她也是。夏天薄薄的布料挡不住他肌肉的力量。她按上去，他给她的回馈结实又有力。

和心上人拥抱，像是抱住一座火山，同时自己也会变成一座火山。

正在这时，李深逼自己停下，他埋在她的发间，起伏得厉害，哪还有平时冷静的样子。

“陈乌夏。”他的嗓子哑沉，“快放开我。”

她第一次见到他清冷眼里翻腾起焰火，手指立即停住，放回自己的身边，规规矩矩的。

李深紧紧抱她一下：“好了，你安分点。”

“哦……”她这一声拖得很长很慢，凭什么他可以动手动脚，她就要安安分分。

李深看出了她的想法，戳戳她的额头：“不听话，辛苦的只会是你。”

陈乌夏拴起绳子，铺上床单，拿起手机搜索游戏的相关新闻。微信群里堆叠着聊天记录，她没再去看。

她不知何时睡了过去，再次醒来，天黑得沉默。她迷迷糊糊地听见房间有动静，像是野兽捕食的前奏。

李深跪坐在她的旁边，呼吸很轻，也许不想吵醒她。

她不经意地翻了一个身，又假装自己没有醒。

他的确自控力惊人，也不动她一下。她看不见他的动作，这给了她无穷的想象。他是不是还是一张面无表情的脸？也许是的。两人明明没有什么，可她仿佛落进滚烫的开水里，烤成了烧猪。

过了很久很久，李深去了卫生间。

陈乌夏拉上被子，盖住自己的脸，心跳快得像是跑过一场马拉松。

早上起了床，陈乌夏再看李深，竟然觉得他眉目风情像是盛满的烈性酒。她猛地拍了下脸。

他回过了头："怎么？"

她镇了镇心神："早。"

"我的腿慢慢恢复了，今天陪你去找郑医生。"郑医生愿意过来探病，可见不是故意下重药。而且行医多年没有事故，李深决定跟陈乌夏去一趟。

"嗯。"陈乌夏看到镜中的自己，脸蛋晕了胭脂似的，她咳嗽一下，"出去吃饭吧？"

"好。"

两人简单地吃了煲仔饭，拦了辆车。

车子"呼呼"地向城外开去，一路的风景已经阐述了这座小县城的现状。年轻人外出打工，剩下的多是老人家。各村各户有钱了，建三四层楼，一幢一幢的立在马路两边。

出了城外，路变得静了。司机听出李深不是当地口音，问："你们来旅游吗？"

"不是。"李深侧面打听，"你知不知道有一位姓郑的医生？"

"当然知道，永吉镇那么点大。"司机说，"有个村子的人全部姓郑。郑医生以前名气很大，后来上年纪了，他不干了。医生不好找，可惜了啊。"

郑医生的诊所不再空落落的，来了好几个病患。

泡茶的两个老人家挪了位置给一个摔伤的男人，茶盘收了起来，只在桌角放了一个壶。

男人肿起的脚横在另一张塑料椅，其他人站着坐着的没有明显的伤处，但他们都是病人。

一个女人说：“腰椎间盘突出十几年了，治了一个半月还没痊愈。”

另一个问：“有好转吗？”

她说：“有是有，可是治病花太多太多钱了。”

郑医生从里面走出来，拿夹子挂了一个碗。碗是瓷的，边缘沾满了药渣，正冒着腾腾热气。

这是一碗刚蒸好的药，给肿脚男人的。

郑医生把药用一片雪糕棒搅拌均匀，拿医用纱布包起来，贴在了男人的肿脚上。

他转头看见门前的李深，问：“好些了？”

“嗯。”李深点头，“谢谢。”不一定是郑医生的药包起作用，或许是药物代谢完了，但道声谢是应该的。

郑医生：“过来敷药吗？”

李深退一步，拉起陈乌夏的手：“郑医生，我女朋友的右耳听力有点问题，而且有耳鸣。”

郑医生转向陈乌夏：“上次没听你说啊。”

陈乌夏朝郑医生笑笑。那时她正当这人是个庸医，哪里会想到来求医。

郑医生偏头观察她的双耳，搬过来一张塑料凳，说：“坐过来，我看看。”

陈乌夏坐了过去。

郑医生问："右边耳朵？"

她点点头："是的。"

郑医生慢慢地从她的下颌骨沿着颈项向下摸，之后又顺着锁骨前后滑了滑，接着走到她身后，按了按她的肩颈，再沿着肩向下背走。

他问："有没有被人从背后拍过？"

陈乌夏和李深互看了一眼，说："右耳曾经撞到了。"

郑大夫在她的肩背按了按，回到锁骨处，问："现在听力如何？"

陈乌夏："低频的听不见。眼睛鼻子比较大动作的话，右耳会咚咚响。放声大哭的话很难受。"

郑医生又从锁骨摸到下颌骨，问："当初撞了以后有没有吃药治疗？"

陈乌夏："没有。去医院检查，没有外伤。"

"不是外伤，是内伤，淤血没化开。"郑医生的手指在陈乌夏的下颌骨里转了转，用指关节在里面用力地刮着，"这一块手感不大一样。"

陈乌夏"咝"了一声。

郑医生问："疼不疼？"

陈乌夏："疼。"

郑医生："当时伤到了，没有及时处理，引起了神经的病变。"

李深："郑医生有什么办法吗？"

郑医生指指那张小床："先去床上平躺着。"

过了十来分钟，郑医生给陈乌夏处理了一下关节，说："我一会儿给你蒸一服药，药效四十八小时。两天以后过来换药。"

李深："医生，一般这样的病，需要敷多久？"

郑医生："没有一两个月好不了。"

李深："谢谢。"

陈乌夏悄悄拉起李深："我没那么长时间。"

李深："你实习怎么样了？"

"又去了一家旅行社面试，人事说策划招满了，想招导游。但导游要跑航空线，我不想坐飞机。"

"这里试试，病情好转的话，干脆在县城实习。"

回程路上，李深和陈乌夏牵手走了一段路。

"这几天光躺着，反而更累。"李深捏捏她的手，"走，上山去。"

"你的膝盖好了没啊？"

"快了。"

那就是没好，她慢慢陪着他走。

当地只有一座山，散步的人有不少。两人走一半路，去了半山腰的奶茶店。

十月天气跟烤火一样热，李深说："我去对面给你买把伞。这么大的太阳，帽子不管用，别晒黑了。"

陈乌夏就忽然想起他送的酱油了："李深。"

"嗯？"

她抬头："你喜欢不喜欢酱油色的女生？"

"是你就行。"是陈乌夏，肤色就无所谓了。

"你送我的酱油，我还藏得好好的。"

"当是定情信物，藏到天长地久吧。"反正他是为了听他和她的八卦随便买的东西，"我去买伞。"

奶茶店用的是糖精，陈乌夏尝了第一口，放下了。

鸟雀在店外叽叽喳喳地飞过。山上的寺庙这时传来了敲钟声，“咚”一下，又沉又稳。她在大自然中安静下来，又听见了第二声钟响。

有什么声响不一样了，她托了下自己右颈的药包。

当敲钟响起第三声的时候，她听得比刚才的更响。她立即捂住了左耳。右耳听见了鸟雀啼鸣，但钟声已经没了。

她匆匆站起来，冲出奶茶店，左右张望。

李深正在对面的小亭子，和卖伞人说话，他付了钱，转身见到她。陈乌夏拔腿狂奔，向他飞过去，就算到了他的跟前，也没有收势的样子。

他连忙张开双手，把她接了个满怀。她的冲劲太猛，他退了半步。

“李深，你和我说句话。”陈乌夏说得又急又快。

“陈乌夏。”李深的很多心思就藏在这三个字里。

她仔细去听：“你再说一遍。”

“陈乌夏。”

她又惊又喜：“李深，我的右耳好像能接收到你的声音了。”

李深神色顿了下，一时半会儿竟说不出话了。

她松开他，抬头看着说：“但还没有很清晰。”

李深回过了神，倾身在她的右耳低低地说了一遍：“陈乌夏。”

她笑着应答：“我在。”

这一份惊喜还没走到山下，陈乌夏的右耳又听不见了。

太阳照在李深的脸上呈现出死寂的灰败。

她连忙抱了他：“没事，我们去问问医生吧。”

郑医生见到二人：“不是明天才来换药？”

陈乌夏说完今天自己的病症。

郑医生点点头：“病情会反复，这是好转的迹象。没有一两天就治得好的，慢慢来。”

陈乌夏眼睛亮了：“就是说，还有希望痊愈的。”

“嗯。”郑医生给了肯定的答复。

“谢谢。”陈乌夏说，“我以前常听说，人类的听觉细胞是不可修复的。”

郑医生：“病症分很多种，同一症状有些是神经问题，你的是因为神经被压迫，只要把压迫的障碍给铲除，你就没事了。何况，医学其实也是一门玄学。”

李深：“难怪程老板说，郑医生妙手回春。”

郑医生：“程意呀，当年他在我手里捡回了半条命，另外半条命是他老婆周红红给救的。医生只是给你搭一座桥，将来还要靠你自己的信心。”

陈乌夏：“谢谢郑医生。”

郑医生：“接下来可能还有反复的时候，不要灰心。”

“谢谢。”李深紧紧握着陈乌夏的手。山上时，他掌心控制不住地出冷汗，直到此刻听了郑医生的话，才安下了心，“郑医生，我给她租一间房在这里住下来，未来的几个月就麻烦你给她做治疗了。”

郑医生问：“你要租房？”

李深立即意会：“郑医生有介绍吗？”

郑医生：“周红红的大舅有一个院子正在招租。当年程意也住那里养伤，养得活蹦乱跳的，也许风水好呢。”

周家大舅人在黄溪镇，托永吉镇的人帮忙出租。院子用栅栏围了个宽敞的前院，正门吊起的灯笼有些年头了。大门里面，布置了好几个房。

中间人说："很适合你们住。房子宽敞，采光明亮。"

李深："我们可以租。"

中间人："你们要租多久？"

李深："你期望的租约是多久？"

中间人："一年以上，频繁换租客很麻烦。"

李深："租一年。"

租约即时生效，李深和陈乌夏不住旅馆了，直接搬过来这边。两人到集市买了锅碗瓢盆，再分工收拾了房子。

陈乌夏："想不到你做家务挺勤快。"

李深："跟打架差不多，出力就行。"

天色将要落幕，陈乌夏说道："今晚先去外面吃，明天我们去市场买菜，在这儿做饭了。这里有几间房，你不会偷偷来我床上吧？"

"年轻人吧，要节制节制。"陈乌夏假装望天，"咳咳，我们今晚可以分开住了。"

"嗯。"他不愿再忍耐。

陈乌夏："对了，你有没有告诉你姑姑，你的脚好多了。你姑姑很担心你。"

"没有。"

"你和你姑姑关系不怎样啊？"

"嗯，不怎样。李明澜是我的亲生母亲。"

"啊，这也太年轻了。"陈乌夏当李明澜是大姐姐，没想到竟然是长辈。再一细想，她当年就在李深家长面前暴露了自己，顿时尴尬起来。但转念一想，或许是她也看穿了她儿子？

陈乌夏看了看李深，重重地晃了两下。别人恋爱的年纪，李明澜连孩子都生了。陈乌夏又问："她的那位呢？"

"是她的同学。"

"他是……"听起来是偷吃禁果，陈乌夏怕勾起李深的伤心事，细细观察他，"你的爸爸？"

"嗯。"知道李深身世的人，没有一个会把孟泽称作李深爸爸。李深喊"爸"的那个人一直是李旭彬。

李深至今没有对孟泽叫出任何称呼，孟泽也不要求李深改口。

李深又说："他有双向情感障碍，不发作的时候还算正常。"

无论是李明澜，或者孟泽，都超出了陈乌夏的朋友圈子。但不可否认，多离奇的故事，只要其中一方是耀眼的李家人，陈乌夏就觉得不足为奇。

"我以为我遗传了他的障碍。"李深没有态度，仿佛讲述旁人的故事。

"怎么会？"陈乌夏睁大了眼睛。

"后来我发现，我遗传的是他的偏执。"以为自己终将遗忘，却又念念不忘。

陈乌夏问："你跟你妈妈性格完全不一样，你可能遗传你爸比较多吧？"

"无论遗传了他们之中的哪一个都很惨，希望我们的孩子是个普通人。"不癫也不狂。

"说什么呀！"陈乌夏大力地拍了拍李深，"我们才几岁，谈不到下一代的事。"

"嗯，生孩子之前有一项我们至今没有破纪录的运动。"

她又拍他，比刚才更狠："各睡各的，晚安。"

"哦。"

他酷酷的俊脸比挂在夜空的明月更清冷，她觉得他遗传的是冷血。

陈乌夏再一次换药，某个瞬间似乎痊愈了，之后又再反弹。

这是燃起的小小希望。

她在这座十八线城市住下了。县城有酒店招聘前台，没什么技术含量，但和旅游管理沾上了边，于是她回学校签了三方协议。

李深请了一个司机，负责接送陈乌夏上下班。

陈乌夏不攀谈，但司机收了高薪，偶尔会赞叹李深几句，说："你男朋友对你真好，他也是学生吧？"

陈乌夏："是啊，他在北方读大学。"

其余的，司机不问了，安安静静地当本职工作。

十二月有了秋风，呼吸也变得干燥。陈乌夏披上外套，和夜班同事交了班。树下有一个修长人影，半张脸消失在树影里。

李深半个月过来一趟，他喜欢在那棵树下拦截她，说是两人的初遇也在树下。他的行李越来越少，到现在一个背包就已足够。

陈乌夏小跑着过去，扑进了他的怀里。

李深问："这几天怎么样？"

她见到路人打量的目光，松开了怀抱："郑医生说差不多要好了，等神经慢慢恢复。"

路边的司机戏谑地称李深为"老板"——比自己年轻好几岁的老板。

回到小院，陈乌夏早把李深的床被晾在院子，这时被子撒满了明媚的味道。她铺床的动作慢慢停了下来，闭上眼再睁开，捂了捂右耳。

最近常有这样突然的时刻，病症尽消，她盼望着能无限延长这个瞬间。

李深描画着前院的风景。周大舅挂了几个旧灯笼，衬的树上像是结出的大红果实。

陈乌夏问道：“冰箱里有昨天买的菜，今晚就煮枸杞叶瘦肉汤了？”

李深收拾起画稿，脱下外套：“有没有要帮忙的？”

“你洗碗吧。”

“好。”

在县城的酒店，两人各自睡觉。到了这里，他们不住一个房，却是认真地一起生活。陈乌夏慢慢了解了永吉镇的风土民情，听到了关于程意的传说。她告诉李深：“听说程老板长得祸国殃民。”

“哦。”李深何其冷淡。

程意经过孟泽的别墅那天，李深见不到人，但他知道，程家四口幸福美满。

“他和他的妻子从初中就认识了。”陈乌夏继续说，“镇上的人说，程老板和他妻子个性不大适合，外人以为他们很快就会散了，谁知一直恩爱到现在。”

李深说：“我们也会。”

“等过了热恋期，看你会不会嫌弃我。”

“高三到现在，热恋期早过了。”

“相爱容易相处难。万一哪天你变成抠脚大汉，我变成抠鼻大妈，互相看不顺眼了。”

“抠脚大汉和抠鼻大妈，完美的天作之合。”李深说，“对了，明天你和我去镇上走一走。”

“去干吗？”

“让镇上的人见识见识，祸国殃民的帅哥不止一个。”

陈乌夏发现，李深不高冷了，常常讲发冷的笑话，有时甚至轻浮。譬如那天，她要换衣服出门，他突然上前拦住，眼神尤其招人。

她好半晌才发问："干吗呀？"

"在这里换。"他把她搂了过去，"给我欣赏一下。"

陈乌夏惊愕万分："这么不正经的话你也说得出口？"

"这是男朋友和女朋友之间的正经事。"他确实很正经，"亲也亲了，抱也抱了，还没看过。"

"我就是普通身材啊。"别人说她长得漂亮，赞叹她身材的却一个都没有，她只比飞机场高那么一点点。

"是陈乌夏就行。"李深抬起她的下巴，"陈乌夏。"

她正犹豫，他亲了过来，亲得她稀里糊涂答应了。最后被看了个遍，果然再清高的男人也逃不过那点事。

复查那天，郑医生检查完毕，说："没什么问题，快好了。你可以敷多一两包药巩固一下。"

"谢谢郑医生。"陈乌夏和李深手牵着手走出来。

李深问："真的听得清了？"

陈乌夏点点头："是的。"

他半个小时就问一句："右耳如何了？"

问了一天，她答得累了。

他抱起她亲："陈乌夏，我等你。"

她的房门没有上锁，他半夜过来是常有的事，经常抱她一会儿，说："只能到这儿了。"

直到那天，郑医生说："药包不用敷了。"

李深反复地确认，问："真的好了？"

陈乌夏点点头，把右耳凑到他的嘴边："你说话给我听听。"

“陈乌夏。”

这样又轻又慢的声音，在她耳边遗失了很久，终于找回来了：“李深，我听见了。”

他在她的右耳边亲了一下：“辛苦你了。”

“刚开始几个月比较辛苦，后来心态调整了，日常没什么问题。”陈乌夏说，“只要不是你这样嗓音的人和我说悄悄话，我都可以听见。”

李深把额头抵在她的右肩，又说了一句：“你辛苦了。”

天清气朗，天地一片光明。

晚上，李深在院子里摆上烧烤炉，把一串串的肉放上去。

“你光吃肉，不吃一点素菜吗？”

“我吃素吃太久了。”李深细嚼慢咽，话中有话。

她失笑：“你们国内一流学府的食堂没肉吃呀？”

他把烤串递到她的嘴边：“我的鲜肉在遥远的南方。”

陈乌夏咬了一口五花肉，赞叹不已：“嗯……味道好好。”酱料是李深自己调配的，说是 APP 上见到的，依样画葫芦学几下就成了。

天才大概就是，以后游戏产业滑铁卢了，他可以凭一间烧烤摊再次走向人生巅峰。

赏月完毕，陈乌夏洗了澡出来。

李深收拾了烧烤炉，靠在门前仰望月光。当然在陈乌夏眼里，人比月更美。她探头过去，他换了衣服，头发半湿，她知道他也洗过了。

“在看什么？”

“花好月圆。”农历月中，人逢喜事。

她嘴角扬起小小的弧。这几天就算在路上踩到狗屎，她也能微笑面对——因为病好了。

李深低头噙住了她的微笑。他自学成才，吻技高超，她不甘落后，经验丰富了，偶尔还能给予他热烈的反击。一旦她主动了，他会更凶猛地吞噬她。

二人如胶似漆。等陈乌夏回过神，已经到了李深的房间，寂静的房间传来低低的气息。

李深俯身，在她的右耳说："陈乌夏。"

"嗯。"隐隐之中，空气的温度慢慢升高了。

"我不想再忍了。"他把背包拉开再翻转，里面的东西掉了下来，全是小方盒。他说："我每一次过来，都会装一打套子，今天终于派上用场了。"

"这么多……"陈乌夏小声地劝说，"这……刚开始的时候，尺度还是要小一点吧。"

"哦。"他拿起其中最普通的款，说，"那就这个吧，循序渐进。"

她没见过这些东西，好奇地想研究一下，伸手去拿。

李深捏紧了："一会儿用的时候再研究。"

陈乌夏以前听不清，其实他的压抑和克制已经是濒临失控的边缘。他身上有清新的檀香香皂味，此刻她紧紧抱住他的腰，这里每一块肌肉都预示着，今晚的运动可能是史无前例的猛烈。

她不单搂了腰，其他肌肉也去一一试探。原来男人也可以用"活色生香"这个词形容。

她不拒绝，低唤着他："李深。"

"嗯。"他的回应是沉哑的嗓音。

到了紧要关头，他一句一句的呼唤："陈乌夏。"

……

第一轮结束，陈乌夏靠在床头，问："李深，你喜欢我什么？"

李深捡起了另一个小方盒。

“你比我勇敢。”曾经或许是好奇，或许是惊羡，或许是爱慕。但是现在他说：“陈乌夏，这是我唯一接近爱情的时刻。”

- 正文完 -

番外 时光

陈乌夏在大学毕业以后，还是留在那个十八线小县城。没有人要求她非得要待在大城市，连大伯都说：“也许那里水土好，你的病痊愈了。”

除了薪水无法和大城市相比，这里慢节奏的生活，正中陈乌夏的性子。

只是，她和李深一南一北，他过来的话得飞机转地铁再转大巴，隔着老远的。

毕业的第二年春天，旅馆的租约到期，老板要续约。

但房东过来说：“我们要把这幢房子留给儿子做生意了，不租了。”

老板不得不关门，陈乌夏这才另觅他处。

回到大伯家，她投了几份简历出去。

陈立洲得知此事，说：“为什么不休息一下？你的病好不容易好了，休养一段时间嘛。那几年，你都没有听过清净的世界。”

“哥，我没事了。”陈乌夏笑着，“大伯和大伯娘按时上下班，我一个晚辈天天待在家里，不成废人了？再说了，投简历不一定就能成。”

她等了一个星期，等到了回音。

那是一间旅行社新开的分店，调派的，新招的，所有员工加起来不过六个人。

陈乌夏一进去就天天加班，规划旅游路线、设计度假套餐、预定航班酒店，忙起来昏天暗地。

从小县城跳到这里，是两个极端。

这一天中午，手机突然响起，陈乌夏从梦中醒来，迷糊中也记得，这是她设的特殊铃音。

她从午休床起来，拿起放到办公桌上的电话，接起来：“李深……”

那边静了静：“怎么有气无力的？”

陈乌夏一只手搁在桌子上，索性把头枕在手上，半趴着：“我明天要交云南的旅游路线。”

“来得及吗？”

手这么枕着，不大舒服，她抬起头，松松肩膀，拍一拍脸蛋，顿时元气满满：“今天加班，一定完成。”

李深的后半句“需不需要帮忙”没有问出口。

陈乌夏是折不挎的，她可以一次又一次，在失败面前拍拍身上的尘土，昂首出发。他欣赏的不就是她的这一股韧劲。

他像是轻笑：“我过几天回去，要洽谈另一个项目。”

她惊喜，但听到“另一个”，又关心地问：“你最近是不是很忙？”飞来飞去到处奔波，她心疼。

“还行。”他的语气很轻松，“之后能空几天，陪陪你。”

“你什么时候回来？几点的飞机，要不要我去接机？”

“我想，我到机场的时候，你还在上班。”

陈乌夏正要再说，见到一个同事过来，她低下声：“我要工作了。”

挂上电话，她喊那一个同事：“刘姐。”

刘姐是总部调派来的，人热情，话又多：“跟谁聊天呢？瞧你的表情，跟做贼的一样。”

“我的男朋友。”陈乌夏的声音里有藏不住的甜滋滋。

刘姐：“刚毕业就有男朋友了啊？是不是在学校里谈的？”

“是啊。”是在读书的年纪，却不是在学校里。她和李深那段时间……算不上谈了吧。

刘姐：“你天天加班，岂不是没时间谈恋爱了。”

陈乌夏：“他在北方上大学，大三了，他也忙得很，有事才回来。”

刘姐：“大三？原来是姐弟恋啊。”

陈乌夏：“他和我同年。”

刘姐恍然大悟：“哦，那就不是姐弟恋，叫异地恋。”

是的，有着和所有异地恋相同的问题：距离太远，见面太少。

陈乌夏：“刘姐，他过几天回来，我想……明天交完旅游计划，是不是能空几天？我去接机。”

“你离开半个小时或者一个小时，我能帮你瞒着，久了就不行。”刘姐悄悄地说，“五一是旅游旺季，完成了这一个规划，还有另一个呢。我们这里新开张，人手不足，我想准时下班去相亲，至今没有着落。”

果不其然，这几天都要加班。

刘姐有要事在身，她把陈乌夏拉到一边：“小陈，明天晚上能不能陪我去饭局？”

“饭局？”陈乌夏莫名，她和刘姐的关系远远没有这般亲密。

“是啊。”

仔细瞧一瞧，刘姐的头发做了造型，扎成一个温婉的发髻，崭新的衣裳，鲜艳的红唇，这身打扮比她的工作状态要漂亮。陈乌夏有点明白。

刘姐扬了扬自己涂满花卉的手指甲：“我没经验，不知道要聊什么。”

可她是个自来熟，陈乌夏才是嘴笨的那个。

“刚刚开会的时候，我接到了新任务，明天肯定要加班。”陈乌夏盼着用加班的正当理由拒绝这一个饭局。

刘姐：“就是因为你是新人，事儿才特别多。”

其实，公司里有一个男的和陈乌夏在同一天进来。这时，他恰巧来了，拎了一个小小的蛋糕盒：“我刚刚出去吃饭，老板送了这个。陈乌夏，给你填肚子吧。”

刘姐啧啧两声：“我的呢？”

男同事有点不好意思：“刘姐，老板只送了一个，你说你拒绝甜食嘛……”

“刘姐，要不给你吧？”陈乌夏委婉地说，“我中午吃饱了。”

刘姐摇头：“我不吃甜食，胖，你自己吃。”

陈乌夏想拒绝，男同事快速回他的工位去了。

刘姐按了按盒子上画的奶油，低声和陈乌夏说：“如果是我，天天见不到男朋友，要郁闷死了。不如就在本地找一个更好的。”

陈乌夏：“我那个就特别好。”

刘姐：“不是都留级了吗？”

“他高中毕业出去做项目，后来才回来念书。”陈乌夏刚说完。

店长喊人：“小陈。”

陈乌夏：“来了。”

李深回来的那天，陈乌夏没有请假。

有一对夫妻上午来到店里，说要退订旅游团。

后天是出发日。机票、酒店、行程是早已安排好的，按照旅行社的规定，在三天内退订只能给客户返还百分之三十的团费。

这两人不乐意了，大吵大闹。

店长来解释，对方也不听。

陈乌夏不可能在这个情况下申请外出，但她的思绪早飘了。客户的尖锐声音穿过她的耳朵，又烟消云散，没有留下半点信息。

那对夫妻临走前扬言要去投诉。

店长把口水都说干了：“我们是按规定行事。”

这时已经是下午一点多，大家还没吃饭。自打分店开张，个个忙得没停，今天又闹了这么一出。店长想要鼓舞士气，给大伙儿点了几份外卖，由他个人报销。

几人连连道谢。

趁着这一个空档，陈乌夏看见李深下飞机的信息，立即打了电话过去。

一接通，她听见了那天天听得到的沉静的声音，但因为身在同一座城市，又觉得呼吸更接近。

陈乌夏：“到了？”

李深：“到了。”

她跟他说起刚刚那一对夫妻，解释着：“我走不开。”

“我知道，没关系，已经有人来接我了。”

“是不是李叔叔？”

“李明澜。”李深对李明澜直呼其名，非常顺口，听上去不像在叫自己的母亲，而是对待一个同辈。

但李明澜的长相，也就是一个大姐姐。

外卖再送过来，又过了半个多小时。见到外卖员，刘姐如同见到了救星："来了，终于来了。"

已经过了一点半，大家都饿，各人迅速领了一份外卖。

陈乌夏走得慢，桌上剩下的就是她的。

但外卖袋子里有显而易见的汤汁，恐怕是其中一碗炖汤撒了出来。

男同事一眼见到，立即把他的那一份推过来："小陈，你吃我的吧，我从小到大就不喜欢喝汤。"

陈乌夏笑笑："我吃一点就行，不喝汤了。一会儿我男朋友过来，他还没吃饭，我再和他去吃点别的。"

男同事的脸上有霎时的落寞。

刘姐眼观四路，耳听八方，她瞧着男同事仪表堂堂，身边人哪一个不比异地恋的好呢？她正要劝陈乌夏几句。

陈乌夏面有惊喜，跑出门了。

刘姐透过玻璃望去，只见一个不只是仪表堂堂，甚至可以说是出类拔萃的男生站在店门外。

他迎的就是陈乌夏。

玻璃上只印出自己和李深的身影，但是陈乌夏很警觉，拉起他的手避开了店门："你吃饭了没有？我一会儿和店长请个假，和你一起去吃饭。"

李深反握住她："你是不是瘦了？"

"哪有？大伯家的伙食可好了，我现在反而担心我以后会白胖白胖的。”

他又捏捏她的脸蛋：“这份工作累不累？”

她摇摇头：“比较忙，但是很充实，不然，有的时候我脑袋空空就会胡思乱想。”

“想什么？”他拂一下她的刘海。发丝在指尖擦过，轻轻的，又了无痕迹。

她笑了，有点不言而喻。有网络，能聊天，能视频，但什么都比不上这样真实温暖的人站在她的面前。光是这样看着他，就觉得自己所有的思念要爆发出来了。

可惜的是，他们正在这一条人来人往的街上。

忽然，腰上却搭了一只手，李深轻轻地抱着她，极低极低地说：“我想你了。”

她躲在他的怀里。

四周的一切都是虚景，唯有李深是真实的，她告诉他：“我也是。”

见到陈乌夏回来，刘姐面露暧昧：“哎，那一个就是你的男朋友吧？”

陈乌夏还没开口。

刘姐自问自答：“长那么帅，留级也不成问题。”

“他没有留级。”陈乌夏索性爆出了李深的学校。

刘姐吃惊：“哦，我明白了。是不是不上名校誓不罢休，耽误了两年？”

这逻辑也说得通，陈乌夏不解释了：“刘姐，我出去半个小时，已经报给店长了。”

“去吧去吧，异地恋也没什么大不了的，小别胜新婚嘛。”

不过短短的时间里，刘姐已经倒戈了。

陈乌夏和李深窝在咖啡厅里，一切都那么惬意，上午那一对夫妻的纷扰，已经被忽略了。

李深切下一块小小的蛋糕，放到她的碟子，说：“李明澜可能要筹备婚礼，这个周末我们去见一见他们。”

“他们”，就包括了李明澜的结婚对象。

陈乌夏吃惊，但不觉得突兀，毕竟那两人拖了二十几年。

李深：“他们要赶在我们的婚礼之前完成终身大事，否则他们就真的老了。”

陈乌夏的眼睛瞪得圆圆的：“我们哪有那么快？你还没毕业呢。”

“两年，一眨眼就过去了。”李深似有长叹，“我和你一起的日子，过得太快了。”

她将那一块甜滋滋的蛋糕送进嘴里：“也不是，因为你不在身边，其实还是很慢……”

“再过两个月放暑假，我一天都不离开你。”

“可我要上班啊，你的项目也忙。”她没有听他说过他有烦恼，他那些项目对她来说太高深，她不懂。她不知道自己是不是能从某个意义上为他解忧。

“你辛苦吗？”

“我不是有你吗？”

“我也不辛苦。”有他亦无忧。

陈乌夏没有见过孟泽，但又不能说完全没有见过。至少她在高三时，见过孟泽的照片。

知道孟泽是李深的父亲，这是一码事，要去和孟泽见面，那是另一码事。

她和李深的决裂，孟泽是一个间接人。

周末去的路上，陈乌夏忐忑不安。

李深不怎么说起孟泽，甚至，连李明澜的事，他说了一遍就算说完了。把那长长的二十年缩短在简单叙述里，反倒是陈乌夏自己把那个故事琢磨了许多遍。

她和李深的三年，无限放大，放大到二十年的话……其中的漫长光是凭想象就知道苦不堪言。

车子停下时，李深替她松开安全带："别紧张，就当随便吃顿饭。"

怎么能随便？她在后视镜中见到了那道身影，没有办法不去想，为什么父亲要设计儿子。

当她问出这一个问句，李深只是答："别去理解他，除非你希望自己成为他。"

门口的孟泽穿一件白衬衫，黑裤子，颀长高挑，气定神闲。

他靠在门廊边。

李明澜站在台阶下，大红外衣的肩上串起了两个灯笼袖，袖子上垂落几道流苏。她招手，流苏一摇一摇，打在她白色的手臂："来了啊。陈家的小姑娘，我们又见面了。"

陈乌夏一时不知如何称呼。

"姑姑。"李深这样说。

陈乌夏跟着叫："姑姑。"

李明澜抬起手，盖住了比她高一个头的儿子的脑袋，使劲搅合："你这个不肖子。"

孟泽只是站着，冷眼旁观，轻轻看一眼陈乌夏。

她礼貌一笑。

他的目光又追着李明澜去了。

李明澜把儿子的头发搅得乱七八糟，这才满意："好了，进来吃饭吧。"

"是不是你做饭？"李深很不乐意。

李明澜佯怒："你说呢？"

"其实我们不是非得吃饭，坐一坐，就能走。"李深牵起陈乌夏的手。

孟泽走在最后，负责关门："我还不想死。"

李明澜扭扭头："我让五星级酒店送了些招牌菜过来，我是不想再见到某人口吐白沫了。"

李明澜煮菜不行，只负责端菜了，一手端一个碗，走得还快，看得陈乌夏心惊胆颤。

李深："我来吧。"

"今天我是主人。孟泽啊……"李明澜笑看孟泽。

孟泽去厨房，拎了餐具盒过来，一对一对地分发。

到了陈乌夏身边时，她一抬头看见他黑幽幽的眼睛。那一个瞬间，像是穿回去了高三见到孟泽照片的时候。

眼睛和李深的重叠了。冷淡，漠然。

一个晚辈在这个时候该做些什么？陈乌夏站起来，要去摆正所有椅子。

被李深拉住了："坐吧。"

晚辈成了闲人，陈乌夏终究有点拘谨，不大说话，观察着孟泽和李明澜。

他们有着和年纪不相符的年轻，如果不说，别人或许不信，他们已经四十多了。

难怪李深长得这么俊，这可能是天山童姥级别的遗传基因。

陈乌夏又陷在这两人的故事里。李深所说的“疯”概括了孟泽和李明澜的前半生。而这个故事起码有了一个不算遗憾的结尾。

他们真的要结婚了。

李明澜笑嘻嘻的：“深仔，你给他当伴郎吧？”

李深：“不。”

李明澜：“生你这么大有什么用？”

李深慢条斯理：“以年龄来算，你们结婚，我只能算花童。”

李明澜嗤声：“都二十几的人，还花童。”

孟泽突然说：“岁月在我身上静止了。”

静止了很多年，直至和李明澜重逢。

陈乌夏听得明白，曾经，她的岁月也停在高中后的三年。

是李深，掀了浪，时光都活过来了。

悠悠当下，两对人在不一样的年纪，但有着相同的白首偕老的未来。